Jennifer Lynn Alvarez

mentiras incendiárias

Tradução
SARAH BENTO PEREIRA

COPYRIGHT © FARO EDITORIAL, 2022
TEXT COPYRIGHT © 2021 BY JENNIFER LYNN ALVAREZ
LIES LIKE WILDFIRE
THIS EDITION IS PUBLISHED BY ARRANGEMENT WITH STERLING LORD
LITERISITC AND THE RIFF AGENCY

Todos os direitos reservados.
Nenhuma parte deste livro pode ser reproduzida sob quaisquer meios existentes sem autorização por escrito do editor.

Diretor editorial **PEDRO ALMEIDA**

Coordenação editorial **CARLA SACRATO**

Preparação **HELENA COUTINHO**

Revisão **CLARA DIAMENT E THAÍS ENTRIEL**

Capa e diagramação **OSMANE GARCIA FILHO**

Imagens de capa **DARARAT INSUWAN, VADYM ZAITSEV, SRARN ARTRATTANAKUL | SHUTTERSTOCK**

Imagens internas **JAG_CZ, BERNATSKAIA OKSANA, SCHANKZ, NATTAPOL_SRITONGCOM, ANDREY_KUZMIN, XPIXEL | SHUTTERSTOCK**

Dados Internacionais de Catalogação na Publicação (CIP)
Angélica Ilacqua CRB-8/7057

Alvarez, Jennifer Lynn
 Mentiras incendiárias / Jennifer Lynn Alvarez; tradução de Sarah Bento Pereira. — São Paulo : Faro Editorial, 2022.
 320 p.

 ISBN 978-65-5957-098-0
 Título original: Lies Like Wildfire

 1. Ficção norte-americana I. Título II. Pereira, Sarah Bento

21-4739 CDD-813

Índice para catálogo sistemático:
1. Ficção norte-americana

1ª edição brasileira: 2022
Direitos de edição em língua portuguesa, para o Brasil, adquiridos por **FARO EDITORIAL**

Avenida Andrômeda, 885 — Sala 310
Alphaville — Barueri — SP — Brasil
CEP: 06473-000
www.faroeditorial.com.br

Para pessoas boas que fazem coisas más.

PARTE UM

A mentira

1

**11 de agosto
11h10**

Não estou vestida para encontrar um corpo. Estou usando um short e uma regata branca fina. Os mosquitos vão sugar todo o meu sangue e meus tênis novos vão para o lixo. Estou vestida para o verão, não para rastejar na floresta em busca de uma das minhas melhores amigas com um bando de voluntários que beberam café demais.

Espero que não a encontremos. Quero que Violet esteja viva. Acabamos de nos formar no ensino médio e vamos para a faculdade em breve. Ser sequestrada, assassinada ou cometer suicídio, ou o que quer que tenha acontecido com ela, não estava na programação para hoje. O que *estava* programado era comprar roupas de cama e outros suprimentos para o nosso novo dormitório.

Portanto, não, não estou vestida ou preparada para encontrar o corpo de Violet Sandoval. Além disso, acredito que ela foi assassinada, e gostaria de não mexer com o que está quieto. Por quê? Bem, por que *alguém* iria querer que uma garota morta continuasse desaparecida? Porque não gosta dela? Talvez (mas não neste caso). Porque quer uma chance com o namorado dela? Talvez. Ou porque ajudou a matá-la? Sim, esse é um bom motivo. Acabei de sair do hospital, não sei o que aconteceu com Violet e não quero saber.

Só uma coisa é certa: tudo começou com uma chama.

2

**7 DE JULHO
12H15
Cinco semanas antes...**

Quando chego no meu carro, ouço passos rápidos e sinto a parte de trás do top do meu biquíni estalar contra a minha pele. Eu me viro e dou de cara com o rosto alegre de Nathaniel James Drummer — o meu principal melhor amigo dentre os meus quatro melhores amigos — sorrindo para mim na minha garagem. Miro um chute nele.

— Quantos anos você tem, doze?

Ele pula para fora do meu alcance, vestido, como de costume, com jeans desbotados e uma camiseta muito apertada. Árvores retorcidas e espinhosas nos cercam, elevando-se em direção ao céu, e um vento quente de verão sopra das montanhas de Sierra Nevada.

— O que você tem na mochila? — ele pergunta. — É melhor que não seja lição de casa.

— É verão, idiota.

Pego minha mochila e a coloco no ombro. Realmente dirigi para longe até a biblioteca para dar uma olhada nos livros sobre criminologia; não há nada de errado em começar na frente, mas tecnicamente não é dever de casa — não até que eu vá para a faculdade.

Drummer espia a mochila pesada e seu sorriso murcha.

— Poxa vida, Han, não desperdice o resto do tempo que nós temos lendo.

Eu dou uma risada.

— É exatamente por isso que estou indo para a faculdade e você, não.

Mas quando encontro seu olhar, meu estômago se agita. Drummer não tem ideia de que me apaixonei por ele na sexta série. Aconteceu rápido, como cair de um penhasco. Num momento ele era meu melhor amigo de joelhos ossudos e ligeiramente fedorento, e no seguinte ele era bonito, com a pele dourada e uma tonelada de areia acima da capacidade do meu caminhãozinho. Cruzo os braços para que ele não possa ver o gigantesco buraco no meu peito. O problema de se apaixonar é que, a menos que seu melhor amigo também caia de amores, você cai sozinho.

Drummer enfia o dedo em uma alça do meu short jeans e me puxa para mais perto, sua voz fazendo meu ouvido vibrar:

— Vim te buscar. Tá todo mundo indo para o Gap para um mergulho. Quer ir?

— Todo mundo?

— É, todos os monstros. E Mo tá levando cerveja.

Nosso grupo — Mo (abreviação de Maureen), Luke, Violet, Drummer e eu, Hannah — são os adolescentes aos quais ele se refere quando fala sobre os "monstros", um apelido que recebemos quando tínhamos sete anos.

Foi no centro comunitário. No verão, nossos pais nos inscreveram para uma creche disfarçada de produção de baixo orçamento de "Onde vivem os monstros". A diretora perguntou quem queria ser um monstro, e, como nenhum de nós queria interpretar o humano, nossas mãos dispararam no ar. Depois disso, ela só nos chamava de monstros, e temos sido os monstros e melhores amigos desde então.

Eu bato meu quadril contra o dele.

— Vamos cavalgar até lá.

Fomos para a sombra e agora estamos encostados no meu carro na entrada da garagem. Minha cachorra de caça, Matilda, nos observa da janela da sala de estar, com as grandes orelhas em pé.

As temperaturas vão subir até quase os quarenta graus hoje, com os ventos à tarde soprando do leste. A umidade está em 11% e caindo. Sei disso porque os avisos de Bandeira Vermelha começaram a apitar no meu celular às oito horas da manhã. A seca causou uma temporada de incêndios precoce este ano, e a companhia elétrica planeja desligar a energia ao meio-dia. Quando você mora na Califórnia, em uma caixa de pólvora a que chamam floresta, acaba sabendo mais sobre incêndios florestais do que jamais desejou.

Drummer aperta os olhos.

— Não vou montar aquele potro que te pisoteou.

— Sunny não me pisoteou; ele *pisou* em mim. Não é culpa dele que ele pese quase quinhentos quilos.

— Outra razão pela qual prefiro não cavalgar nele. — Seu olhar muda para a regata que cobre o meu biquíni, e seus olhos queimam através dela. — Você é a única mulher no mundo que consegue me colocar em cima de um cavalo, sabia disso?

Minha voz cai uma oitava.

— Sei disso.

Drummer flerta com todo mundo e nunca significa nada, mas meu coração estúpido e traidor dispara quando ele me olha desse jeito.

Seus lindos olhos azuis deslizam até o meu rosto.

— Tudo bem, Hannah Banana; seja feita a sua vontade.

Meia hora depois, estamos montados na sela e a caminho, na trilha. O nome da montaria de Drummer é Pistol, meu cavalo de corrida que tem catorze anos e que salta a cada sombra.

— Ele tá empinando — Drummer reclama.

— Isso não é empinar. Senta direito e relaxa. — Drummer obedece, e, assim, Pistol se acalma.

Saímos da floresta de pinheiros e lá está o lago Gap, um círculo oval da cor de safira afundado no topo da montanha. Picos íngremes e lisos o cercam, e o vento cria ondulações na água, fazendo o lago brilhar como cetim enrugado. As fontes subterrâneas alimentam o Gap durante todo o verão, e as águas da chuva e da neve derretida o reabastecem no inverno. Pinheiros e abetos vermelhos cercam as margens como árvores de Natal sem enfeites.

O Gap é um poço, um buraco cheio de água doce sem nenhuma parte rasa, com uma borda íngreme que derrapa direto em um abismo negro. Os cientistas dizem que o lago foi formado pelo movimento das placas tectônicas em 480 a.C. Os povos antigos afirmam que ele foi esculpido durante uma batalha vulcânica entre deuses. Os cidadãos de Gap Mountain não se importam em como isso aconteceu. Nós nos importamos por ele ter ultrapassado o lago Tahoe (de acordo com novas medições) como o lago mais fundo da Califórnia, e nos importamos porque se você se afogar no Gap seu corpo nunca será recuperado.

Violet nos vê chegar.

— Aqui — ela chama, acenando.

Nosso grupo está espalhado em um pedaço da margem árida que chamamos de "praia", a única área onde você consegue escalar para fora do Gap. Não há outros jovens aqui, o que significa que todo mundo está no rio. Mo está vasculhando sua sacola térmica, que sei que vai estar cheia de frutas picadas, sanduíches, bolinhos ou biscoitos caseiros e cerveja, enquanto Violet se espreguiça em uma toalha enorme, cantarolando uma música. Não vejo Luke.

Drummer e eu guiamos os cavalos até a praia e deslizamos das selas.

— Hannah!

Violet se levanta e me abraça antes que eu possa amarrar os cavalos. Um cheiro forte de cremes e perfumes de grife flutua de seu cabelo e de sua pele bronzeada, fazendo cócegas no meu nariz. Ela sorri para mim — olhos negros brilhando, covinhas aparecendo. Ela é baixinha, cheia de curvas e radiante, e me sinto uma girafa parada ao lado dela — alta e magra, com olhos enormes e nariz comprido, camuflada para me *misturar*.

Ela beija cada uma das minhas bochechas do seu jeito refinado.

— Me diz quem canta isso? — Violet começa a cantar uma nova música do rádio e, como sempre, adivinho errado.

— Quase — ela exclama, generosa como sempre.

Violet é o único monstro que não vive em Gap Mountain. Ela vem de Santa Bárbara todo verão para visitar sua avó rica. Às vezes, seu irmão mais velho também vem, mas este ano ele está nas Maldivas com sua nova esposa, então ficamos com Violet só para nós. Ela acena em direção a Drummer, sorrindo.

— Não consigo acreditar que você colocou ele em cima de um cavalo.

— Ele tentou empinar comigo — Drummer dedura.

— Ele não fez nada disso — protesto.

Mo desliza os óculos de sol pelo nariz sardento.

— Vocês estão com fome?

— Claro que sim. — Drummer pega a sacola dela.

— Tira essas botas; você tá sujando a toalha. — Mo cutuca as costelas dele com o pé descalço, mas Drummer não escuta, apenas começa a beliscar os bolinhos.

Mo me entrega um frasco de protetor solar:

— Pode passar.

— Não, obrigada, essa coisa é pior do que o sol.

— Acredito que isso seja uma teoria da conspiração, Han, mas tanto faz. — Ela volta a cutucar Drummer até ele tirar as botas.

— Cadê o Luke? — pergunto.

Violet acena em direção à fila de árvores.

— Emburrado, como sempre.

Drummer lambe os dedos sujos e agarra a mão de Violet.

— Vamos nadar.

Ele a arrasta em direção ao Gap enquanto ela protesta, falando sobre o cabelo, com a chapinha feita esta manhã.

Drummer ignora.

— Não venha para o Gap se não quiser se molhar — implica. — Se não quiser se molhar *toda*.

Ele pega Violet, joga-a a na água e mergulha logo atrás.

Mo grita para eles:

— Arranjem um quarto.

— Ele não... eles não são... — começo, e depois me calo. Na sexta série, nosso grupo fez um pacto: *monstros não namoram monstros*. Foi minha ideia assiná-lo com sangue, e, até agora, temos cumprido.

Tiro minha regata e deslizo para fora do meu short jeans, revelando o mesmo biquíni laranja desbotado que usei no ano passado.

— Vou querer um bolinho — peço a Mo.

Ela abre um recipiente de plástico e me entrega um bolinho, ainda quente do forno. Em seguida, puxa duas garrafas de Bud Light.

— Meu irmão comprou cerveja pra gente. Quer uma?

Nego com a cabeça. Meu pai é o xerife do condado e seus policiais às vezes patrulham o lago. A última coisa de que ele precisa é que sua filha seja levada para a delegacia por beber sendo menor de idade. Além disso, perdi minha mãe em um acidente de carro causado por um motorista bêbado que aconteceu quando eu tinha seis anos.

Desconhecidos enlouquecem quando ouvem isso. Eles me dão tapinhas nas costas e dizem *coitadinha*, e mulheres solteiras flertam com o meu pai — o viúvo estoico criando uma filha sem mãe. Nós odiamos isso, papai e eu, mas os deixamos bajular, já que é melhor do que alfinetá-los com a piada: minha *mãe* era a motorista bêbada.

Ela não morreu imediatamente, mas o motorista do outro carro, sim. Isso mesmo, minha mãe foi condenada por dirigir embriagada *e* por assassinato. Meu pai ainda era delegado quando a prendeu — *"A lei é a lei, filhota"* — e mamãe morreu na prisão dois anos depois, com câncer de mama inflamatório. Mas não culpo a doença por tê-la levado. Não, eu já havia perdido minha mãe, e, de certa forma, meu pai, na noite do acidente.

Portanto, não é que eu não beba — às vezes bebo sim —, mas sei que não posso ser pega. É por isso que estou me preparando para entrar na polícia. Prefiro *dirigir* a viatura a ir na traseira dela, e talvez essa seja a diferença entre minha mãe e eu — quem sabe a única diferença, mas é possivelmente a mais importante.

Mo coloca a cerveja de volta dentro da bolsa, puxa uma garrafa de limonada bem gelada e a pressiona contra a minha perna, me fazendo dar um grito agudo. Ela acena com a cabeça em direção a Sunny.

— Você provavelmente não deveria beber e andar a cavalo mesmo, não é?

Rindo, abro a limonada e tomo um longo gole.

— Provavelmente não.

Nós nos apertamos na toalha juntas e observamos Drummer e Violet nadarem. O sinal de celular aqui é uma droga, então Mo e eu tiramos dezenas de fotos e vídeos para postar depois.

Luke finalmente aparece, saindo das árvores como o abominável homem das neves, com as roupas amassadas e a cara fechada.

— Idiotas de merda — ele diz.

— Quem? — Mo pergunta.

— Todo mundo. — Luke faz uma pedra saltar na água, quase atingindo Drummer e Violet, que erguem as mãos em protesto.

— Eu não jogaria pedras se fosse você — Drummer grita, relembrando o vandalismo de Luke na última primavera. Ele está em liberdade condicional por jogar pedras na casa do vizinho depois que eles o perturbaram por causa da sua música alta. Ele quebrou seis janelas e causou dois mil dólares em danos materiais. Após um segundo, todos nós começamos a rir.

— Vocês são os idiotas — Luke fala, e então tira a camisa, o short e fica na beira do Gap só de cueca. Ele levanta pesos obsessivamente, e seu corpo é grande, muito branco e cheio de músculos.

Luke era uma criança feliz, mas isso mudou no ensino médio depois que sua mãe deixou seu pai. Desde então, ele é mal-humorado, triste e não se abre com nenhum de nós, exceto com Mo.

— Com medo de se molhar? — grito enquanto Luke caminha pela borda como um cachorro se perguntando se deveria pular.

Ele me mostra o dedo do meio e mergulha de cabeça na água, que é fria mesmo no verão. Quando retorna à superfície, berra e sacode o cabelo, jogando gotas de água em um arco ao seu redor.

Meus olhos se voltam para Drummer. Ele está segurando Violet em seus braços enquanto ela flutua de costas, e sinto meu coração afundar. Ela está tão relaxada, tão feliz, e vai para Stanford no outono, sem precisar de ajuda financeira ou de bolsa de estudos, o mundo inteiro aos seus lindos pés.

Violet não tem ideia de que também me inscrevi para Stanford ou de que eles me rejeitaram. Ela não sabe o quanto trabalho duro em casa, limpando baias, consertando cercas e treinando meus cavalos porque não tenho dinheiro para contratar ajudantes. Sua avó paga mil e duzentos dólares por mês para embarcar cada um dos cavalos de exibição importados de Violet — animais tão caros que ela não tem permissão para montá-los em trilhas, apenas em arenas cuidadosamente projetadas com condições perfeitas para que eles não escorreguem ou tropecem.

Eu olho de soslaio para ela. É a sorte da genética, de nascer na família certa. Violet tem tudo: beleza, dinheiro, inteligência — e talvez Drummer também. Todos nós a adoramos, mas ela não é como nós. Ela é uma intrusa. Coloco meus óculos escuros. Olhar para Violet dói como olhar para o sol.

Mo amarra o cabelo ruivo escuro e grita:

— Temos que planejar o resto do verão. Não podemos vir *aqui* todos os dias. Fiz uma lista. — Ela tira uma caneta e um caderno espiral rosa de sua bolsa. — Isto é o que tenho até agora: nadar no Gap, *dã*; passeio de um dia para fazer a trilha Vernal Fall em Yosemite...

— De jeito nenhum — Luke reclama. — Muito turístico.

— Só me deixa terminar — Mo pede. — Noite de cinema na casa da Violet; viagem de compras a Reno para roupas e coisas pra faculdade; jogar Escape Room — eu mesma vou fazer um jogo; o rodeio em agosto; um dia de spa, só para as meninas; e uma viagem de caça para os meninos.

— Eu gosto de caçar — protesto.

— Mas você quer? — Mo questiona. — Mesmo?

Se eu quero passar algumas noites em uma pequena cabana de caça com Drummer? Uh, com certeza, mas deixo pra lá.

— Algo a acrescentar? — Mo pergunta ao grupo.

— Acampar no Vale da Morte — Drummer sugere.

— Contanto que outra pessoa dirija — Mo avisa. — Ainda tem poeira da última vez na caminhonete do meu pai.

— Tive uma ideia — Luke resmunga. — Vamos fazer algo *sem planejar*.

Mo faz cara feia para ele.

— Eu... Não tenho como anotar isso.

Ele joga água nela da beirada e Mo estreita os olhos.

— Se não fosse por *mim*, todos vocês morreriam de fome e de tédio.

Drummer e Violet saem do lago e ele se joga sobre Mo.

— Duvido muito. — Ele dá mordidinhas em seus braços e em sua barriga, fazendo-a cair na gargalhada.

Então Luke nada para a praia e se joga na toalha, exausto porque fuma pelo menos dois maços de cigarros por dia e mal consegue respirar. Violet e Mo comem os lanches enquanto meus cavalos pastam na grama alta e seca atrás de nós.

Será que este é nosso último verão juntos? Mo está indo embora primeiro, para cursar o programa de enfermagem da Universidade Estadual da Califórnia, em Fresno. Violet está indo para Stanford para estudar bioquímica, eu vou para a Universidade Estadual de San Diego para estudar justiça criminal, e Luke e Drummer trabalharão em tempo integral em algum lugar.

Eu me pergunto se Violet, Mo e eu conseguiremos empregos no próximo ano na faculdade e ficaremos lá durante as férias. Voltaremos para casa apenas quando nossos pais nos implorarem? Será que a geografia é que vai separar os monstros, ou os estudos também?

Sinto um arrepio ao pensar em deixar Gap Mountain, fazer novos amigos, seguir em frente...

O vento aumenta e carrega o chapéu de Mo.

— Eu pego — digo.

Drummer aperta os olhos para o sol batendo em nós, seus cílios criando sombras pontiagudas em suas bochechas.

— Esse clima é de fogo.

— Não diga isso — Mo avisa, como se apenas as palavras pudessem acender o fogo.

Além do vento, que está realmente forte agora, o dia está perfeito. Nossos futuros se expandem diante de nós como o Gap, lindo e desconhecido, e juro não esquecer um único momento deste verão.

É então que Luke se levanta, tira um saco de maconha do bolso e diz as palavras que vão mudar nossas vidas para sempre:

— Quem quer fumar um?

3

**7 DE JULHO
15H**

— Por que você não fuma um cigarro eletrônico como uma pessoa normal? — Mo pergunta, resmungando. — Vá para longe. Não quero esse cheiro nojento em mim. — Suas bochechas ficaram vermelhas com o calor e seus lábios estão rachados.

— Está ventando muito perto da água mesmo.

Luke pega sua mochila e segue em direção à floresta que se encontra com a praia, onde vai estar protegido do vento. Drummer o segue. Violet os observa por um momento, então veste o short, abotoando na cintura fina, e calça seus tênis.

— Volto logo. — Ela saltita atrás deles, os dedos dançando, a cabeça inclinada.

Mo enrola a toalha e coloca tudo na bolsa.

— Parece que a festa acabou.

— Ou só começou — resmungo. — Você sabe que não gosto quando Drummer fica chapado.

— Porque ele te ignora, não é? Você precisa superar, Han. Existem outros caras.

O calor atinge minhas bochechas.

— Existem mesmo?

Ela ri e joga a bolsa sobre o ombro. Seus grandes olhos castanhos se voltam para a floresta.

— Merda, deveríamos ficar de olho neles.

— Eles não são crianças.

Ela levanta as sobrancelhas.

— Tudo bem. — Coloco minha toalha nos alforjes do Sunny, deixo os cavalos amarrados e sigo Mo por uma trilha de animais entre os pinheiros.

— Olha, rastros de urso — ela diz, apontando. — Queria que você tivesse trazido Matilda.

— Eu também.

Minha cachorra é velha, mas seu latido é alto o suficiente para assustar os ursos. Não bebi muita água hoje, e uma onda de tontura toma conta de mim. Não está muito mais fresco na floresta, e o vento seco nos atinge entre os galhos, quente como o hálito do diabo. A grama quebradiça e a vegetação rasteira estão secas por causa do verão mais quente da história de Mountain Gap.

Dou uma olhada no meu celular. São 15h12. Agulhas de pinheiro fazem barulho sob meus pés, me lembrando de ficar atenta às cobras. Ouço risos à frente.

Mo e eu encontramos nossos amigos parados em uma pequena clareira. Luke e Drummer estão fofocando em voz baixa sobre alguém de que ambos não gostam, enquanto Violet se inclina contra Drummer, olhando enquanto ele traga o cachimbo de Luke. Percebo o braço dele casualmente em volta da cintura de Violet, os dedos espalmados sobre o bolso traseiro dos shorts dela. Meu coração dispara. Isso não é nada legal, caralho.

Mo também percebe e olha para mim.

— O pacto — murmuro, mas ela dá de ombros como se dissesse: *Estávamos na sexta série. Isso ainda conta?*

Meu corpo se estica em resposta. Claro que ainda conta. Todos concordamos que *monstros não namoram monstros*. Fico encarando as agulhas dos pinheiros. Deus, por dentro ainda tenho doze anos, estou apenas mais alta.

Drummer passa o cachimbo para Violet, e ela o pega, sugando profundamente pelos lábios em forma de beijo. Reconheço o olhar fascinado que permanece no rosto de Drummer — não porque ele alguma vez me olhou desse jeito, mas porque testemunhei isso com um monte de garotas ao longo dos anos. Tanto Drummer quanto Violet estão solteiros este verão, e esse flerte... Parece perigoso. Se ele começar algo com ela, não vai durar. Violet pode se machucar.

Quando percebe que estou observando, Drummer se separa de Violet e desliza o braço de volta para o lado do corpo — parecendo culpado pra caralho, devo acrescentar. Sei que a minha desaprovação não é justa. Drummer não me pertence. O que temos é uma coisa desordenada, o que é uma merda, principalmente para mim, mas às vezes para ele também.

O cachimbo apagou, e Luke puxa uma caixa de fósforos da lata que guarda na mochila.

Fico alarmada com isso.

— Ei, você não pode acender um fósforo na floresta.

Ele olha para mim, seus olhos injetados e semicerrados.

— Uh, sim, eu posso.

— Não em um dia de Bandeira Vermelha.

— Estou tendo cuidado — ele argumenta, e Drummer dá uma risadinha.

Eu balanço minha cabeça.

— Por que você não usa um isqueiro? Quem ainda usa fósforos?

— Ele não tem idade suficiente para comprar um isqueiro. — Drummer ri mais alto porque Luke ainda é menor de idade.

Luke concorda com a cabeça.

— Mas posso comprar uma espingarda.

— Isso aí! — Drummer grita, batendo no punho de Luke.

Ninguém está olhando para mim. Ninguém está me ouvindo.

— Vocês realmente não deveriam fumar aqui, não hoje. Sei disso; meu pai é o xerife.

— *Meu pai é o xerife* — Luke repete, em uma imitação perfeita de mim, e todos eles riem ainda mais alto.

A fúria sobe e me engole inteira.

— Fodam-se todos vocês.

Luke se encolhe.

— Se alguém precisa de uma tragada, é você, Han Solo. — Ele risca o fósforo, acende a maconha no cachimbo e dá uma longa tragada. Então sopra a fumaça na minha cara.

É para ser uma piada, eu sei, mas meu cérebro desliga totalmente e o céu fica vermelho ofuscante. Agarro o braço de Luke e cravo minhas unhas em sua carne. Ele é forte, forte pra caralho, e puxa o braço para se livrar de mim. O cachimbo aceso e a caixa de fósforos voam de sua mão e as brasas vermelhas se espalham pela grama seca. Minha voz soa como um tiro.

— Eu disse pra parar!

— Merda, Hannah, fica calma. — Luke gira em um círculo. — Alguém viu onde o cachimbo caiu?

Todo mundo para de rir.

— É exatamente assim que os incêndios começam — murmuro.

— Foi você quem me fez derrubar isso — Luke rosna.

— Foi você quem acendeu isso — replico.

Caímos no chão e procuramos o cachimbo na grama alta e amarela.

— Se não conseguirmos encontrar, você me deve um novo — Luke avisa. — Acabei de comprar aquele cachimbo.

— Pessoal — Violet chama depois de alguns momentos. — Sinto cheiro de fumaça. — Nós nos levantamos e olhamos em volta, procurando a fonte. — Ali!

Ela aponta para um rastro de fumaça branca e uma série de pequenos focos de fogo que estão devorando as agulhas de pinheiro caídas e se espalhando para o oeste, empurrados pelo vento.

Por um breve momento, nós o encaramos, aquilo que fomos ensinados a temer desde que nascemos, mas que nunca vimos pessoalmente: um incêndio florestal.

— Ai, meu Deus, apaguem isso! — grito.

Entramos em ação, arrancando nossas camisetas e batendo nas chamas, mas o movimento apenas adiciona oxigênio e vida ao fogo. Luke pega punhados de terra e os joga, mas o fogo sai do caminho. Uma chama se espalha ao redor de uma árvore, criando duas pontas que parecem chifres, e nós as perseguimos.

— Desviem, façam um aceiro! — Drummer grita.

Nós avançamos à frente do fogo e começamos a arrancar ervas daninhas e a limpar o mato.

— Você tem alguma coisa em sua bolsa, Mo, alguma água? — pergunto.

— Sim. — Ela arranca a bolsa do ombro e puxa uma garrafa de água pela metade. Ela joga o líquido nas chamas, que se encolhem, chiando furiosamente, porém logo saltam sobre a grama molhada.

— Isso é tudo que você tem? — grito.

— Ainda tenho um pouco de cerveja. — Ela abre o vidro e joga a bebida nas chamas, mas o fogo ficou grande demais para ser apagado. Mo derruba as garrafas.

— Vou buscar água no Gap! — Violet berra.

Ela pega o chapéu de sol de Mo para usar como um recipiente e sai correndo. O incêndio atinge nosso aceiro e salta sobre ele, impulsionado pelo vento. As brasas tremulam à frente, iniciando mais incêndios. As chamas laranja dançantes aceleram para o oeste, subindo em árvores e engolindo arbustos. Elas se espalham mais rápido do que podemos correr. Ervas daninhas grandes e pinhas estouram e lançam faíscas que flutuam com o vento. Onde elas pousam, mais incêndios se acendem, famintos, recém-nascidos e gritando por combustível.

— Merda, merda, merda — Luke praguejua.

Violet volta com o chapéu de sol, vê a extensão e a distância que o fogo já percorreu e começa a chorar. A água que ela coletou goteja impotentemente do chapéu.

Drummer puxa o cabelo para trás, ofegante. Estamos todos respirando com dificuldade, começando a tossir.

Mo puxa seu inalador.

— Não podemos parar o incêndio. Precisamos de ajuda — arqueja.

Luke pega o celular.

— Porra, não tenho sinal.

Nenhum de nós tem.

Atrás de mim, os cavalos relincham, e tenho uma ideia.

— Drummer e eu podemos ir com os cavalos ao corpo de bombeiros.

Violet balança a cabeça.

— Não, eu vou com você. Monto melhor; posso cavalgar rápido.

É verdade. Como eu, ela monta a cavalo a vida toda. Corremos em direção aos animais, mas então paro derrapando e me viro para os outros.

— Mo, pegue todas essas garrafas, se livre de tudo que prove que estivemos aqui.

Por um segundo, ninguém entende. Então Luke concorda com a cabeça.

— É, nós não fizemos isso.

— O quê? — Mo pergunta. Seu cabelo ruivo se soltou e bate em seu rosto.

— Você ouviu o Luke. *Nós* não fizemos isso. Nós não estávamos aqui. Não falem com ninguém. Vão para a minha casa! Violet e eu avisaremos a cidade.

Eu aceno para Violet e ela me encara, confusa, apavorada e chapada de maconha.

Corremos até os cavalos, diminuindo a velocidade quando nos aproximamos para não os assustar. Sunny empina, mas Pistol parece mais curioso do que chateado. Desfaço seus nós e colocamos nossos pés nos estribos, lançamos nossas pernas sobre as selas e pegamos as rédeas.

— Deixe a rédea do Pistol mais solta — instruo Violet. — Você assume a liderança. Sunny gosta de seguir.

Violet e Pistol trotam pela trilha principal que vai do lago até Gap Mountain. O fogo queima atrás de nós no cume, engolindo arbustos, começando a rugir. Pinhas rolam morro abaixo, lançando bolas quentes, causando mais incêndios. Uma fumaça espessa e clara sobe em forma de pluma, e aposto que o corpo de bombeiros voluntário já a viu. Apressamos os cavalos para galoparem e correrem em direção à cidade.

Durante todo o caminho até a Gap Mountain, as leis e penalidades que ouvi de meu pai passaram pela minha mente: "É ilegal iniciar um incêndio, mesmo acidentalmente. Incêndio culposo é uma *contravenção penal* no estado da Califórnia. Lesões corporais causadas por incêndio culposo são consideradas um *crime* no estado da Califórnia. Morte causada por incêndio culposo é *assassinato* no estado da Califórnia". Temos que parar esse incêndio antes que alguém se machuque.

Eu bato nas costelas de Sunny.

— Iá!

Ambos os cavalos abaixam o pescoço e correm mais rápido.

**7 DE JULHO
16H24**

Violet e eu galopamos até Mountain Gap. Há uma avenida principal, chamada rua Pine, onde fica o corpo de bombeiros voluntário.

Eu guio Sunny para a rua, e seus cascos deslizam pelo asfalto. Os cavalos relincham, incomodados com a cavalgada rápida e o cheiro forte de fumaça em suas narinas. O vento em nossas costas empurra suas caudas para a frente, e Pistol empina diante de mim. Violet o conduz com uma das mãos e agarra o pito da sela com a outra. Ela olha para trás, os olhos vidrados e avermelhados.

— Violet, vá para a calçada! — grito para ela.

Ela concorda com a cabeça, mas puxa as rédeas de Pistol com muita força, e o cavalo se ergue ao mesmo tempo que um carro vira na rua Pine, indo direto para eles. Os freios guincham e Violet se inclina sobre o pescoço do cavalo, como se fossem pular por cima do carro, mas então Pistol cai nos quatro cascos. Ele bufa para o pequeno automóvel e para o motorista chocado.

— Sai da rua! — berro para Violet, mas ela já está guiando meu cavalo para a calçada. O veículo se afasta lentamente, o motorista balançando a cabeça.

Eu alcanço Violet. Seu cabelo grosso está grudado na testa, o rosto está encharcado de lágrimas e ranho e os olhos estão inchados.

— Você está horrível, V. Deixe que falo com os bombeiros, o.k.?

— Tudo bem.

25

Nós olhamos para a montanha onde a fumaça branca se tornou marrom. Ela se desenrola das árvores e se espalha pelo céu.

Eu estalo minha língua para Sunny e o guio pela calçada até o corpo de bombeiros, mas eles já viram a coluna de fumaça. As portas duplas da garagem estão abertas e o caminhão já está do lado de fora, as luzes piscando. Os bombeiros correm para seus equipamentos. As novas sirenes de Mountain Gap, instaladas para emergências como esta, soam dos caminhões.

Cidadãos saem do Café Flor Silvestre, do salão de beleza e do mercado e se alinham nas ruas, os olhos fixos nas montanhas ao nosso redor.

De repente, todos os celulares em Mountain Gap apitam e as pessoas na rua, incluindo eu e Violet, olham para o alerta do xerife Nixle, do condado de Mono:

> Incêndio na vegetação no cume em Gap.
> Recursos de combate a incêndio implantados.
> Residentes de Mountain Gap, preparem-se para uma possível evacuação.

Eu encaro o meu celular, boquiaberta.

— Evacuação? Sério?

— Hannah, isso é sério! — Violet chora.

Ela está em cima do meu cavalo malhado no meio do centro da cidade com os olhos fechados, parecendo chapada, assustada e culpada.

Tenho que tirá-la daqui.

— Violet, olha pra mim.

Ela abre os olhos e seu lábio inferior treme.

— Nós fizemos isso — sussurra, olhando para a fumaça se erguendo da floresta.

— Shhh, não diga isso. — O caminhão de bombeiros passa rápido, assustando Sunny. — Viu, eles já sabem. Eles estão a caminho e vão acabar com isso logo. Vamos levar os cavalos para a minha casa. Não há mais nada que a gente possa fazer.

Violet concorda com a cabeça e nós trotamos para o sul, para os arredores da cidade. Nesse momento, uma viatura da polícia para bruscamente do nosso lado. A porta do carro se abre e meu pai salta. Merda. O vento da tarde está muito forte agora, despenteando seu cabelo loiro-prateado. Seus penetrantes olhos azuis piscam de preocupação.

— Por que vocês duas estão cavalgando na cidade?

Eu mexo com as rédeas para não ter que olhar para ele.

— Vimos a fumaça e viemos avisar.

Se meu pai soubesse que ajudei a iniciar o incêndio, ele seria obrigado a me prender, assim como prendeu a minha mãe. Não posso fazer isso com ele.

Papai dá um tapinha em Sunny e olha para a montanha em chamas.

— Bom, mas nós cuidamos disso agora, e o *Cal Fire** está vindo para ajudar. Leve esses cavalos para casa, Hannah. Se tivermos que evacuar, vá para Bishop. Aqui. — Ele me empurra o seu cartão de crédito. — Use isto para reservar um quarto, apanhe algumas roupas para mim e pegue as fotos da sua mãe.

Minhas costas enrijecem.

— Você quer dizer as *minhas* fotos.

Ele suspira.

— Sim, as suas fotos.

Eu mencionei que estava no carro enquanto minha mãe dirigia bêbada? Papai diz que ela era muito jovem para casamento e filhos, mas isso é besteira. Ela tinha dezessete anos e ele dezoito, e eu não fui planejada. Acontece o tempo todo. Acho que é bem simples: ela era egoísta e não queria se dar ao trabalho de criar sua filha pequena. É por isso que as fotos são minhas e não dela. Nada mais é dela.

O rádio do meu pai toca alto e reconheço a voz do delegado Vargas:

— Estamos fechando o tráfego para a estrada do lago Gap.

— Estou a caminho. — Papai olha de soslaio para Violet, percebendo as lágrimas, os olhos injetados e as roupas impróprias para

---

* Departamento Florestal e de Proteção de Incêndios da Califórnia.

cavalgar, e fica curioso. — Alguma de vocês viu o que começou o incêndio? Ou qualquer coisa incomum, como fogueiras abandonadas ou jovens brincando com fogos de artifício, qualquer coisa?

Abro a minha boca. Provavelmente deveria dizer a verdade, mas não posso. *Monstros não deduram monstros*, outro de nossos pactos. A confissão deve ser uma decisão do grupo.

Violet fala, fazendo a escolha por todos nós:

— Não vimos nada, xerife Warner, apenas a fumaça. Foi por isso que viemos até aqui.

Meu estômago se contrai de maneira desconfortável, como se eu estivesse em uma montanha-russa que acabou de ganhar velocidade, fez uma curva rápida e se dirigiu para uma queda.

Papai olha de novo para as chamas, ainda a quilômetros de distância na encosta da montanha.

— Noventa por cento dos incêndios florestais são provocados pelo homem — diz. — Provavelmente foi a maldita companhia elétrica. — Seu rádio chia outra vez. — Tenho que ir. — Ele entra no carro, atende o rádio e se afasta guinchando os pneus.

— Ai, meu Deus. — Violet solta um suspiro alto. — Acabei de mentir para o seu pai. Estou enjoada.

— Você está bem, V. É a maconha e o calor. Me dê as suas rédeas e te conduzo de volta.

Ela balança a cabeça.

— Não, tenho que checar a Vovó e os poodles. — Ela começa a desmontar.

— Vou com você. Meu pai está apenas sendo cauteloso. O fogo não atingirá Gap Mountain.

Ela me olha em dúvida.

Vinte minutos depois, estamos quase na casa da avó de Violet — trotando em ruas secundárias, passando por famílias em seus gramados. Eles estão olhando para a montanha, regando seus telhados ou colocando malas em seus carros. Um novo alerta apita em nossos celulares:

> Incêndio na vegetação se aproximando de Gap Mountain.
> Ventos fortes são um fator.
> Recursos de combate a incêndio no local.
> Preparem-se para evacuação.

Dou meia-volta com Sunny e olho para trás, de onde viemos.

— Ai, meu Deus — sussurro.

— O que é? — Violet se vira e vê o que vejo.

O fogo, o *nosso* fogo, cresceu e se transformou em uma parede feroz de chamas laranja. Ele cruzou o cume e está derrubando árvores, serpenteando em direção à cidade como um dragão. A fumaça sobe em jatos intermináveis em direção ao céu, e cinzas começam a cair como neve.

— Está vindo! — Violet chora. Pistol sente sua tensão e começa a galopar. Chuto Sunny e nós a alcançamos, correndo para a casa de sua avó.

Quando chegamos à casa de Elizabeth "Lulu" Sandoval, uma casa vitoriana branca de três andares inspirada nas mansões de São Francisco e cercada por árvores, a encontramos colocando as malas em seu utilitário esportivo. Ela está usando botas de vaqueira surradas, uma camiseta com um arco-íris desbotado no peito e jeans velhos, com seu cabelo grisalho preso em duas longas tranças. Você nunca imaginaria que ela é rica só de olhar, mas a fortuna madeireira dos Sandoval é imensa.

— Violet, Hannah — Lulu chama quando nos vê. — Vocês estão bem, meninas?

Algum senso de autopreservação recaiu sobre Violet no caminho para cá. Ela enxuga os olhos e se recompõe.

— Estamos bem, vovó. O que você está fazendo?

Os olhos de Lulu voltam-se para o leste em direção ao fogo.

— Estou me preparando para a evacuação. O que parece que estou fazendo?

A fumaça se dispersa, bloqueando o sol, e o céu passou de azul para um cinza abafado, como se alguém tivesse jogado um cobertor sobre ele. Rajadas de vento sopram minhas roupas, e brasas brilhantes caem como cometas.

— O fogo não vai nos atingir — prometo.

A avó de Violet suspira.

— Querida, já nos atingiu.

— O quê?

— Não serão as chamas que colocarão fogo nesta cidade. Serão as brasas.

Percebo as partículas de cinzas vermelhas pousando ao nosso redor. Elas não podem incendiar a propriedade porque Lulu a mantém à prova de fogo o máximo possível. Seus gramados imaculados são verdes e úmidos, as calhas de proteção mantêm os detritos longe do telhado, e ela preparou um amplo aceiro entre sua casa e a floresta, mas poucas pessoas em Gap Mountain são tão cuidadosas. As folhas que caíram no outono passado ainda entopem as calhas das casas por toda a cidade, tocos de lenha estão empilhados em varandas de tinta descascando e gramados secos estão cheios de agulhas de pinheiro. Gap Mountain está pronta para arder.

Violet e eu desmontamos e ajudamos Lulu a carregar seu suv com caixas de fotos, remédios, uma mala, documentos importantes, uma caixa de água mineral, lanches e seus três poodles. Os cachorros grandes saltam graciosamente para o banco de trás.

Em seguida, Lulu manda a neta escada acima para empacotar algumas roupas. Quando Violet retorna, ela joga duas malas de mão no porta-malas.

Lulu encara o celular, seu rosto inquieto contraído.

— Não consigo falar com os seus pais.

— Eles estão no meio do Pacífico Sul, vovó — Violet declara, lembrando-me de que seus pais alugaram um iate particular para viajar de São Francisco à Austrália neste verão. — Não se preocupe, estaremos seguras em Bishop — acrescenta.

— Comida para os animais — deixo escapar. — Você empacotou ração para os cachorros?

Lulu estala os dedos.

— Bem lembrado, Hannah. Vou pegar. — Ela caminha rapidamente de volta para a casa, suas tranças batendo contra as costas.

— Precisamos combinar as nossas histórias — sussurro para Violet quando Lulu está fora de vista.

Uma cinza quente pousa na minha pele, chamuscando o pelo fino do meu braço.

Os olhos semicerrados de Violet começam a clarear.

— Por quê?

— Porque nós mentimos para o meu pai — falo, dividindo a culpa com ela. — Porque Luke ainda está em liberdade condicional e porque vocês beberam cerveja e fumaram maconha. Ninguém pode saber que estávamos no Gap quando aquilo começou. — Aponto em direção às chamas.

Sua pele morena empalidece diante dos meus olhos.

— Mas foi um acidente.

— Não importa, V. Ainda é um incêndio culposo, e Luke não acendeu aquele cachimbo por *acidente*. — Limpo meu rosto e começo a andar de um lado para o outro. — Nós poderíamos ir para a cadeia.

Violet me lança um olhar triste.

— Nossas histórias têm que coincidir: a sua, a minha e as dos outros. Precisamos nos encontrar e resolver isso. — Pego meu celular e escrevo uma mensagem de texto em grupo: VCS ESTÃO NA MINHA CASA?

Segundos depois, temos uma resposta de Luke: A MERDA DO FOGO CORREU! SIM, ESTAMOS NA SUA CASA.

Eu: FIQUEM AÍ. TEMOS QUE NOS ENCONTRAR. TODOS NÓS. EXCLUAM ESTAS MSGS.

Mo: E A EVACUAÇÃO?

Eu: PAREM DE MANDAR MSGS

Quando Lulu retorna, nós a persuadimos a deixar Violet me ajudar a devolver os cavalos e a embalar as minhas coisas.

— Iremos para Bishop assim que terminarmos — prometo.

— Vou seguir vocês — Lulu oferece.

— Está tudo bem — Violet fala. — Estamos indo para o lado contrário do incêndio e as estradas vão ficar engarrafadas. Estaremos bem atrás de você.

Lulu olha para seus poodles e então sobe no carro com um aceno de cabeça.

— Vou ligar com antecedência e reservar quartos no Holiday Inn. Vou pegar um para você e para o seu pai também, Hannah.

Agradeço a ela e, então, Violet e eu montamos nos cavalos e os encorajamos a galopar. À medida que cavalgamos para o sul, o vento aumenta, levando fumaça e cinzas na nossa direção. Levantamos as camisas para cobrir nossa boca enquanto o céu escurece.

Pela primeira vez desde que vi as chamas, um medo real se arrasta pelo meu corpo. O fogo está descendo o cume agora, lambendo as árvores e arbustos, deslizando em direção ao lado norte da cidade. As casas ali são velhas e espalhadas em lotes de mil metros quadrados. O norte é onde vive a maioria dos nossos cidadãos idosos.

Violet e eu cruzamos a estrada e avistamos uma caravana de caminhões do *Cal Fire* em nossa direção, luzes acesas, sirenes altas. Sunny perde o controle e empina com força, jogando-me no mato. Eu caio de costas.

— Caramba! — berro, agarrando suas rédeas, mas ele relincha e foge para as árvores.

Pistol quer segui-lo, mas Violet luta e consegue controlá-lo.

— Vem comigo, Han — ela pede. Meus músculos das costas latejam enquanto monto na frente de Violet, e cavalgamos com Pistol para minha casa.

Nossos celulares emitem outro alerta:

> Incêndio descontrolado da vegetação atingiu Gap Mountain.
> Estruturas sob ameaça imediata.
> EVACUEM AGORA.
> Fogo 0% controlado.

Violet e eu cavalgamos em um silêncio atônito, escolhendo nosso caminho pelas ruas secundárias e evitando o centro da cidade. Logo, as primeiras explosões chegam aos nossos ouvidos: tanques de propano. Sirenes ressoam no vale do condado Mono, e a fumaça se espalha entre os picos como se uma bomba nuclear tivesse explodido.

A culpa se instala em mim. Eu não deveria ter agarrado Luke enquanto ele segurava um cachimbo aceso. Que atitude idiota! E daí se ele zombou de mim? Por que não pude ignorá-lo, como Drummer ou Mo teriam feito? Nós todos tiramos sarro uns dos outros. Por que sou sempre eu que fico brava? Esse incêndio florestal é culpa minha ou dele?

Conduzo Pistol até a minha garagem e lá está minha casa: uma velha cabana de dois quartos situada entre os pinheiros. Todos estão sentados na varanda quando chegamos: Drummer, Luke e Mo. Meu palomino Sunny também encontrou o caminho de casa. Alguém, provavelmente Drummer, tirou sua sela e o trancou no cercado.

Todos os olhos se voltam para mim quando Violet e eu subimos as escadas e solto um suspiro reprimido.

— Todo mundo pra dentro. Precisamos conversar.

5

7 DE JULHO
17H35
INCÊNDIO: 0% CONTROLADO

— Estamos tão fodidos — Mo afirma enquanto distribui as garrafas de água da minha geladeira.

Nós nos sentamos ao redor da mesa de fazenda gasta na minha cozinha. Os pratos estão empilhados na pia e Matilda está aos nossos pés, choramingando porque estamos ignorando-a.

A luz da geladeira não acendeu quando Mo abriu a porta, e uma rápida olhada em volta na minha pequena casa me diz o porquê: não há eletricidade. Isso significa que meu poço está desativado. Se o fogo vier para cá, não tenho água para combatê-lo. Minha cabana está no quadrante sul de Gap Mountain, e o fogo está indo para o noroeste, mas isso não significa que estamos seguros. Cinzas quentes estão caindo ao nosso redor. Precisamos ir, mas também precisamos conversar.

Luke bate com o punho na mesa.

— Não, *eu* tô fodido. Estou em liberdade condicional. — Sua pele de alabastro parece sem sangue contra seu cabelo e olhos escuros; seu rosto se contrai de angústia. — Vou voltar para o reformatório.

— Ninguém vai a lugar nenhum enquanto mantivermos nossa boca fechada — declaro.

— Meu Deus, não acredito que menti para o *xerife* — Violet acrescenta. Círculos escuros apareceram debaixo dos seus olhos.

O olhar de Luke encontra o dela.

— Você falou com o pai de Hannah?

Ela concorda com a cabeça, e eu explico:

— Ele nos viu perto do corpo de bombeiros, perguntou se tínhamos visto como o incêndio começou e respondemos que não.

As repercussões disso atingem os demais. Uma mentira é um compromisso. Um que não discutimos totalmente, um que nos unirá.

Luke franze a testa.

— Isso é bom, acho. Olha, vimos dois pavilhões de caça vazios pegando fogo no caminho para cá. Essa merda está fora de controle. A eletricidade está desligada e os poços não funcionam. Ninguém consegue água. Não queremos nossos nomes nisso.

— Você viu duas cabanas queimando? — pergunto.

— Isso, cabanas vazias. — Luke não olha para mim, ainda chateado com a nossa briga.

— Conte a ela sobre os ursos — Drummer pede. Ele está agitado e se contorcendo, incapaz de ficar parado. Ele abre uma porta do armário, retira uma caixa de cereais açucarados e começa a enfiar punhados na boca.

Luke olha para a janela da minha cozinha.

— Os animais selvagens estão descendo a montanha. Passamos bem perto de um urso e ele simplesmente nos ignorou. E vimos alguns cervos, e um coiote também, todos fugindo do fogo.

Eu me inclino para trás e penso. Os danos materiais elevam nossa contravenção a um possível crime, e isso não é exagero. A Califórnia não brinca quando se trata de incêndios. Luke está certo: estaremos fodidos se alguém descobrir o que fizemos. Além de acabar na prisão, Mo, Violet e eu poderíamos ter nossa admissão nas faculdades revogada. Meu coração dispara mais rápido e minhas entranhas se retorcem com tristeza. Precisamos ficar à frente disso.

Olho para Violet e, em silêncio, agradeço a Deus por ela ter mentido para o meu pai.

— Escutem, não somos suspeitos, ainda não e talvez nunca. Só precisamos esclarecer o que vamos dizer se alguém perguntar onde estávamos, o que provavelmente não vai acontecer.

— Você está certa — Mo concorda e solta um grande suspiro. O inalador está em sua mão e seus olhos estão vermelhos de fumaça e lágrimas. Ela não parece bem. — Não há razão para suspeitarem de nós.

Eu dei aos meus amigos mais esperança do que pretendia e volto atrás.

— Haverá uma investigação, Mo. O *Cal Fire* encontrará o ponto de origem, que é perto do Gap, então só precisamos ter certeza de que ninguém saiba que estivemos lá. Algum de vocês comentou com alguém sobre nossos planos de hoje?

— Não sei — Mo responde. — Talvez? Não consigo pensar. — De repente, seu celular vibra com uma mensagem. — Merda — ela chora, lendo. — Minha mãe disse que o incêndio está perto de Stony Ridge.

Luke se levanta de um salto.

— Você tá zoando!

Mo treme.

— Não... Ela diz que pode ver as chamas. Ai, meu Deus!

Luke e Mo moram em Stony Ridge, o bairro de casas antigas e com muitos cidadãos idosos com o qual eu estava preocupada.

Luke, que odeia celulares, verifica o seu e prugueja.

— Tenho três chamadas perdidas do Aiden! É melhor que a merda da minha mãe esteja em casa. Ela precisa tirar meu irmão de lá. — Todos nós sabemos que é provável que a mãe de Luke esteja chapada apostando nos cassinos de Nevada, sem se importar com Aiden, de oito anos.

— Precisamos sair daqui também. Vamos ter que falar sobre nossas histórias mais tarde — Drummer fala, andando de um lado para o outro.

Luke aumenta o volume do seu celular e ele apita com uma nova mensagem.

— Merda, Aiden está mandando mensagem. Ele disse que tá sozinho em casa e que não consegue encontrar a nossa gata. — Sua voz está sufocada. — Tenho que ir.

— Vai com o meu quadriciclo. — Apanho as chaves do gancho e as atiro para ele.

— Posso ir com você? — Mo pergunta a Luke. — Meus pais estão arrumando tudo para a evacuação. Preciso ajudar os dois. — Ela chia e suga o inalador, arfando. — Meu quarto. E todas as minhas coisas?

Violet começa a chorar e corremos para fora juntas, com Matilda trotando em nossos calcanhares. Luke salta sobre o quadriciclo e dá a partida. Mo sobe atrás dele.

Drummer agarra o braço de Mo, gritando por sobre o vento e o estrondo distante da explosão dos tanques de propano:

— Você não deveria estar aqui fora, no meio dessa fumaça.

Cinzas se acumulam nas árvores, o céu de verão é cinza níquel e os ventos derrubaram minha lata de lixo à prova de ursos.

Mo balança a cabeça para Drummer, enfia o inalador na bolsa e passa os braços em volta da cintura de Luke.

— Tenho que ir para casa.

Luke pisa no acelerador e dispara o quadriciclo pela minha calçada de cascalho, a parte de trás derrapando, fazendo pedras voarem. Observamos enquanto ele e Mo desaparecem na estrada, e então me viro para os meus amigos:

— Drummer, atrele o trailer para cavalos na caminhonete do meu pai. Violet, pegue a coleira de Matilda. Volto logo.

Corro escada acima para jogar algumas roupas em uma mochila.

Não sei onde meu pai guarda os documentos importantes, então só pego algumas roupas para ele e o nosso álbum de fotos. Ele retrata a lenta morte de uma família, terminando com fotos de um pai e uma filha abandonados, mas não posso deixar isso para trás. Pego o carregador do meu celular e, num impulso, meu anuário.

— Depressa, Han, vamos embora — Violet pede quando desço as escadas. Ela está com Matilda na coleira.

— Estou pronta.

Esbarro em Drummer na varanda, e sua expressão derrotada me paralisa. — Seu trailer está com dois pneus furados — ele explica. — Os cavalos vão ter que ficar para trás.

Lágrimas enchem os meus olhos.

— E se o fogo vier para cá?

Ele me entrega uma lata de tinta spray que trouxe da garagem. Resmungo, mas sei o que tenho que fazer para proteger os meus cavalos. Tenho três no total: Stella, Pistol e Sunny, o último um presente do garanhão do meu vizinho que se soltou e emprenhou Stella há quatro anos.

Enquanto Drummer os segura com firmeza, borrifo meu número de telefone nas laterais dos cavalos. Depois de marcá-los, Drummer e eu os soltamos e os vemos galopar para a floresta.

— Isso é minha culpa — sussurro.

Drummer me abraça e seca minhas lágrimas com sua camisa.

— É de todos nós. — Seu coração bate contra o meu peito.

Eu limpo meu nariz.

— Ninguém jamais pode descobrir.

— Eu sei. Ninguém vai. Onde estão as suas chaves?

Encontro-as no meu bolso. Em seguida, Violet, Drummer, Matilda e eu entramos no meu carro e o retiro da garagem até o acesso à estrada municipal abaixo.

Tossimos com força por causa da fumaça, e o céu está quase preto. Não consigo acreditar que minúsculas brasas vermelhas de cachimbo começaram *tudo isso*.

No final da minha estrada está a Rota 395, e, quando a alcançamos, piso no freio. A rodovia de duas pistas está congestionada com carros indo para o sul. Eles passam lentamente, os motoristas como zumbis, boquiabertos, olhos arregalados.

Apertados dentro dos carros e caminhões estão crianças, cães e gatos em transportadores de animais de estimação e pássaros em gaiolas. As pessoas estão levando reboques de cavalos, gado e trailers. Vemos caminhões carregados com malas, caixas, garrafas d'água e mais animais de estimação. Uma picape leva três pequenos porcos cobertos de cinzas. Outra caçamba contém uma família inteira, amontoada e tossindo. Os carros não estão nos deixando passar, então empurro a frente do jipe entre dois sedãs e forço meu caminho para a procissão em direção ao sul. Um novo alerta acende nossos celulares:

> Estruturas incendiadas em Gap Mountain entre a avenida Summit e Windy Peak.
> Ruas fechadas.
> Bombeiros no local.
> Saiam agora!

— Isso fica em Stony Ridge — Drummer diz. Suas pupilas se contraíram em pontos minúsculos e seus olhos azuis estão arregalados e brilhantes. — Luke e Mo podem ficar presos.

— Talvez a gente consiga alcançar os dois. — Jogo meu braço para fora da janela como um aviso para outros carros e, em seguida, viro o jipe para a pista oposta, que está vazia, já que ninguém mais está indo *em direção* ao incêndio. O motorista atrás de nós aperta a buzina.

— Ai, meu Deus! — Violet grita no banco de trás.

Pressiono o pedal do acelerador com força e corremos na direção em que Luke e Mo foram. Viro para uma rua secundária chamada Sanders, a mesma rua que Luke tomou, e dirijo direto para uma parede de fumaça. Meus faróis se acendem, só que mal consigo ver o caminho.

— Feche as janelas! — Drummer grita. Em seguida, ele liga meu ar condicionado, o que ajuda a limpar o ar dentro do carro.

— Isso não parece nada bom! — Violet declara, com as mãos pressionadas contra o teto.

Minha mente passa por todos os idosos que moram em Stony Ridge. Como eles vão sair dali? Costumo ouvir chamadas médicas no rádio do meu pai. Algumas dessas pessoas têm andadores e há pelo menos um residente que usa um tanque de oxigênio. Sei que alguns têm demência, muitos não ouvem bem, e alguns não têm celulares. Eles estão recebendo esses alertas? Será que meu pai e o *Cal Fire* os tiraram de lá? E quanto a crianças como o irmão de Luke, que está sozinho em casa? E se um deles morrer? Isso é homicídio culposo. Merda! Lágrimas ardem em meus olhos. Não quero que ninguém se machuque.

Enquanto mergulhamos na fumaça, olho para Violet pelo espelho retrovisor. Seu cabelo brilhante está despenteado, seus olhos reluzem como vidro preto, e ela está com o semblante tão rígido que seu rosto parece o de um cadáver. Ao meu lado, Drummer limpa as mãos na calça jeans. Suas sobrancelhas loiras estão tensas, encobrindo seus olhos.

Acho que sou a primeira a perceber que as coisas entre nós nunca mais serão as mesmas. Esse segredo, esse *crime*, vai nos amarrar com tanta força que nunca vamos escapar — nem em nossos casamentos, nem nos jogos da liga infantil dos nossos filhos, nem em nossas casas de repouso. Quer sejamos descobertos ou não, ele nos seguirá até a morte. Somos cinco almas equilibradas em um prato giratório, e, se alguém perder o controle, todos nós cairemos.

Então juro nesse momento não deixar isso acontecer. Vou manter esse prato girando. Vou nos manter fora da prisão. Vou proteger os monstros.

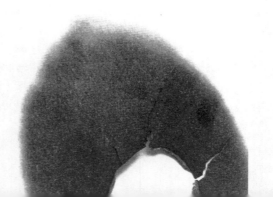

6

**7 De JULHO
18H22
Incêndio: 0% controlado**

Meu jipe salta pela estrada de terra com o limpador de para-brisa ligado removendo as cinzas. Espiamos pela janela, procurando Luke e Mo no quadriciclo, mas está tudo silencioso. Estou prestes a me virar e voltar quando os ventos furiosos de repente mudam. A fumaça sobe e a vista clareia.

Eu acelero, dirigindo o mais rápido que posso enquanto o carro passa por buracos e bueiros. Meus amigos se apoiam no teto e nas portas, mas ninguém me pede para diminuir a velocidade. Temos que alcançar Luke e Mo e tirá-los de Gap Mountain. As brasas caem e uma névoa marrom envolve o céu. Se isso não for o inferno, é uma imitação muito boa.

— Cuidado! — Drummer grita.

Um urso anda pesadamente pela estrada, arrastando as patas e confuso. Piso fundo no freio, viro com força e o carro desliza por um segundo sobre duas rodas. Vislumbro Drummer, seu queixo contraído, a boca escancarada. Então o jipe se endireita e para com um solavanco que nos joga para a frente e depois para trás.

O urso está a apenas alguns centímetros da minha janela; é pequeno, talvez com um ano de idade. Ele se afasta e bufa para o carro. Abro minha porta para espantá-lo assim que ele se vira e corre de volta para a floresta. Volto para o meu lugar, abraçando a mim mesma. Só então penso em perguntar:

— Todos estão com o cinto de segurança?

Ouço o clique dos cintos e Violet murmurando:

— Ai, meu Deus, ai, meu Deus.

Engreno a primeira marcha e continuo dirigindo.

— Vigiem as laterais das ruas para o caso de Luke ter batido com o quadriciclo. Vou vigiar a frente.

Minhas mãos tremem loucamente enquanto engato a segunda. Passamos por uma área que o fogo já alcançou e ficamos em silêncio. A paisagem está negra e carbonizada. Pequenas chamas industriais perduram, devorando qualquer coisa inflamável. A rua está coberta de galhos fumegantes e detritos. Engato a tração nas quatro rodas e dirijo para contornar obstáculos, às vezes saindo da estrada.

— Aquilo é um cervo? — Violet pergunta.

Eu piso no freio e todos nós olhamos para onde ela está apontando. O fogo varreu tão rápido que transformou o cervo e seu filhote em cinzas bem onde estavam. Eles me lembram a história da Bíblia sobre a mulher que olha para trás e é transformada em uma estátua de sal, exceto que esses dois animais se parecem mais com estátuas de pimenta-preta.

— Se os animais não conseguem sair, como as pessoas vão conseguir? — Violet questiona, a voz trêmula.

Drummer se estica para trás para tocá-la, e noto seus olhos brilhando com lágrimas. A última vez que vi meu amigo chorar foi quando seu cachorro teve câncer. Ele se recusou a admitir que o animal estava doente — porque esse é Drummer, ignorando os problemas pesados — até o dia em que o encontrou morto no chão de sua lavanderia. Ele me chamou para cuidar daquilo, e, quando cheguei lá, Drummer berrou como se estivesse sendo assassinado. Eu não tinha ideia de como ajudá-lo, então me ofereci para cavar uma cova e enterrar o cachorro, mas isso o fez chorar ainda mais. Agora, vendo-o tocar Violet, percebo o que deveria ter feito: deveria tê-lo abraçado.

Tento acalmar todo mundo.

— A equipe de resgate vai tirar as pessoas de lá. Não se preocupem.

Adiante está o centro de Gap Mountain, e ainda não vimos nenhum sinal de Mo e Luke.

— Merda! — grito. — Meu pai tá ali!

Piso no freio novamente, mas não consigo esconder meu jipe vermelho. Além disso, é o único carro na rua que não é dos bombeiros ou da polícia. Todos os outros já foram embora ou estão indo na direção oposta.

Meu pai, a dois quarteirões de distância, corre em nossa direção, usando uma máscara facial N95.

— Olha, o correio tá pegando fogo! — Drummer grita.

Eu espio por cima do volante. Atrás do meu pai, chamas laranja golpeiam o revestimento de madeira do correio como línguas vorazes. Um caminhão de bombeiros está no local, e os bombeiros estão tentando salvá-lo, bem como os edifícios ao redor. As brasas devem ter iniciado esse fogo, porque o verdadeiro incêndio ainda está nas árvores. O dragão flamejante agora tem doze metros de altura, quilômetros de largura e — mais tarde descobrimos — atravessa a distância de três campos de futebol por segundo, com brasas sendo lançadas a um quilômetro de distância.

Quando meu pai alcança minha janela, abaixo o vidro e a fumaça enche o carro, nos fazendo tossir. De seu lugar no chão do carro, Matilda late.

— Por que você não está indo para Bishop? — ele pergunta furiosamente.

Lágrimas enchem os meus olhos.

— Luke e Mo pegaram o quadriciclo para tentar chegar até a casa deles. Não conseguimos encontrar os dois.

— Em qual estrada eles estão?

— Sanders.

Meu pai balança a cabeça e fala com seus ajudantes pelo walkie-talkie.

— Nós vamos encontrá-los — ele me assegura. — Vocês deem a volta e saiam daqui. Agora!

— Pai, espera. — Suas veias estão saltadas e suas mãos tremem com a adrenalina. — Todo mundo está... bem? — Ele sabe o que quero dizer: os cidadãos de Gap Mountain estão bem? Alguém morreu?

Meu pai segura o peitoril da janela do carro.

— Ainda é muito cedo para saber.

Acho que ele sabe mais do que está dizendo, e estou apavorada pela possibilidade de termos matado alguém.

— Pai?

Ele bate na porta do carro.

— Dê a volta. Vá para Bishop. Me mande uma mensagem quando estiver segura. — E então ele sai correndo em direção ao incêndio.

Meu Deus, *ele* não está seguro. Agarro o volante. Não consigo respirar e de repente me sinto totalmente perdida.

— Porra. Vem pra cá, Han. — Drummer me arrasta para fora do assento e muda de lugar comigo conforme entro em pânico. — Respire fundo. — Ele engata a marcha e dá a volta, fazendo os pneus cantarem enquanto dirige para a Rota 395.

O incêndio atinge a rua Pine no momento em que o primeiro avião ruge acima das nossas cabeças cheio de retardantes de chamas cor-de-rosa. Tratores passam pelo meu carro, indo em direção à floresta para derrubar árvores e criar aceiros. Agradeço mentalmente ao *Cal Fire*, mas essa não é uma boa notícia. Significa que o nosso fogo é enorme e está fora de controle. Significa que o custo para combatê-lo está disparando diante dos meus olhos.

Drummer pega uma rua secundária enquanto mando mensagens para Mo repetidamente, sem obter resposta.

Violet verifica as redes sociais em seu celular e começa a anunciar o que vê.

— A lavanderia se foi — ela lamenta. — Stony Ridge está... — ela se engasga com as palavras — está pegando fogo, todo o bairro! — Então sua voz fica mais aguda. — A escola de ensino médio de Gap Mountain está queimando.

— O quê? — Drummer grita.

— A escola está pegando fogo!

— Isso não pode estar acontecendo, porra — sussurro. — Isso vai matar a Mo. — Nós sabemos o quanto ela ama aquela escola. Ela fazia parte do comitê de liderança, do conselho estudantil, da equipe de dança, e era presidente do clube de culinária.

Violet encara o celular, com os olhos arregalados e a boca aberta.

— Ei, não sabemos o que é verdade ainda — ressalto. — Vá para um site de notícias de verdade.

— Lá está a rodovia! — Drummer grita.

Ele arranca com o carro para outro atalho e, em seguida, dispara por um aterro até o acostamento da Rota 395, quase batendo em outro veículo. O motorista buzina e não nos deixa entrar. O carro atrás dele diminui a velocidade para nós enquanto Drummer entra no fluxo de trânsito.

Ambas as pistas estão se movendo na mesma direção agora. Ninguém se importa se o lado esquerdo é para o norte e o lado direito é para o sul; todo mundo está indo para o sul mesmo. Os veículos de resgate terão que usar o acostamento.

— É a porra do apocalipse — Drummer declara.

Os alertas continuam chegando, e eu os leio em voz alta do banco do passageiro. O último faz o mundo deslizar de debaixo de mim:

> Gap Mountain e áreas adjacentes: evacuar agora.
> Fogo 0% controlado.
> Numerosos incêndios em estruturas no bairro de Stony Ridge.
> Possíveis fatalidades.

Minha respiração para e Violet desmorona em lágrimas. O silêncio no carro é como o olho de uma tempestade. Drummer olha para mim, e nosso passado ricocheteia entre nós: correndo entre os irrigadores de grama quando crianças, acampando no quintal, pulando em meu velho trampolim surrado, andando a cavalo, nadando no Gap — as memórias surgem e pulam pela janela. Nada disso importa mais; nossa infância foi destruída como se o Godzilla esmagasse o Bambi. *Possíveis fatalidades*. Será que matamos pessoas?

— Nós vamos para o inferno — Violet afirma, batendo os dentes.

De repente, Drummer vira a cabeça e seus olhos azuis se arregalam de terror.

— Saiam do carro! Saiam! — ele grita.

Todos nós olhamos para trás. O vento mudou novamente e a parede de chamas chegou na estrada. O céu está escuro, quase preto, enquanto o fogo nos alcança, atingindo e explodindo carros apenas um quilômetro e meio atrás de nós. Como o tráfego praticamente parou e o fogo está se movendo mais rápido do que os carros na rodovia, as pessoas fogem de seus veículos e correm. Elas passam pelo meu carro, carregando crianças, animais e caixas. Uma senhora tem um cordeiro nos braços.

Por um breve segundo, nós congelamos, e então abrimos nossas portas. Matilda uiva como um lobo e nos segue enquanto saltamos, exceto Drummer. Ele bate a porta e afivela o cinto de segurança.

— Vou sair da estrada — ele fala. — Se eu conseguir fugir do fogo na floresta, encontrarei vocês mais à frente.

— Não! — berro. — Você não vai conseguir; vai ficar preso lá! Você vai morrer!

— Precisamos de um veículo, Han. Corra, vou tentar encontrar vocês mais à frente.

— Não vá! — grito.

Ele balança a cabeça, liga o motor, sai voando da pista que vai para o sul e desaparece na floresta. O fogo está viajando ainda mais rápido entre as árvores do que na estrada! As chamas passam de galho em galho, e as brasas disparam e acendem fogueiras que correm à frente de sua mãe faminta.

Meu coração bate forte. A fumaça e as cinzas ardem em meus olhos. Tiras de fogo caem do céu e explodem no asfalto. O fogo marcha em nossa direção como um exterminador, jogando carros para fora do caminho como se fossem brinquedos. Ele *nos* quer. Ele quer seus criadores.

— Vamos! — Violet exclama.

Ela agarra minha camiseta e nós corremos pela rodovia, desviando de carros e pessoas mais lentas. Matilda galopa ao meu lado, já ofegante de calor.

Cinzas tóxicas cobrem nosso cabelo e nossa pele, e levantamos as camisetas para cobrir a boca. Violet e eu ainda estamos usando os biquínis por baixo das roupas, mas não somos as mesmas garotas que nadaram no Gap horas atrás. Somos assassinas. *Possíveis fatalidades*. Meu Deus, isso não pode ser verdade.

Está fazendo quarenta graus hoje, mas neste pavimento preto com as chamas nos perseguindo parece muito mais quente. Minha cachorra com artrite começa a mancar e a ganir baixinho. Seu pelo ruivo é brilhante contra o céu enegrecido, lembrando o profundo vermelho de quando ela era filhote. Puxo sua coleira.

— Vamos, garota!

Matilda abana o rabo, um baque fraco, e tenta andar mais rápido. Seus olhos castanhos se desculpam, como se ela estivesse pensando: *Me desculpe por ter envelhecido.*

Atrevo-me a olhar para trás e vejo o incêndio crescendo. Um homem mergulha em uma vala quando as chamas vorazes passam sobre ele.

— Puta merda! — berro.

O medo inunda o meu cérebro. Olho para Matilda; ela está ficando fraca.

— Não podemos fugir disso! — Violet grita.

— Sim, podemos!

Pego Matilda em meus braços e, de alguma forma, corremos mais rápido. Luto com o peso da cachorra, meu horror circulando mais rápido do que meu sangue. O fogo desce sobre nós e um soluço fecha a minha garganta. É assim que vamos morrer?

7

7 De JuLHo
18H55
Incêndio: 0% controlado

Eu rapidamente fico para trás de Violet, porque Matilda pesa quarenta quilos e estou tentando correr de chinelos com ela em meus braços. Violet olha para mim.

— Ponha a cachorra no chão, Hannah!

— O quê? Não!

Ela se vira e agarra o meu braço com raiva, seus olhos como estrelas negras.

— Você vai morrer se não fizer isso.

Eu me afasto.

— Ela é a minha *cachorra*.

— Ela é muito pesada. Você tem que deixar ela para trás.

— Mas eu não posso, V. Não posso deixar Matilda sozinha! — Balanço a minha cabeça.

— Hannah! — ela grita, me dando um puxão. — Ponha a maldita cachorra no chão e venha comigo. *Eu* preciso de você! — As chamas refletem em seus olhos escuros.

Respiro fundo.

— Não posso.

Violet me olha boquiaberta, atordoada, talvez magoada, e então solta meu braço e sai correndo, me abandonando.

Eu coloco Matilda no chão, agarro sua coleira e tento encorajá-la.

— Vem, Mattie! Me segue!

As chamas que se aproximam demoram ao chegar em uma minivan, mas aceleram outra vez quando encontram a gasolina e o carro explode. Caio em cima de Matilda, protegendo os meus ouvidos. Ela gane quando caio em seus quadris.

— Me desculpe!

Eu a coloco de pé.

Perto de nós, um trailer de cavalos parou. Os animais relincham e chutam dentro enquanto o dono corre para trás.

— Tire seu cachorro — ele avisa. — Vou soltar os cavalos.

Arrasto Matilda para fora do caminho, meus ouvidos zumbindo, o calor enrugando minha pele. O homem abre a porta do trailer e quatro cavalos rompem as amarras de segurança e saltam. Eles galopam pela estrada, derrapando, relinchando e saltando sobre pertences espalhados. Um deles derruba uma mulher e as pessoas começam a gritar, alertando as outras para tomarem cuidado. Lágrimas escorrem pelo rosto coberto de cinzas do dono, e então ele sai rapidamente atrás dos animais.

Matilda lambe a minha mão.

— Vamos — peço, agarrando sua coleira e puxando.

As rajadas de vento e as brasas nos atingem. As cinzas estão carregadas de produtos químicos, carros e edifícios queimados, fotografias, brinquedos de plástico e corpos de animais e de pessoas. Estamos inspirando isso, absorvendo em nossos corpos, e um acesso de tosse me envolve.

Eu puxo a coleira de Matilda com força, obrigando-a a correr. Ela se recupera, mas está superaquecida e seu ímpeto de velocidade não dura muito. Nós trotamos pela linha central amarela da rodovia, lentas demais. Eu sou Dorothy, ela é Totó, e só queremos ir para casa. Latidos profundos chiam em sua garganta, e imagino que a artrite em seus quadris a esteja matando neste pavimento duro.

À medida que o fogo chega mais perto de nós, tento pegá-la no colo mais uma vez, mas ela se debate e não consigo segurar um cachorro agitado. Pessoas passam correndo por nós, e a maioria nem sequer nos olha. É uma debandada.

Corremos cerca de oitocentos metros antes de Matilda parar e se jogar no chão. Ela vira seus enormes olhos castanhos para mim e abana o rabo como se estivesse se despedindo.

— Não — sussurro com um nó na garganta. — Vamos. Você consegue.

Tento puxá-la para cima, mas ela não deixa. Ela está acabada. O fogo está vindo e, quando chegar aqui, o medo absoluto me obrigará a abandonar minha cachorra. Soluços sacodem o meu corpo. Enterro meu nariz em seu pelo, inalando o cheiro familiar de cachorro sob a fumaça.

— Eu te amo, Matilda.

Ela abana o rabo e afunda a cabeça na curva do meu pescoço.

O fogo ruge mais perto, aquecendo minha carne. Minhas lágrimas secam antes de caírem.

Então, o barulho do motor de uma aeronave supera o do sangue correndo nos meus ouvidos. Olho para cima e vejo uma enorme aeronave de combate a incêndios. Limpo as minhas lágrimas enquanto ela se afasta. Dezenas de pessoas param e olham para cima.

O avião voa até a beira do inferno e despeja nele várias toneladas de retardante de fogo. Os produtos químicos cor-de-rosa chiclete apagam as chamas mais próximas e cobrem os carros e as estradas perto. À minha volta, as vozes das pessoas se erguem aplaudindo.

O fogo ruge e morde o retardante, mas não consegue cruzá-lo. Gaguejo, ofegando de espanto. A marcha do incêndio em direção ao sul é bloqueada e meu coração dispara. Os bombeiros nos deram tempo. Eles salvaram a minha cachorra.

Insisto que Matilda volte a andar, e ela se põe de pé cambaleando. Depois de vários metros, vejo um vagão vermelho de brinquedo na parte de trás da caminhonete abandonada de alguém. Eu o pego, sussurro um agradecimento silencioso ao dono e ajudo Matilda a entrar no carrinho. Pegando a alça, eu a puxo e me junto ao resto da manada de zumbis na longa jornada em direção a Bishop. O fogo tremula atrás de nós, preso e furioso, enquanto sua borda oeste entra na floresta aberta e ruge em direção ao Parque Nacional de Yosemite.

As pessoas cujos veículos não queimaram voltam para seus carros, e o tráfego começa a se mover novamente. Devemos parecer refugiados, metade de nós sobre rodas, a outra metade marchando sobre o acostamento, carregando o que podemos: crianças, comida, fotos e animais de estimação. Os motoristas com vagas disponíveis param e oferecem carona para famílias com crianças pequenas.

Uma pequena caminhonete azul cheia de equipamentos de pesca e de acampamento chega perto de mim. O motorista se inclina para fora da janela.

— Precisa de uma carona?

Eu dou uma olhada e vejo um cara jovem com a barba por fazer e um boné de beisebol. Ele está em seus vinte e poucos anos e não é ninguém que reconheço de Gap Mountain. Ele está encharcado de suor por causa do calor e uma fina camada de cinzas se acumulou na lataria de seu veículo. Seus olhos se voltam para a minha cachorra.

— Ele não parece confortável.

— Ela — corrijo de maneira automática.

As patas de Matilda estão bem abertas e seu equilíbrio parece precário no vagão de brinquedo. Eu me imagino arrastando-a até Bishop e me sinto repentinamente exausta.

Meus pés doem, minha garganta está seca e minha adrenalina está vazando pelos meus dedos dos pés. Olho nos olhos do estranho. Ele parece seguro o suficiente.

— Você mora em Gap Mountain? — pergunto. — Está na evacuação?

— Não, moro em Bishop. Estava voltando de uma pescaria quando o incêndio começou. Aqui, posso deslizar esta bolsa térmica para o chão e abrir espaço para você.

— Ok, obrigada.

Eu ajudo Matilda a entrar na pequena cabine. Ela se joga no banco do passageiro com um suspiro alto e não se move, então acabo sentada no meio. O homem joga o vagão vermelho na caçamba da caminhonete, desliza para o assento e começa a dirigir. A cabine está apertada e sua perna está tão perto da minha que estamos quase nos tocando. Seus olhos voam em direção ao meu biquíni, que é visível através da minha blusa transparente encharcada de suor, e então voltam para a estrada. Cruzo meus braços, as bochechas ardendo.

— Meu nome é Justin — ele se apresenta, um sorriso curvando seus lábios.

— O meu é Hannah. Obrigada pela carona.

Olho para o seu porta-luvas, me perguntando se ele tem uma arma. Uma risadinha histérica sobe em meu peito. Posso até ler a manchete: **MENINA ASSASSINADA ENQUANTO FUGIA DE UM INCÊNDIO FLORESTAL.**

— Prazer em te conhecer, Hannah. Você está bem? Aqui, beba um pouco de água. — Ele estende o braço por cima de mim, encostando no meu, e pega um cantil do chão. — Enchi mais cedo, mas não bebi ainda. Prometo — ele fala.

— Obrigada. — Não sei se acredito nele, mas estou com tanta sede que não me importo. Engulo o líquido e despejo um pouco na palma da mão para Matilda. A água derrama no assento. Meus olhos se voltam para os de Justin. — Desculpe.

Ele dá um sorriso largo.

— É só água. Você tem uma cachorra de caça bonita.

Dou um tapinha na cabeça macia de Matilda.

— Ela é a melhor, mas está ficando velha.

Ele balança a cabeça em concordância diante da injustiça disso, e de repente estou lutando contra as lágrimas. Limpo meus olhos e tento respirar normalmente.

— Pode chorar — Justin fala, dando uma piscadela. — Não vou contar pra ninguém.

Seu painel embaça enquanto as lágrimas caem. Agora são 19h18, e é verão, então ainda há luz do dia. O céu paira sobre nós, um teto de cinzas rodopiantes. Minha garganta queima, e não consigo parar de tossir depois que começo. Estou enjoada. Em seguida, meu celular toca com um novo alerta que faz meu estômago revirar:

> A área de Stony Ridge está fechada ao tráfego.
> Corpo de bombeiros e paramédicos no local.
> Incêndios não controlados em estruturas
> representam ameaça imediata.
> Não voltem para casa.

Meu Deus, espero que Luke e Mo estejam bem. Fico grata quando Justin liga o rádio, uma estação de música *country*, e seguimos o resto do caminho até Bishop sem conversar.

— Onde posso te deixar? — ele pergunta enquanto entramos na avenida Principal Norte.

— No Holiday Inn.

Ele encontra o hotel e estaciona na calçada em frente.

— Aqui. — Ele rabisca um número de telefone em um recibo antigo e o passa para mim. — Ligue se precisar de mais uma carona, ou de qualquer outra coisa.

Seu olhar se demora, e meu estômago revira porque ele tem pelo menos uns vinte e cinco anos. Seu corpo é muito mais forte do que o de Drummer, musculoso e maduro, e sinto minhas bochechas corarem quando pego seu número.

— O.k.

Ele me ajuda a tirar o vagão vermelho da caçamba da caminhonete e, quando sua mão roça a minha, eu me afasto.

— Obrigada pela carona.

Aceno um adeus, coloco Matilda de volta no carrinho e me apresso em direção ao hotel. Justin fica parado, me observando ir embora.

A primeira coisa que noto é que os evacuados do incêndio florestal estão por toda parte em Bishop, dirigindo seus carros cobertos de cinzas ou caminhando com quaisquer pertences que não deixaram cair no caminho para cá. Do outro lado da rua tem uma recepção, e há uma fila de pessoas esperando por quartos. Estamos todos sujos e cheiramos a fumaça. Em contraste, os cidadãos de Bishop estão limpos, hidratados e correndo como formigas para nos ajudar.

Uma mulher se aproxima de mim vinda não sei de onde com garrafas de água e uma tigela para Matilda.

— Oi, querida, sou Giselle, da Igreja de Cristo — ela se apresenta. Paro enquanto ela cuida de Matilda e de mim, nos dando água e enxugando o muco dos olhos da minha cachorra. Então ela caminha ao nosso lado, como Jesus faria, acho. — Você tem um lugar para ficar? — ela pergunta. — Nossa igreja tem camas e comida.

Eu aceno em direção ao Holiday Inn.

— Sim, aqui. — Minha voz sai rouca. — A avó da minha amiga reservou um quarto para mim hoje cedo.

— Ah, isso é bom. A maioria dos hotéis está lotada.

Ela anda comigo em direção ao saguão. No caminho, vejo meu carro empoeirado no estacionamento e o alívio toma conta de mim. Drummer conseguiu. Ele ultrapassou o fogo.

Giselle fica comigo até que eu receba um cartão-chave e a permissão do gerente para manter Matilda em meu quarto.

— Obrigada — digo para a mulher.

— De nada — ela responde, adicionando um sorriso simpático e um tapinha no meu ombro. — Deus não começou este fogo, querida, mas Ele vai te ajudar a superá-lo.

Eu olho assustada para ela porque, sim, eu sei que Deus não começou isso.

Satisfeita, ela me deixa quando a porta do elevador se abre e se fecha atrás de mim. Eu me curvo e solto um enorme suspiro de agonia em minhas mãos. Matilda dá umas fungadas no meu rosto, tentando lambê-lo.

Quando chego ao terceiro andar, localizo meu quarto, que fica ao lado do de Lulu. Descobri lá embaixo que ela reservou quatro quartos no total, um para ela, um para a neta e dois para mim e meu pai. Eu me sinto mal por termos ocupado tantos lugares quando as pessoas estão fazendo fila por quartos do lado de fora, mas então lembro que Drummer também precisa de um quarto. Vou dar o meu a ele e ficar com meu pai.

Eu bato na porta de Lulu e ela deixa Matilda e eu entrarmos. Violet e Drummer estão sentados nas camas de casal, olhando pasmos para as notícias na televisão. Os poodles correm para cheirar Matilda, e minha cachorra de caça me lança um olhar preocupado.

— Hannah! — Violet pula da cama, me abraça e se joga no chão para abraçar minha cachorra. — Matilda, me desculpe, me desculpe — ela fala, soluçando em seu pelo avermelhado. Quando Violet vira o rosto para mim, noto que ela está sem maquiagem, seu cabelo está molhado e ela cheira a xampu barato. Ela trocou de roupa para uma camiseta com estampa de cavalo e parece ter cerca de doze anos. — Eu... Eu não sei por que gritei com você daquele jeito — ela me diz. — Me desculpe, Han. Me perdoe, o.k., por favor. Eu estava assustada.

Seu pedido de desculpas acalma a minha fúria como aquele retardante de fogo cor-de-rosa acalmou o fogo, apagando-o.

— Nenhum de nós está tendo um dia muito bom — concedo, e compartilhamos um sorriso fraco.

Ela explica que uma família logo a pegou e a trouxe para Bishop, e que esse é o motivo de ela estar ali e já ter tomado banho.

Drummer pula da cama e me abraça com força.

— Nós provavelmente não deveríamos ter nos separado. Fiquei tão preocupado quando não consegui encontrar você na estrada, Han. — Sua voz é profunda e áspera em meu ouvido. — Não posso te perder.

Eu o abraço de volta, o cheiro do sabonete do hotel exalando de sua pele quente, sentindo seus músculos magros se contraírem e seu coração bater no ritmo do meu. Ele diz coisas assim o tempo todo — quando falo sobre a faculdade, quando noto outro menino ou quando estou com raiva dele: *Hannah, não posso te perder; eu não posso viver sem você*. Como ele pode precisar tanto de mim e não me querer também?

Eu dou de ombros, fingindo que suas palavras não me deixam louca.

— Ei, você salvou o meu carro.

E ele não tem ideia de como estou feliz com isso, porque no caminho para cá decidi voltar para o lago Gap o mais rápido possível. Preciso verificar o lugar para ver se há algo que possamos ter esquecido: toalhas, garrafas de cerveja, mochilas, o cachimbo perdido de Luke. Se os investigadores de incêndio os encontrarem primeiro, estamos realmente fodidos.

Drummer me solta e eu mando uma mensagem para o meu pai: ESTOU NO HOLIDAY INN EM BISHOP. TEMOS UM QUARTO PRA VC.

Meu celular apita: ÓTIMO! QUE BOM QUE ESTÁ SEGURA. VOU FICAR AQUI PARA AJUDAR. DÊ MEU QUARTO PARA OUTRA PESSOA.

Claro que ele vai ficar; ele é o xerife.

Envio: O.K. AMO VOCÊ.

E meu pai me responde: TAMBÉM TE AMO.

— Eu poderia tomar um banho — declaro, percebendo que todos os outros estão limpos. — Alguém ficou sabendo algo de Luke ou de Mo?

— Mo ligou — Drummer responde. — Ela achou os pais, e eles se encontraram com Luke e o irmão mais novo dele e vieram em caravana até aqui. Estão todos bem, mas as casas foram destruídas.

Destruídas. Absorvo isso silenciosamente.

— E a mãe de Luke?

Ele zomba.

— Ela estava no cassino, perdeu a coisa toda.

— As casas deles realmente pegaram fogo? — Eu esperava que os avisos estivessem exagerando.

— Sim. Luke chegou lá no quadriciclo a tempo de ver o desmoronamento.

— Oh, caramba, isso é uma merda — murmuro, um eufemismo gigante.

Depois de explicar como cheguei a Bishop (*Você pegou carona?* — Drummer perguntou. — *Não exatamente* — respondi), tomo um banho escaldante no meu quarto e vejo as cinzas e a sujeira se transformarem em lama no fundo da banheira. Esfrego minha pele, passo xampu no cabelo e deixo a água escorrer sobre minha carne esfolada, mas não me sinto limpa. Não posso lavar o medo e a culpa se multiplicando dentro de mim.

**9 de julho
Incêndio Gap: 0% controlado
Fatalidades: 3
16h**

Passamos os dois dias seguintes no hotel, assistindo aos canais de notícias, recebendo alertas, lendo postagens nas redes sociais e vendo os danos a Gap Mountain na televisão. Trinta e duas casas, os correios, o colégio e a lavanderia foram destruídos, queimados até as fundações. Três cidadãos foram confirmados como mortos e dezessete estão desaparecidos. Milhares de hectares foram incendiados e os avisos de evacuação ainda valem para as cidades a oeste de nós. Bombeiros de toda a Califórnia chegaram para ajudar a combater o incêndio, agora chamado de Incêndio Gap, que está cercando o Parque Nacional de Yosemite.

Estudantes de arqueologia e de ciência forense da Universidade Estadual de Fresno chegam para ajudar os detetives a vasculhar os escombros de Stony Ridge em busca de restos humanos. A sede da Igreja de Cristo aqui em Bishop se transformou em um abrigo temporário para as pessoas que não conseguiram quartos de hotel, e a Cruz Vermelha está montando uma área de auxílio para as vítimas do incêndio florestal. *Vítimas.* A palavra pisca em meu cérebro como um letreiro em néon. Essas pessoas são *nossas* vítimas.

A questão na mente do público já saltou para: *Quem começou isso?*. Uma equipe de investigadores de incêndio chega a Gap Mountain para responder a essa pergunta, e me sinto presa no hotel, impotente. Não pude voltar ao lago devido aos bloqueios nas estradas que isolaram a área. Não consigo dormir, não consigo comer e meus nervos zumbem, tão tensos quanto a corda de um arco. Preciso voltar para ter certeza de que cobrimos nossos rastros.

Meu pai está bem, mas ocupado. Ele dorme no escritório e transformou o estacionamento da escola em um centro de comando para todas as organizações que lutam contra o Incêndio Gap. Eles estão trabalhando em conjunto com a companhia de eletricidade, as fábricas de propano, o Corpo de Engenheiros do Exército, o conselho municipal, o *Cal Fire*, a Cruz Vermelha, a Guarda Nacional e funcionários do condado, para garantir que as linhas de energia e gás estejam seguras, que as estradas fiquem livres e que a poeira tóxica seja removida das áreas públicas e os residentes possam retornar a Gap Mountain. Meu pai me mandou uma mensagem com uma foto das barracas que montaram na escola. Com seu fundo de árvores carbonizadas e terra enegrecida, parece um acampamento de guerra.

Quando não estamos assistindo ao noticiário, Luke e eu ligamos para abrigos e agências de resgate de animais para perguntar se meus cavalos e sua gata foram encontrados. Até agora, não foram.

Nós cinco não conseguimos ficar sozinhos para conversar até hoje, porque o irmão mais novo de Luke, Aiden, estava colado ao seu lado. Mas agora Aiden está cochilando e os monstros estão no meu quarto de hotel, enfim podendo falar livremente. Violet, Mo e eu reivindicamos a cama mais próxima da porta, Luke fica perto da janela e Drummer se esparrama na outra cama com a cabeça da minha cachorra no seu colo.

— Eu incendiei a porra da minha própria casa — Luke diz, fumando um cigarro em nosso quarto de hotel para não fumantes.

— Eu perdi tudo — Mo sussurra.

Abraço Mo, e ela desmorona em mim. Ela esteve cutucando a pele e pequenas feridas surgiram em seus antebraços. Quando ela fala sobre as coisas que perdeu — vestidos costurados à mão, fotos, anuários, prêmios, roupas de dança personalizadas, seu cobertor de infância, suas fotos de bebê, seus bichinhos de pelúcia, seu laptop — cada item é como um soco no estômago de todos nós, especialmente de Luke.

— Me desculpa — ele fala sem parar, embora sua casa também tenha sido destruída pelo fogo.

— Tenho que ir para casa — Mo declara. — Tenho que ver isso. Não consigo acreditar que minha casa não estará lá.

Luke também quer voltar, mas meu pai me disse que há barricadas ao redor do bairro de Stony Ridge. "Está tudo tóxico", ele explicou. "Há linhas de energia caídas, vazamentos de gás e de produtos químicos, e ainda estamos procurando por corpos. Fiquem longe."

Luke apaga o cigarro na sola do sapato.

— Minha mãe vai me descer a porrada se descobrir que fiz isso.

Mo e eu nos entreolhamos chocadas porque Luke raramente compartilha detalhes como esse sobre sua mãe. É bem ruim na casa dele, nós sabemos, mas não temos certeza do quanto.

— Não vamos deixar que ela descubra — prometo.

Seus olhos se fixam nos meus, frios, tristes e queimando de arrependimento. Será que ele me culpa por agarrar seu braço ou se culpa por acender o cachimbo? Não sei e não tenho certeza se quero saber.

Respiro fundo e falo:

— Hora de controlar os danos. — Meus amigos se viram para me encarar. Já que cresci com a lei, sou quem mais sabe sobre violá-la, e os monstros sempre vêm até mim quando estão com problemas. — Quem sabe que estávamos nadando no Gap no dia 7 de julho? — começo. — Algum de vocês mencionou isso?

Ficamos em silêncio por um minuto, e então Mo pigarreia.

— Posso ter contado ao meu pai. — Ela puxa seu longo cabelo ruivo para trás da orelha. — Eu estava empacotando os lanches, e ele perguntou aonde eu estava indo. Espera. — Ela morde o lábio. — Eu disse a ele que íamos nadar, mas talvez não tenha mencionado o Gap. Ai, não tenho certeza.

— O.k., e talvez ele nem mesmo se lembre da conversa. Alguém mais falou sobre isso? — Meus amigos fazem que não com a cabeça. — Mo, se seu pai perguntar, diga que nossos planos mudaram. Conte que cancelamos porque estava ventando muito e decidimos nos encontrar na minha casa. Todos nós podemos concordar com isso, certo?

Os monstros concordam com a cabeça e eu levanto e começo a andar de um lado para o outro.

— Então, este pode ser o nosso álibi: Violet e eu estávamos cavalgando e, no caminho de volta para nos encontrarmos com vocês, vimos a fumaça e galopamos até a cidade para avisar os bombeiros.

Vocês três estavam esperando por nós na minha casa. É simples e ninguém pode provar que não é verdade.

Luke grunhe.

— Parei primeiro no mercado do Sam. Devo mencionar isso? — Ele não olha para cima enquanto rabisca traços violentos e grandes no bloco de notas do hotel.

— O que você comprou? — Mo o cutuca.

— Nada, só chiclete. — Então ele bate com o punho na mesa. — E peguei uma cartela grátis de fósforos.

— Merda — Drummer xinga. Ele me olha. — Eles têm câmeras no Sam?

— Têm, mas não tenho certeza se eles realmente usam.

Drummer coloca os braços atrás da cabeça e sua camisa sobe, revelando a barriga lisa e bronzeada.

— Por que não falamos que estávamos no cinema? — murmura.

— Isso pode ser verificado — Mo argumenta.

— Tanto faz. — Ele olha para fora da janela, os músculos da mandíbula apertados.

Drummer não tem resistência para desconforto, nem paciência para ficar sentado. Ele precisa estar ao ar livre, caçando ou trabalhando, e precisa de contato físico, como luta livre, esportes ou sexo. Ele murcha rapidamente sem atenção, e uma onda de desejo passa por mim enquanto me imagino dando isso a ele.

— A história que temos está boa — Mo declara.

Drummer ajeita os travesseiros nas costas, bagunçando-os e perturbando Matilda, que pula da cama. Ele franze a testa.

— Podemos só esperar e ver se algo resulta disso? Quem é que mantém a porra do controle do próprio paradeiro, afinal?

Mo balança a cabeça, mas desiste. Se forçarmos Drummer agora, ele simplesmente vai embora. O clima muda à medida que voltamos às nossas agonias individuais.

Torno a falar dos aspectos práticos.

— Mo, você recolheu todas as garrafas de cerveja e qualquer outra coisa que deixamos para trás, como pedi?

Seus lábios rachados se abrem.

— Sim, sim. Peguei tudo o que vi.

Minha dor de cabeça evolui para uma dor surda e forte que se concentra na frente do meu crânio.

— Tudo que você *viu*? Então você pode ter deixado coisas para trás?

Suas sobrancelhas franzem e seus olhos brilham.

— Eu... Eu não sabia que estava limpando uma *cena de crime*. — Suas palavras explodem pelo quarto, apunhalando cada um de nós.

Afundo o rosto entre minhas palmas.

Violet interrompe, seu lábio inferior tremendo de estresse.

— E fotos e vídeos? Nenhum de vocês postou nada, não é?

— Merda! — Mo começa a pressionar loucamente ícones na tela do celular. — Quando estávamos no Gap, tirei uma selfie minha com Drummer, mas não consegui postar. Só que quando cheguei ao alcance de um sinal, ela pode ter sido postada.

— Você não olhou? — Violet guincha.

Mo balança a cabeça.

— Tenho acompanhado as notícias sobre o incêndio.

— Verifique! — insisto com ela.

— Estou fazendo isso. — Ela desliza o dedo e então seu rosto congela. — Aqui está. Postado.

— Droga, Mo! — berro. — Qual parte de *nós nunca estivemos aqui* você não entendeu?

Corremos para o lado dela e olhamos para a foto em seu celular. Ali está Mo, com os olhos semicerrados, uma garrafa de cerveja nos lábios e o Gap brilhando atrás dela. Drummer é visível ao fundo, saltando de um planalto rochoso para dentro do lago. Suas feições estão borradas, mas a tatuagem de dragão que ele fez em seu aniversário de dezoito anos está nítida.

A legenda que Mo escreveu para a foto diz DIAS DE VERÃO! A foto tem 82 curtidas e foi postada em sua conta logo depois que o incêndio começou, no dia 7 de julho.

Meu couro cabeludo formiga.

— Delete isso.

Seus dedos voam.

— Deletando. Está feito. — Ela deixa o aparelho cair no colo e joga as mãos para o alto.

— Mas vejam quantas pessoas viram — Violet fala, gemendo.

— Legal, Mo — resmungo. — Menores de idade bebendo, nadando no Gap. Eles nunca vão nos pegar agora.

Os olhos escuros de Luke lampejam.

— Não seja tão babaca, Hannah. Ela deletou.

Eu o ignoro e olho para Mo.

— Me desculpa. Eu estou... Estou com medo. — Minha mente gira em esgotamento. É difícil encobrir um crime que você cometeu *de propósito*, mas este tem muitos fatores desconhecidos. — Olha, todos nós precisamos checar nossos celulares e deletar as fotos e vídeos que tiramos naquele dia, e também todas as mensagens, e deletar essas coisas da nuvem. Não queremos nenhuma prova de onde estávamos se isso estourar e nossos aparelhos forem confiscados. Cuidado com o que vocês dizem nas mensagens a partir de agora. Se tivermos que falar sobre isso, temos que ligar.

— Não me sinto bem — Violet fala. — Não posso fazer isso.

Luke solta um rosnado, se levanta e chuta a cadeira da escrivaninha. Ela cai para trás, batendo no carpete. *Aí vem*, penso e, sem demora, ele me ataca.

— Por que você teve que agarrar o meu braço, Hannah? Eu estava sendo cuidadoso.

Seu rosto se aproxima, a centímetros do meu, mas ele tem 1,75 metro de altura, então, quando me levanto, fico mais alta. Eu o encaro.

— Por que você teve que fumar na floresta?

Ele ri por entre os dentes.

— Faço isso o tempo todo, porra.

Drummer se levanta e fica entre nós.

— Senta, cara.

— Claro que você está do lado *dela* — Luke retruca com rispidez. Ele aponta um dedo trêmulo para mim. — Ela fez isso! Ela matou aquelas pessoas.

Mo prende a respiração e eu recuo como se tivesse levado um golpe.

— Eu estava tentando *impedir* você — falo, minha voz baixa, já que a avó de Violet está no quarto ao lado.

— Eu tô em liberdade condicional! — ele vocifera.

— Eu sou a *filha* do xerife!

Drummer empurra Luke com as duas mãos, chocando a todos nós. Ele não costuma defender a si mesmo, muito menos qualquer outra pessoa.

— Deixe a Hannah em paz.

Luke o empurra de volta, e Drummer fecha o punho. Mo e Violet se levantam da cama.

— Parem com isso! — Mo grita, suas sobrancelhas vermelhas franzidas. — Não podemos começar a brigar uns com os outros. Precisamos nos acalmar e pensar.

Luke e Drummer baixam os olhos para o chão.

— Estamos nisso juntos — ela acrescenta.

Eu concordo.

— Se mantivermos nossa boca fechada, isso não deve recair sobre nós. Vai ficar tudo bem.

Violet limpa a garganta.

— Mas pessoas morreram. Talvez *devêssemos* contar?

Mo olha para mim com dúvida nos olhos. Drummer e Luke ficam tensos e balançam a cabeça, de repente estando do mesmo lado.

— De jeito nenhum — Luke responde.

— Nem fodendo — Drummer acrescenta.

— Olha, gente, — começo, colocando as duas mãos com suavidade na colcha, alisando as rugas. — Violet e eu cavalgamos para a cidade o mais rápido que pudemos. Essa foi a coisa certa a fazer. Mas contar a eles que *começamos* o incêndio não ajudará os bombeiros a apagá-lo. Não há absolutamente nada a ganhar contando, e isso vai arruinar as nossas vidas. — Engulo em seco e minha língua parece grossa demais para a boca. — Se eu achasse que ajudaria de alguma forma, sim, diria para fazermos isso, mas não vai. Por que deveríamos correr o risco de ir para a prisão e perder as nossas chances na faculdade? Como isso beneficiaria alguém?

— Mas foi um acidente — Violet retruca.

Eu me viro para ela, tentando fazê-la entender.

— Começar um incêndio, mesmo por acidente, é crime, V.

— Ouça a Hannah — Luke resmunga, virando seus olhos para mim. — Ela sabe tudo.

Eu respiro fundo e esfrego a minha testa. Meus amigos podem não gostar de ouvir, mas sou a filha do xerife e preciso que Violet escute: estamos com a merda de um problemaço.

— É um incêndio culposo, V, e pode ser processado como contravenção ou crime, dependendo do dano que o incêndio causa e da decisão do promotor público. E vocês dois são menores — aponto para Violet e Luke —, o que significa que seus pais serão responsáveis por quaisquer multas que nos cobrarem, que serão gigantescas.

Mo concorda.

— Eles multaram aquele garoto de quinze anos em 36 milhões de dólares por iniciar o incêndio em Eagle Creek.

As mãos de Violet voam para a boca.

— Vovó me mataria.

Luke ri sombriamente.

— Eles não conseguirão receber nenhum dinheiro da minha família falida.

Drummer se joga de volta na cama.

— Hannah está certa. Confessar ao mundo o que fizemos não vai ajudar, e não é como se estivéssemos piorando as coisas por ficar em silêncio.

Deixo suas palavras serem absorvidas e, quando ninguém discute, pergunto:

— Então, estamos de acordo? Ninguém fala nada? — Drummer, Luke e Mo concordam com a cabeça.

Nós quatro nos viramos para Violet. Ela me encara de volta, parecendo aborrecida em seu top tomara que caia e cílios longos e curvados. Mais uma vez me ocorre que ela é uma intrusa. Violet não nasceu ou foi criada em Gap Mountain, como nós. Nós quatro esperamos, observando-a, e parece que uma divisão está se abrindo entre nós. A primeira delas.

Finalmente, com uma bufada, ela murmura concordando.

— Não vou falar nada.

Todo mundo respira fundo e se acalma. À luz do que estamos enfrentando, discutir um com o outro seria inútil mesmo. Pondero sobre os crimes e multas que foram cobrados no passado. Houve os dois trabalhadores que iniciaram o Incêndio Zaca acidentalmente enquanto consertavam um cano d'água quebrado, o transeunte queimador de lixo que iniciou o Incêndio Day e a companhia elétrica que causou o Incêndio Camp em Paradise, na Califórnia — todos acidentes, tecnicamente, mas todos enfrentando multas e acusações criminais. É fundamental que não sejamos descobertos.

— Vou voltar ao lago Gap esta noite para verificar a área — aviso ao grupo. — Meu pai disse que eles acabaram com o bloqueio da estrada principal, e tenho que encontrar aquele cachimbo e todo o resto do que deixamos para trás.

— Não vai estar tudo queimado? — Violet pergunta.

Eu dou de ombros.

— O fogo começou pequeno e se *afastou* de nós com rapidez. Qualquer coisa que esquecemos ou deixamos cair ainda pode estar lá, com nossas impressões digitais. Tomara que eles não tenham feito muito progresso na investigação ainda, mas, quando o fizerem, encontrarão a área de origem rapidamente e a isolarão. Acredite em mim, não é tão difícil. Alguém quer vir comigo?

— Vou com você — Drummer oferece.

Eu sorrio, feliz por ser ele, mas meus nervos continuam à flor da pele. Sei quão rápido isso pode sair do controle. O mais importante agora é eliminar as evidências. Depois, precisamos ficar quietos e esperar que isso acabe.

Nós nos separamos, vamos para nossos quartos individuais e programo o alarme do meu celular para as duas horas da manhã.

9

10 DE JULHO
INCÊNDIO GAP: 0% CONTROLADO
FATALIDADES: 3
02H06

Às duas da manhã, meu alarme dispara e jogo alguns lanches da máquina de venda automática em uma bolsa junto com duas garrafas d'água. Enquanto escovo os dentes, encaro o espelho, buscando a minha alma. Meus amigos e eu *matamos* pessoas, pessoas boas. Eu me inclino para a frente até que meu nariz toca o vidro. Pareço a mesma de antes, mas não me *sinto* a mesma. É como se estivesse presa em um pesadelo, ou em uma realidade alternativa, ou no próprio inferno. Tento me lembrar da vida que tinha alguns dias atrás, mas a cada hora ela se afasta ainda mais.

Bishop tem sido surreal nos últimos dois dias. A fumaça do incêndio florestal chegou até nós aqui e cobriu o céu com uma névoa sombria. Refugiados de Gap Mountain caminham por lojas e saguões de hotéis e restaurantes como se estivessem perdidos ou como se não se lembrassem de quem são. Às vezes, eles param no meio do caminho e ficam encarando o nada.

A ansiedade toma conta de mim o dia todo. Não sei onde os meus cavalos estão — se eles queimaram como aqueles cervos que vimos, se caíram de um penhasco ou se predadores os alcançaram. Saliva enche a minha boca e eu belisco minhas bochechas com força, olhando para mim mesma no espelho.

— Controle-se, Hannah.

Estou determinada a esconder o que fizemos e me pergunto se isso significa que sou uma pessoa horrível. Provavelmente. Um suspiro escapa dos meus lábios e embaça o vidro. Ir para o lado errado da lei é mais fácil do que jamais sonhei ser possível.

Pego a minha mochila, beijo Matilda e saio do quarto do hotel. No final do corredor, encontro a porta de Drummer e bato com suavidade. Não há barulho dentro do quarto, nenhum sinal de que ele esteja se arrumando. Bato de novo.

— Ei, temos que ir.

Sem resposta. Conhecendo Drummer, ele provavelmente se esqueceu de definir o alarme.

Eu tenho a chave extra do quarto dele, já que deveria ser o quarto do meu pai, e a uso para abrir a porta.

— Drummer? — sussurro no escuro.

Os lençóis farfalham. É, ele esqueceu. Acendo a luz do banheiro e a lâmpada fraca ilumina o quarto e a cama.

Drummer não está sozinho.

Eu olho para dois corpos — suas pernas bronzeadas emaranhadas, o cabelo dela uma bagunça desgrenhada, e o braço dele envolto protetoramente em torno de seu pequeno corpo. Fico olhando estupidamente, incapaz de me mover ou de respirar. Sinto o cheiro de sexo, de suor e do xampu dela. Ela se vira, evitando a luz de maneira instintiva, e se aconchega no peito dele. O lençol cai, revelando suas costas lisas e nuas. É Violet.

Eu deslizo para fora do quarto antes que eles me notem e paro no corredor. Meu corpo alto se dobra ao meio enquanto puxo ar para dentro dos pulmões. Se eu estava caindo de amores por Drummer desde a sexta série, então acabei de chegar ao fundo do poço com um baque forte. Nós prometemos não fazer isso: *monstros não namoram monstros*. Lágrimas escorrem dos meus olhos e eu as enxugo. As costas nuas de Violet piscam em minha mente como um ataque. No final das contas, ela *realmente* tem tudo: dinheiro infinito, aparência de estrela de cinema, a faculdade dos meus sonhos — e Drummer.

Tudo o que quero é voltar para o meu quarto e me esconder, mas tenho que ir ao Gap, com ou sem Drummer. Começo a sair, então hesito. Não, ele se ofereceu para vir comigo e vou fazê-lo cumprir a promessa. Mando uma mensagem para ele: ESTOU DO LADO DE FORA DO SEU QUARTO. VC VEM OU NÃO?

Depois de um tempo, ouço um movimento, e então sua porta se abre, apenas uma fresta. Ele a está escondendo de mim, e eu me arrepio. Acho que ele nunca escondeu nada de mim antes. Drummer não está sem camisa, e ele pisca enquanto sai do mundo dos sonhos.

— Desculpa, esqueci.

— Não brinca.

Ele esfrega os olhos com os dois punhos, como um menino.

— Tudo bem, só um segundo.

— Depressa — insisto.

Drummer fecha a porta e reaparece — cinco excruciantes minutos depois — vestindo jeans e uma camiseta branca nova que comprou no mercado ontem. Ele tomou um banho rápido, passou desodorante e escovou os dentes, lavando o cheiro *dela* da pele dele. Minha mandíbula se contrai e a dor na minha cabeça volta enquanto esfrego a testa.

— Pronto — ele diz, adicionando um sorriso culpado, uma expressão que conheço bem.

Como melhores amigos, andamos sobre uma linha tênue: ele precisa de atenção e estou sempre feliz em dar, mas, quando está conseguindo isso em outro lugar, ele praticamente se esquece de mim. Então, escorregamos para a lama densa de culpa que ele sente e do meu ressentimento oculto enquanto fingimos que nada mudou. Ele sai do quarto de hotel, tomando cuidado para bloquear minha visão de Violet, que ainda está dormindo em sua cama.

O trajeto até o início da trilha é lento e silencioso, e chegamos lá uma hora depois. Deixo Drummer dirigir porque ele gosta de desempenhar o papel de macho alfa quando lhe convém.

— Pare — peço quando ele embica para fora da estrada para dirigir diretamente para o lago Gap. — Marcas de pneus.

— O quê?

— Não queremos marcas novas de pneus perto da área de origem que possam ser rastreadas até o carro. Estacione aqui no início da trilha.

— Tudo bem, detetive.

Ele puxa o freio de mão, saímos do carro e colocamos as máscaras N95 que pegamos no saguão do hotel. As máscaras estão por toda parte em Bishop, oferecidas gratuitamente. Disseram no noticiário que a fumaça do nosso incêndio chegou até mesmo em Washington.

Drummer e eu começamos a andar na trilha.

— Não vejo como isso pode ser rastreado até nós — ele fala alto através da máscara.

Temos exatamente a mesma altura e acompanho o ritmo dele com facilidade.

— Você já ouviu falar de perícia de incêndio? — pergunto.

Ele bufa.

— A menos que esteja na parte de trás de uma caixa de cereal, então não.

Drummer age como se fosse burro, mas não é verdade. Ele apenas não se importa com deveres de casa, não consegue ficar parado tempo suficiente para fazê-los. Explico para ele:

— É a ciência que estuda incêndios florestais e encontra suas causas e locais de origem. Uma equipe de investigadores de incêndio descobrirá onde tudo começou, se já não fizeram isso.

Ele levanta as sobrancelhas como se não acreditasse em mim.

Eu abaixo minha máscara para que ele possa me ouvir melhor.

— Assim que tiverem a *área de origem*, eles encontrarão o *ponto de origem* e começarão a procurar pistas sobre o que iniciou o incêndio. Eles vão entrar em contato com noticiários, questionarão os residentes, redigirão mandados de busca e analisarão o circuito interno das câmeras das estradas que levam ao lago Gap: terão a missão de prender alguém. — Toco seu braço. — Há três pessoas mortas, Drummer, e mais desaparecidas. O fogo ainda está queimando. Yosemite pode ser evacuado. Isso tem uma puta importância.

— Sei disso. — Ele também abaixa a máscara. — Mas todos os danos são *nossa* culpa? Quer dizer, nós começamos, sim, mas por que os bombeiros não podem apagar? Por que os policiais não tiraram todo mundo de Stony Ridge a tempo? Não devemos ser culpados por tudo.

Ele está fazendo cara feia, então deixo pra lá. Contanto que a gente encontre o cachimbo de Luke e tudo o que deixamos para trás, suas perguntas são questionáveis. Está quase amanhecendo e começamos uma corrida lenta pelo resto do caminho ao longo da trilha.

Quando chegamos ao Gap, paramos para admirar a água safira brilhando à luz do amanhecer. O ar da montanha roça a superfície e bagunça os nossos cabelos. Drummer segura a minha mão e é como se fôssemos as duas primeiras pessoas na Terra, na época em que eram inocentes e felizes, e me sinto tranquilizada. Este lago engole segredos há mil e quinhentos anos; também vai engolir o nosso.

Drummer sorri.

— Vamos fazer isso, Hannah Banana.

Começamos a procurar primeiro na praia, usando nossos celulares como lanternas. Conforme o sol nasce lentamente atrás das montanhas, ele lança um brilho cinza que faz com que tudo pareça igual. Depois de nos assegurarmos de que a praia está limpa, entramos na floresta onde Luke acendeu o cachimbo. A paisagem à nossa frente está carbonizada e desolada, tanto quanto podemos ver. Galhos nus enegrecidos pendem das árvores, e o silêncio reina absoluto. Os animais e insetos se foram. É como se pousássemos em um planeta sem vida.

— O que é isso? — Drummer pergunta, apontando para algo tremulando com a brisa.

Meu estômago afunda conforme nos aproximamos. Eu o tiro da grama e Drummer sussurra:

— Ah, merda.

É uma fita da polícia.

Eu a deixo cair e olho em volta, notando outro fio de fita adesiva à distância. Minhas entranhas se apertam.

— Os investigadores já estiveram aqui. Chegamos tarde demais.

As mãos de Drummer deslizam por seu cabelo e o pânico atravessa suas feições.

— Não posso fazer isso. Não posso ir pra cadeia. — Ele anda em círculos. — Hannah? — Sua expressão é suplicante, e esse é o olhar exato que ele me deu quando engravidou uma das namoradas e veio até mim para dar um jeito nisso: *Fale com ela por mim, descubra o que ela vai fazer. Minha mãe vai cuidar da criança, mas não vou me casar com ela. Hannah, me ajuda.*

Sua covardia deveria ter acabado com o meu interesse, e quase o fez, mas sua necessidade por mim superou isso. No final das contas, o filho não era dele, e ele ficou puto e gritou com a garota por traí-lo. Maldito Drummer.

— Como eles encontraram esse lugar tão rápido? — ele grita.

Eu aponto para uma árvore.

— Existem pistas que trazem o rastro do fogo até este ponto exato, coisas como padrões de carvão, folhas onduladas, grama dobrada e depósitos de fuligem. Não entendo tudo disso, mas as pistas obviamente trouxeram os investigadores até aqui. Eles já vasculharam a área, mas talvez tenham deixado passar alguma coisa. Vamos, temos que encontrar aquele cachimbo; mas tome cuidado, não encoste em nada que não for necessário.

Seguimos em frente e começamos a procurar, levantando galhos frágeis, grama e plantas queimadas com delicadeza. Eu me preocupo com as pegadas que estamos deixando, caso os investigadores voltem, mas não vejo como isso possa ser evitado. O cachimbo repleto de impressões digitais de Luke é mais prejudicial do que as marcas dos nossos sapatos. Todos os jovens de Gap Mountain têm um par de tênis, mas aquele cachimbo leva direto a Luke. Por causa de sua acusação de vandalismo, suas impressões digitais estão no sistema, e uma correlação pode ser feita rapidamente.

Se ele for preso, o resto de nós vai cair como dominós. Nosso álibi é decente, mas não acho que resiste a uma análise minuciosa. Existem muitas pontas soltas, como Luke pegando a caixa de fósforos na loja de Sam e a foto que Mo postou. A chave para controlar isso é manter a atenção completamente longe de nós.

Depois de quase uma hora de busca, nós desistimos.

— O cachimbo não está aqui. Eles devem ter encontrado.

Drummer se agacha, afunda o rosto nas mãos e solta um lamento.

Esfrego suas costas, impaciente. A luz do amanhecer se espalha mais rápido por trás da cortina de fumaça, iluminando a floresta com tons que vão do cinza ao dourado suave. Não quero que ninguém nos veja aqui. *Suspeitos costumam voltar à cena do crime*, uma frase de algum livro de criminologia que li uma vez, ou talvez a tenha ouvido em um filme. Vou descobrir quando chegar à Universidade Estadual de San Diego e começar as minhas aulas, se eu pelo menos conseguir atravessar as próximas semanas.

Drummer se levanta e joga uma pedra no Gap. Ela atinge a superfície com um respingo e desaparece. Imagino-a afundando, um centímetro frio de cada vez, até chegar ao fundo, onde nunca será encontrada. A tensão em torno da minha testa diminui.

— Olha — digo para Drummer. — As probabilidades são de que as impressões digitais terão queimado no cachimbo ou ele próprio terá sido derretido pelo fogo. Estamos bem. Tudo vai ficar bem. Vamos embora.

No caminho de volta, mantemos nossos olhos atentos a qualquer outra coisa que possamos ter deixado para trás — embalagens de sanduíches, protetor solar, toalhas —, mas o lugar foi totalmente limpo. Drummer se acalma e sua mente se volta para outras coisas.

— Você já foi a primeira vez de alguém? — ele pergunta.

Por um segundo, não consigo entender sobre o que ele está falando.

— Primeira vez fazendo o quê?

Ele ri de maneira sombria e levanta as sobrancelhas.

Oh, Deus. Ele está falando sobre sexo. Eu me sinto mal instantaneamente.

— Você sabe que eu nunca... — eu me faço parar. Não quero falar sobre isso.

— A primeira vez é especial — ele continua, insistindo e ignorando meu desconforto.

Engulo em seco, certa de que ele está se referindo a Violet. A noite passada foi a primeira vez *dela*? Porque sei que não foi a dele. Há orgulho e ternura na voz de Drummer, e não confio em mim mesma para falar. Ele nunca falou antes que o sexo com uma garota foi *especial*. Imagino a palavra formando um arco em torno apenas dos dois. Isso me deixa nervosa e sinto a floresta girar ao meu redor como um pião de brinquedo.

Drummer não pode me abandonar *agora*, não com três mortos e acusações de incêndio criminoso pairando sobre nós. Ele deveria estar se apoiando em *mim*, não nela. Sou eu quem está tentando nos manter seguros. Sou eu quem vai nos tirar dessa bagunça.

— Você está falando sobre alguém em particular? — pergunto sem me virar.

Acredito que ele quer confessar que quebrou o nosso pacto, e, se o fizer, vou perdoá-lo. Isso significaria que ela não é importante.

Mas ele não confessa.

— Ninguém em particular. Só pensando em voz alta.

Minhas unhas cravam em minhas palmas. Drummer está *mentindo* e eu perco o fôlego. Ele não mente, não para mim. Meus pensamentos escurecem como a floresta atrás de nós. Ele se encaminha para o lado do motorista do meu carro.

— Eu dirijo — afirmo, forçando as palavras a passarem pelo grande nó na minha garganta.

Pressiono as marchas e giro os pneus enquanto saio do estacionamento no início da trilha. Quero socar o volante, nos jogar de um penhasco, gritar de raiva. Mas não faço isso. Dirijo e não conversamos. Minha cabeça está latejando quando chegamos ao hotel.

— Você está bem? — Drummer questiona.

— Cansada. — Nós nos separamos no corredor e entro em meu quarto, coloco a coleira em Matilda e a levo para dar um passeio.

Depois de uma longa caminhada por Bishop, minha raiva se acalma. Drummer vai se cansar de Violet, como se cansa de todas as garotas. Ele vai voltar para mim. Tudo o que tenho que fazer é esperar.

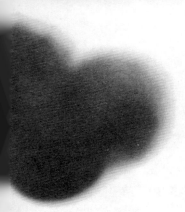

10

16 de julho
incêndio gap: 20% controlado
fatalidades: 7
11H

Nove dias após a evacuação, aqueles de nós que ainda têm casas recebem a permissão para voltar para Gap Mountain. Mais três corpos são descobertos nos escombros do bairro de Stony Ridge, e um idoso residente de Gap Mountain que ficou para combater o incêndio morreu no hospital devido aos ferimentos, elevando o número de mortos para sete. Uma bombeira foi hospitalizada em estado crítico depois que ventos com a força de um tornado causados pelo incêndio arrancaram uma árvore da terra e a lançaram contra ela. Violet não consegue parar de chorar, e o resto de nós está chocado demais para reagir. Só queremos ir para casa.

Quando entramos em nossos carros, Violet e Drummer agem como se nada estivesse acontecendo entre eles, mas eu passei as últimas seis noites observando a porta dele pelo olho mágico do meu quarto de hotel. Ela o visitou todas as noites por volta da meia-noite — a maquiagem perfeita, o cabelo arrumado e brilhante — e saiu por volta das 4h30 com a maquiagem borrada, o cabelo bagunçado. Só de pensar em seu sorriso feliz todas as manhãs, meu estômago queima.

Agora, no meu carro, coloco os sucessos da rádio na maior altura, e Drummer, que decidiu vir de carona comigo, se junta ao meu humor. Precisamos de alívio, de diversão, então cantamos — bem alto e horrivelmente — por todo o caminho para casa, às vezes fazendo Matilda uivar no banco de trás. Nós jogamos "O que você prefere?" e ele me conta sobre todas as brincadeiras idiotas a que assistiu na internet nos últimos dias.

Quando nossa garganta começa a doer de tanto cantar, ele me puxa para perto e joga um braço em volta do meu pescoço, tornando difícil dirigir, mas não me importo. Seus olhos azuis brilham quando ele sorri.

— E aí, você vai nas festas das fraternidades quando for pra faculdade?

— Você me conhece melhor do que isso.

— Como você vai conhecer caras se não ficar bêbada?

Isso me faz rir.

— Acho que há outras maneiras.

— Eu queria ir pra faculdade, mas só pelas festas. — Ele suga o lábio inferior e o deixa sair da boca, molhado e cheio.

Eu me imagino beijando-o, e o calor me inunda.

— Você pode fazer um curso técnico e depois pedir transferência.

Ele dá um sorriso largo.

— Certo.

— Você pode. Só tem que querer.

Drummer dá de ombros.

— Parece trabalhoso.

— Cara, você trabalha quantas horas por semana na madeireira? Trinta, às vezes quarenta? A faculdade é mais fácil do que levar madeirada.

— Levar madeirada? — Ele olha diretamente para mim, seus lábios se contraindo. — Parece obsceno quando você fala assim.

Minha pulsação acelera e eu o desejo tanto que cada nervo do meu corpo vibra. Se ele me beijasse agora...

Nosso humor muda à medida que entramos em Gap Mountain, e sentimos como se estivéssemos dirigindo em um set de filmagem. Algumas áreas estão intocadas, outras destroçadas pelas chamas. Uma camada de fumaça paira sobre as ruas e as cinzas cobrem tudo como se fossem neve que caiu antes do tempo. O Incêndio Gap ainda está furioso, indo para o oeste, engolindo milhares de hectares enquanto avança pelo Parque Nacional de Yosemite. O parque está sendo evacuado; pessoas que reservaram acampamentos com um ano de antecedência estão sendo mandadas embora durante a alta temporada turística.

Drummer muda a rádio apenas tempo suficiente para sabermos que antes de chegar a Yosemite nosso incêndio varreu mais duas comunidades, tomando outras duas vidas. Somadas, são nove almas perdidas para sempre. Desligo o rádio depressa. Também ficamos sabendo que o fogo está 20% controlado e os custos e perdas são estimados em dezenas de milhões de dólares. O primeiro funeral é amanhã.

Como este fogo pode continuar sendo *nosso*?

Eu deixo Drummer em casa, e ele me dá um beijo de despedida. No caminho para a minha casa, meu celular toca com um número desconhecido e paro para atender.

— Alô?

— Você é Hannah Warner?

— Sim.

— Aqui é o Resgate Animal Golden State. Você registrou o desaparecimento de três cavalos no dia 7 de julho? Pode descrevê-los?

Ai, meu Deus!

— Sim, Sim! Eles estão bem? Um deles é um castrado de três anos e deve estar com a mãe. E o outro é um cavalo castrado de catorze anos. Vocês estão com todos os três?

— Estamos, senhora. Eles estavam vivendo na floresta e têm alguns arranhões, mas estão seguros. A égua ainda estava com o seu número de telefone pintado na lateral do corpo.

Eu choro tanto que ela para de falar e espera. Quando me acalmo, a mulher me dá os detalhes de onde buscá-los.

— Meu... Meu trailer está com dois pneus furados — explico. — Por isso não consegui tirá-los daqui. — Acaba comigo ver que eu não estava preparada. Meus cavalos poderiam ter morrido.

— Nós podemos entregá-los para você. Sua casa está segura agora?

— Sim. O fogo não nos atingiu.

Ela anota o meu endereço e avisa que os cavalos serão entregues amanhã de manhã, às dez horas. Agradeço e desligo, sentindo que acabei de ganhar na loteria. Este é um bom presságio. Meus cavalos estão seguros.

Quando chego em casa, a viatura do meu pai está estacionada na garagem.

— Pai! — Corro para dentro de casa. Ele está na cozinha bebendo um café comprado na loja e se preparando para sair novamente quando me lanço em seus braços. — O Resgate Animal Golden State encontrou os cavalos!

Ele pousa o café na mesa e faz carinho no meu cabelo.

— Eles estão feridos?

— Não, não de verdade. Eles serão entregues amanhã.

Ele acena com a cabeça.

— Você precisa comprar pneus novos, Hannah. Vou instalar para você, mas já te disse que cuidar desses cavalos inclui a manutenção do trailer.

— Eu sei. Farei isso. — Meu pai parece dez anos mais velho e exausto. — Você está dormindo o suficiente? — questiono.

Ele ignora a pergunta e nos sentamos à mesa por um momento. Ele pega a minha mão.

— Como estava Bishop?

— Entediante.

Seus lábios se contraem em um sorriso.

— Entediante é seguro.

— Sim, mas também é entediante. — Nós rimos e espio a casa, que cheira a fumaça. Tudo lá dentro está coberto por uma camada branca de cinzas, e eu franzo o nariz.

Papai percebe e diz:

— Temos alguns danos pela fumaça e essa poeira é tóxica. Nossa seguradora está enviando uma equipe para avaliar e limpar tudo. Enquanto isso, não cozinhe aqui. — Ele enfia a mão no bolso e me entrega sessenta dólares. — Você pode comer no Café Flor Silvestre. A lanchonete voltou a funcionar há alguns dias, e eles estão alimentando os socorristas e a cidade. É um bom lugar para conseguir notícias e ver as pessoas. — Ele solta um longo suspiro. — Todo o lado norte de Stony Ridge se foi. Sua escola também está destruída.

— Não é mais a minha escola. — Abaixo os olhos e tento manter meu tom neutro. — Alguma ideia de como o incêndio começou?

— Nenhuma, mas o *Cal Fire* sabe *onde* começou.

— Ah, é? — Esfrego um arranhão na mesa de madeira. Sei disso, mas não gosto de ouvir a confirmação. — Onde?

— No lago Gap, na floresta perto da praia. Eles suspeitam de incêndio criminoso.

— Tipo um incêndio criminoso deliberado?

Ele sorri porque não há outro tipo além de deliberado.

— Não estava úmido o suficiente para a combustão natural e não havia raios. Eu te disse antes, filhota, um ser humano fez isso. Não sabemos se foi doloso, mas alguém trouxe fogo para a floresta, e não foi um acidente.

— Talvez fossem cabos de energia com defeito?

— Não é provável — retruca. — A companhia elétrica desligou a energia ao meio-dia. Mas os investigadores são muito bons; eles vão descobrir. — Ele suspira. — Você trouxe nossas fotos de volta para casa?

— Sim. — Meus pensamentos se voltam para Mo e Luke, que perderam todas as fotos de família.

Papai se recosta na cadeira.

— Desculpa não ter podido te acompanhar até Bishop. Você deveria ter tido um adulto com você.

Tradução: *Você deveria ter tido sua mãe com você.* Meu pai faz isso — ele oscila entre a culpa por prendê-la e a tristeza por tê-la perdido.

— Não tem problema, pai. Tive a sra. Sandoval e os meus amigos.

— Os monstros. Bom. — Ele se estica e geme, e ouço suas costas estalarem. Ele se vira para mim, seus olhos como pedra. — Vamos pegar quem é o responsável por esse incêndio. Haverá um acerto de contas.

Um acerto de contas? Sinto o sangue sumir do meu rosto. *Você está olhando para a responsável, pai.* Meus ouvidos começam a zumbir. Eu não havia considerado completamente que, ao mentir, estava me colocando contra o meu próprio pai. Imagino confessar, agora mesmo, bem aqui. Meu pai não iria querer acreditar em mim no início. Então ele iria absorver a informação, e a decepção faria seu rosto se fechar. Isso seria seguido por raiva, dor e autoflagelação. Ele iria me prender e depois se odiar por isso. Ele poderia até afirmar: *Você é igual a sua mãe.*

O momento passa quando meu pai bate com os nós dos dedos no balcão:

— Estou indo. Não se esqueça: não coma aqui. Se você tiver tempo hoje, jogue fora toda a nossa comida. Está contaminada. — Ele me aperta. — Eu te amo, filhota.

— Também te amo, pai.

Ele beija o topo da minha cabeça e caminha até seu carro patrulha, curvando seu corpo alto ao meio para se sentar.

Eu o observo ir embora, e a boa sensação que tive de que o fogo logo ficaria para trás escorre pelos meus dedos dos pés. Mas também estou aliviada por não ter confessado, porque isso faria dos monstros os adolescentes mais odiados de Gap Mountain. Mesmo assim, quando penso que cheguei perto de falar, percebo como seria fácil para um de nós ceder e confessar... quão terrivelmente fácil.

19 DE JULHO
INCÊNDIO GAP: 30% CONTROLADO
FATALIDADES: 9
13H30

O Resgate Animal Golden State entregou meus cavalos há dois dias, e eles estão bem. A empresa de faxina especializada também chegou e atacou nossa cabana com um arsenal de produtos químicos, escovas, limpadores industriais de carpete e um pequeno exército de pessoas. As teias de aranha, as manchas na porcelana, os rodapés empoeirados, os chumaços de pelo de Matilda soltos e a espessa camada de poeira nas cortinas — tudo se foi! Depois disso, papai ligou o rádio e dançamos — realmente dançamos — na sala de estar, rindo e girando. Ao que parece, não teremos que limpar outra vez por um ano.

O Incêndio Gap está 30% controlado, mas o vento aumentou, com rajadas que chegam a 95 quilômetros por hora — uma situação cruel para os bombeiros. O incêndio é tão forte que está criando seu próprio clima, e equipes de todo o país estão chegando para ajudar. A fumaça atingiu o Canadá. O *Cal Fire* se manteve em silêncio sobre a investigação até agora.

Eu não tenho nada para fazer. Por causa da qualidade do ar, os parques e trilhas estão fechados e há muita fumaça para conseguir andar a cavalo. Eu trabalho na Negócios de Filmes, uma locadora de DVD que faz bons negócios porque o wi-fi nas montanhas é uma porcaria, mas a loja está fechada devido ao estrago causado pela fumaça, então também não posso ganhar dinheiro.

Agora é meio-dia e estou suando no sofá, aninhada com Matilda, quando um número que reconheço vagamente me manda uma mensagem: EI, GAROTA FOGO, COMO VC ESTÁ?

Garota fogo? Ah, sim, é o Justin, o cara que deu carona para mim e para Matilda na Rota 395. Mandei uma mensagem do hotel uma vez para agradecer-lhe a ajuda, então agora ele tem o meu número. ESTOU INDO BEM. Escrevo. E VC?

Pontinhos cinza, e então: SIM, ÓTIMO. POSSO TE VER?

Meu estômago se revira. Ele está me convidando para um encontro?

Como se sentisse a minha confusão, ele escreve: GOSTARIA DE TE LEVAR PARA SAIR, HANNAH.

Nesse momento, Mo manda uma mensagem para o grupo dos monstros: SAUDADES DE VCS! VAMOS NOS ENCONTRAR NA LANCHONETE! SAINDO AGORA.

Para Justin, escrevo: O.K., TALVEZ. TENHO QUE IR AGORA.

Eu o adiciono à minha lista de contatos, visto um par de jeans rasgados e sandálias e pego as chaves do meu carro.

— Volto logo — digo para Matilda.

Lá fora, vejo que um urso derrubou a nossa lata de lixo à prova de ursos e deixou rastros por todo o jardim. Os animais estão morrendo de fome, expulsos das áreas selvagens pelo incêndio florestal, e faço uma nota mental para ter mais cuidado ao entrar e sair de minha casa.

Quando chego ao Café Flor Silvestre, a televisão do canto está sintonizada em um canal de notícias porque os residentes de Gap Mountain estão procurando informações sobre a investigação do incêndio. Eles querem justiça e compensação, e não quero nem pensar nos processos civis que poderemos enfrentar se formos descobertos.

— Oi, Hannah! — Eu me viro e vejo Jessie Taylor acenando para mim de sua mesa de amigos no canto. Ela é uma futura veterana e disputo com ela nos rodeios.

— Ei, Jessie — respondo, diminuindo a velocidade ao passar por sua mesa. — Seus cavalos estão bem?

Ela tira a franja do rosto sardento.

— Sim, mas a escola pegou fogo, você ficou sabendo, e agora eles estão falando sobre manter nossas aulas no centro recreativo no outono. É uma merda. Espero que fritem quem fez isso.

— Sim. — rio. — Eu também.

Meus olhos desviam para uma mesa de bombeiros exaustos, e um dos mais jovens sorri para mim. Deus, estou cercada por pessoas que me odiariam se soubessem o que fiz. Avisto Luke e Mo próximos à janela e me afasto.

— Você encontrou a sua gata? — pergunto a Luke enquanto entro na cabine.

Ele esfrega o rosto e balança a cabeça.

— Nenhum sinal dela.

— Como é morar no trailer da Cruz Vermelha? — Mo o questiona.

Seu sorriso é irônico.

— Horrível pra cacete. Está lotado, e temos que assinar ao entrar e ao sair e mostrar a identidade. Não posso fumar dentro do trailer ou do complexo, e a cerca de arame é um pé no saco de pular.

Jeannie, a garçonete-chefe da lanchonete, interrompe:

— O que vocês vão querer?

Fazemos uma pausa para pedir cheesebúrgueres, batatas fritas e milkshakes.

— Eu pago — declaro, acenando com o dinheiro do meu pai.

— O.k., Violet — Luke resmunga, porque é Violet que geralmente paga por nós.

Mudo de assunto na esperança de encontrar um terreno neutro com ele.

— Como está Aiden?

Luke vira a cabeça para olhar pela janela enquanto as lágrimas molham seus olhos.

— Ele está tendo pesadelos com o incêndio, então dorme comigo num beliche minúsculo. Ontem à noite ele sonhou que mamãe nos servia a nossa gata no jantar. Uma merda estranha. — Ele aponta para um terreno baldio do outro lado da rua, onde as doações estão se acumulando. — É onde pegamos todas as nossas roupas agora. — Percebo que a camiseta e a calça jeans de Luke não cabem nele e que o tecido está manchado. As pessoas têm boas intenções, mas Gap Mountain se tornou o depósito oficial de lixo indesejado.

Mo para de mastigar de repente e empurra o prato para longe, sem apetite.

— Esta cidade inteira quer enforcar quem começou o incêndio — ela sussurra. Seu cabelo ruivo escuro está puxado para trás e suas bochechas estão rosadas, fazendo-a parecer febril.

Nesse momento, alguém liga a televisão do canto e todas as cabeças se viram para olhar a tela:

> Voltamos agora a uma história de última hora sobre o Incêndio Gap que está queimando fora de controle nas montanhas de Sierra Nevada.
>
> Os investigadores quebraram o silêncio hoje e anunciaram que localizaram o ponto de origem do incêndio aqui, na floresta, perto de uma área de recreação popular chamada lago Gap.

Um mapa aparece na tela, e há um círculo em vermelho-vivo ao redor do local onde Luke acendeu o cachimbo.

— Caralho — Luke murmura.

A repórter continua:

> A causa do incêndio ainda não foi determinada, mas, devido às evidências coletadas no local, os investigadores suspeitam de envolvimento humano. O controle está atualmente em 30%, mas, com a continuação de ventos na velocidade de um furacão, altas temperaturas e baixa umidade, há pouca esperança de que o Incêndio Gap seja extinto esta semana. Centenas de estruturas permanecem ameaçadas e os campistas de verão fugiram do Parque Nacional de Yosemite, deixando o popular destino turístico desolado e silencioso durante esta época, a mais movimentada do ano.

A apresentadora continua listando os danos e as mortes já causadas pelo incêndio, e imagens da nossa cidade destruída piscam na tela. Ela nos conta que uma entrevista coletiva ao vivo ocorrerá às quatro da tarde e reproduz um trecho da entrevista com meu pai ontem.

— Vamos reconstruir — ele fala, erguendo o punho.

— Puta merda — Mo sussurra. — Você e Drummer não voltaram para o lago? Não sobrou nenhuma evidência, não é?

Mordo o interior da minha bochecha.

— Chegamos tarde demais.

— O quê?

— Shhh. — Olho ao redor da lanchonete. — Vamos para a casa da Violet. Podemos conversar lá.

Mo envia uma mensagem de texto para Violet para ter certeza de que ela está em casa, pago a comida com o dinheiro do papai, e então entramos no carro da Mo e dirigimos até a casa de Lulu Sandoval. No caminho, passamos por Stony Ridge.

Enquanto passamos, Luke e Mo olham pela janela. Tudo o que resta do bairro deles são calçadas, fundações, algumas lareiras de tijolos, piscinas enegrecidas e carros queimados. Suas casas de madeira se foram, como se o tornado de Dorothy as tivesse apanhado e jogado em outro mundo. Meu pai foi eleito xerife para proteger esta cidade, e sua filha e seus amigos a destruíram. Meu Deus, se a verdade algum dia vier à tona, não vai apenas devastá-lo; vai arruinar a carreira dele.

Na casa de Violet, Lulu abre a porta da frente e nos convida a entrar.

— Nossa, crianças, vocês parecem arrasados. Está tudo bem?

Fazemos que sim com a cabeça. A casa dela dá para o rio, e o gramado entre aqui e lá se estende na nossa frente, verde e exuberante. O paisagismo a nossa volta é resplandecente, com rosas brancas, margaridas, hortênsias e peônias florescendo. O jardim de girassóis de Lulu é alto, as flores parecem grandes cabeças de leões sem rosto. A propriedade é pacífica, convidativa e dolorosamente insensível ao fato de que as nossas vidas estão desmoronando ou de que a terra além de seu aceiro está carbonizada.

— Estão com fome? — ela pergunta.

— Não, obrigada, acabamos de sair da lanchonete — explico.

— Bobagem, vocês, crianças, estão sempre com fome. — Ela enche nossos braços com uma jarra de suco de maçã, um prato de roscas e um saco de laranjas. — Violet e Drummer estão no sótão.

Minha coluna se enrijece. Me pergunto há quanto tempo Drummer está aqui.

Usando a escada principal, subimos até o terceiro andar com a comida nos braços. Os três enormes poodles pretos de Lulu nos seguem ansiosos, pulando e ganindo. Encontramos Violet sentada no chão do sótão e Drummer apertando botões em sua TV, tentando mudar o *input*.

Os olhos de Violet estão vermelhos, como se ela estivesse chorando.

— Vocês viram a notícia? — ela pergunta. — Eles *sabem*.

Nos jogamos no carpete ao redor dela, sentados de pernas cruzadas como quando éramos crianças. Este cômodo já foi nossa sala de jogos, depois nosso clube e agora nosso ponto de encontro. Ele cresceu conosco. Já se foram os DVDs da Disney, os jogos de tabuleiro, os móveis em tons pastel e os bichinhos de pelúcia gigantes da nossa infância; eles foram substituídos por grossos tapetes brancos, estilosos sofás de tecido vermelho e uma cadeira reclinável de couro branco. Ocupando uma parede está uma tela plana montada, completa com assinaturas de *streaming* ilimitadas para videogames, filmes e shows. Fotos profissionais em preto e branco de Violet e do seu irmão mais velho, Trey, estão emolduradas em vermelho e pontuam as paredes totalmente brancas.

— Você me ouviu, Han? — Violet pergunta. — Eles sabem.

Todos esperam que eu responda, mas estou à deriva nas memórias. O presente que dei a Violet quando ela fez dez anos está na pequena escrivaninha no canto, a última lembrança da nossa infância compartilhada. É um unicórnio empinado, de vidro, de trinta e cinco centímetros de altura, com cascos banhados a ouro e um chifre dourado, o presente mais caro que já dei. Eu estava tentando impressioná-la — minha amiga rica e bonita, a garota que entra na minha vida a cada verão e depois voa de volta para casa no inverno, como um pássaro exótico que não consegue sobreviver ao frio.

Eu me pergunto se ela se lembra de que fui eu que lhe dei. No pescoço de Violet está pendurado um colar Tiffany que ela ganhou pela formatura do ensino médio, um pingente de platina gravado com a letra V — um lembrete para mim de que todos os seus presentes são caros. Quando tudo que você ganha é especial, o que é memorável?

— Hannah — ela rosna.

Eu jogo minhas mãos para o alto.

— Eles não sabem de nada. Não de verdade.

Violet me lança um olhar penetrante, seu corpo se preparando como se eu a estivesse arrastando para uma armadilha.

Drummer coloca o braço em volta dela e meus olhos percorrem a sala. Sou o único monstro que percebe o que está acontecendo com esses dois? Tento olhar nos olhos de Mo, mas ela está assistindo ao noticiário enquanto Luke parece emburrado.

Solto um suspiro e tento tranquilizar Violet, tranquilizar todos nós:

— Ninguém pode provar que estivemos lá. Eles não podem ligar a nós nenhuma evidência que encontraram.

Mas isso não é totalmente verdade. Se eles forem capazes de retirar as impressões digitais das evidências que encontraram e analisá-las através do ALPS, o sistema automatizado de impressões digitais latentes, podem obter uma correspondência com Luke.

Nesse sistema, as impressões digitais latentes não são visíveis a olho nu (consistem, substancialmente, apenas em secreções naturais da pele humana) e necessitam de tratamento para se tornarem visíveis. Quando impressões latentes de boa qualidade são coletadas, uma Unidade de Impressão Latente pode inseri-las no computador do ALPS e auxiliar o examinador a localizar e recuperar registros de impressões digitais que constam no banco de dados do computador.

Mo se acomoda ao lado de Violet e Drummer, e então Luke se recosta contra mim, sua raiva dominada por enquanto. Nós nos apoiamos um no outro e eu fecho meus olhos e respiro, inalando a fragrância mista dos sapatos de couro novos de Mo, o perfume que custa noventa dólares por mililitro de Violet, os cigarros de Luke e o desodorante de Drummer. Estes são os meus melhores amigos, meus aliados e agora meus cúmplices. Eu os amo. Não posso deixar essa *coisa* entre Drummer e Violet me distrair.

A apresentadora termina uma reportagem sobre preços de ações e, em seguida, retorna à história do incêndio:

— Vamos até Gap Mountain para uma declaração ao vivo do xerife local, Robert Warner.

Drummer aumenta o volume e todos nós nos inclinamos para a frente.

Meu pai surge na tela, parecendo bonito. Ele fez a barba e penteou o cabelo, e agora está em um pódio do lado de fora do departamento do xerife com uma equipe de oficiais se espalhando atrás dele, as mãos entrelaçadas. Suas expressões são firmes e sérias, como se pudessem intimidar esse desastre até a submissão.

Meu pai se identifica e apresenta os homens e mulheres que estão atrás dele. A câmera foca no primeiro plano enquanto ele descreve o processo em curso de identificação dos restos mortais coletados em Stony Ridge. Depois, ele apresenta a chefe do batalhão dos bombeiros, Joanna Giles, e eles trocam de lugar.

A chefe do batalhão explica como os investigadores de incêndio localizaram a *área de origem* do Incêndio Gap e a reduziram ao *ponto de origem*. Lanço um olhar para Drummer — porque eu disse a ele que isso iria acontecer — e ele franze a testa, seus olhos dizendo, *esta não é a hora de se gabar*. Ele está certo, então me viro de volta para a TV.

Em seguida, a chefe do batalhão acrescenta novas informações que arrepiam todos nós no sótão:

> Uma equipe de investigadores do *Cal Fire* coletou evidências que confirmam o incêndio criminoso culposo ou possivelmente doloso. Um indivíduo ou grupo de indivíduos é responsável.

Seus olhos brilham, seus lábios se contraem.

> Estamos analisando ativamente essas evidências e buscando pistas, e gostaríamos da ajuda do público em relação aos avistamentos de uma pessoa ou de um

grupo de pessoas na área do lago Gap no dia 7 de julho, por volta das três da tarde. Se alguém tiver informações sobre adultos ou crianças nessa área, ligue para a linha direta gratuita que criamos para recebermos denúncias.

O número aparece na tela enquanto a chefe do batalhão olha diretamente para a câmera, diretamente para nós:

— Vamos encontrar o indivíduo ou indivíduos responsáveis e levá-los à justiça.

A cabeça de Luke cai em suas mãos, Violet morde os nós dos dedos e o resto de nós fica boquiaberto com a televisão enquanto Joanna Giles dá o microfone para o próximo a discursar.

— Incêndio criminoso — Mo sussurra. Um dos poodles salta e lambe a mão dela.

O rosto de Luke está pálido.

— Vocês acham que eles encontraram o meu cachimbo?

Eu expiro.

— Talvez, mas duvido que eles consigam impressões digitais. Imagino que o fogo terá danificado o cachimbo.

O olhar de Luke encontra o meu, seus olhos acusadores. Mais uma vez me ocorre que a culpa é minha. Eu agarrei o braço de Luke e não deveria ter feito isso. Eu o encaro de volta e articulo sem emitir som: *desculpa*.

Violet pigarreia.

— Se, e vamos apenas dizer *se*, formos pegos, será que todos nós cometemos incêndio criminoso ou apenas vocês dois?

— V! — Mo grita. — Estávamos todos lá.

— Eu sei, eu sei, mas quero dizer do ponto de vista jurídico — ela esclarece. — Quem é o responsável?

Limpo qualquer expressão do meu rosto.

— Não sei. Dependeria das evidências e da qualidade dos nossos advogados individuais. O Estado vai nos acusar de tudo o que eles acharem que vai dar resultado no tribunal, só que o mais provável é que nós admitiríamos apenas acusações menores. Mais uma vez, depende dos nossos advogados e das evidências apresentadas ao promotor público ou ao grande júri.

Luke chuta a cadeira de couro, faz ela rolar e ri amargamente.

— Não posso pagar por um bom advogado, e era a minha erva, o meu cachimbo e os meus fósforos. Sou o mais fodido se formos pegos. V, você vai sair ilesa. Sua vovó vai cuidar disso.

— Isso não é justo — Mo repreende.

— Homem morto andando! — Luke grita e se levanta rápido, assustando os poodles. — Merda, não quero voltar para aquele trailer. — Sua voz treme e acho que ele está prestes a chorar. Luke, o poderoso Luke, está com medo, e todos nós somos sufocados por isso.

— Você pode ficar aqui — Violet oferece. — Temos mais quartos do que pessoas nesta casa.

Meus olhos se voltam para Violet, que agora está sentada sozinha na escrivaninha, e pela primeira vez me pergunto se ela se sente solitária nesta casa grande, sozinha com a sua avó. Seu irmão costumava vir com ela, mas ele está casado agora e quase não vem mais. Somos os únicos amigos dela em Gap Mountain. Quando estamos ocupados com o trabalho ou com outros amigos, o que Violet faz?

Luke ignora a oferta dela.

— Nah, não posso deixar Aiden sozinho à noite. Tenho que ir, pessoal. Preciso dar uma caminhada e fumar.

Eu me levanto, sentindo-me derrotada.

— Vou ver o que posso descobrir com o meu pai sobre as evidências que eles têm. Não se preocupe, o.k.? Eles não podem provar que fomos nós.

Ninguém responde.

— Mo, me leva de volta à lanchonete pra eu pegar o meu carro?

— Claro — Mo responde.

Drummer e Violet compartilham um sorriso secreto e a frustração me preenche quando percebo que estamos deixando-os sozinhos. De repente, quero ficar, mas Mo está com as chaves e as balança para mim.

— Você vem?

— Sim.

Enquanto nos afastamos, olho pelo meu espelho de maquiagem para a janela do sótão enfiada entre as duas torres. Violet está ao lado do vidro, olhando para fora como uma princesa, e Drummer espreita atrás dela, *muito* próximo dela. Não sei o que me incomoda mais: que eles estejam transando ou que estejam escondendo isso. Meu estômago embrulha e meus dedos se cerram com força.

    Segredos são perigosos, especialmente agora.

    Ligo a música e viro meu espelho para que não possa mais vê-los.

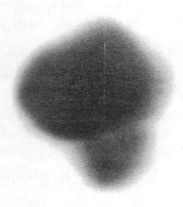

12

19 de julho
Incêndio Gap: 30% controlado
Fatalidades: 9
19h10

Mais tarde naquela noite, papai entra pela porta de tela e sorri surpreso.

— Você cozinhou?

— Não tenho te visto muito ultimamente, então... fiz o jantar.

Olho para a panela de comida descongelando lentamente no fogão. Normalmente, preparamos nossos próprios pratos e eu janto no meu quarto, mas hoje à noite entrego ao meu pai uma cerveja gelada da geladeira e um prato. Estou sendo legal porque ele tem trabalhado muito, mas também porque quero descobrir o que ele sabe. Cada um de nós serve um prato enquanto Matilda abana o rabo entre nós.

Meu pai se senta cansado em uma cadeira.

— Desculpe, não tenho estado muito por perto, filhota.

— Tudo bem, sei que você está ocupado.

Ele ataca a refeição como se não comesse há um ano. À medida que os nutrientes pré-embalados inundam seu sistema, ele começa a falar.

— Algum maluco ligou para a delegacia hoje — ele conta. — Ele afirma que o governo iniciou o Incêndio Gap usando lasers direcionados fixados em drones. Ele também mencionou que os políticos são lagartos que não se importam com os *humanos*. — Ele bebe a cerveja. — Essa última parte pode ser verdade.

Rimos, e, como Matilda também sente falta dele, ela considera sua alegria um convite para jogar as patas dianteiras em seu colo.

91

— Para baixo, garota — ele diz com carinho.

— Você estava bem na TV hoje.

Ele grunhe.

Decido mergulhar de cabeça e perguntar o que preciso saber.

— Que tipo de evidência o *Cal Fire* encontrou perto do lago?

Ele balança a cabeça.

— Principalmente lixo velho, mas parte dele é promissora. Uma garrafa de cerveja chamuscada que parece nova, um cachimbo de maconha e uma caixa de fósforos do mercado do Sam. Quem acenderia um fósforo em um dia de Bandeira Vermelha? Provavelmente turistas. — Ele engole um enorme pedaço de carne com macarrão.

Eu estremeço e sem querer chuto Matilda por baixo da mesa. O *Cal Fire* encontrou tudo! A caixa de fósforos deve ter voado das mãos do Luke com o cachimbo e as brasas, e como esquecemos uma garrafa de cerveja? Ou será que é mesmo nossa? Muitas pessoas nadam no Gap, bebem cerveja e deixam o lixo para trás. Respiro fundo enquanto a sala se fecha ao meu redor.

Meu pai enfia comida na boca, alheio ao encolhimento da cozinha e ao sangue acelerado, mais rápido do que deveria, nas veias da filha. Ele engole e continua:

— O laboratório forense do condado está acelerando o processamento da garrafa. Se conseguirem impressões digitais e saliva, então podemos ter resultados na próxima semana, mas sem suspeitos; eles não nos ajudarão muito. A menos que nosso incendiário já esteja no sistema. — Ele sorri.

Impressões digitais? DNA? Oh, Deus. Os dados de Luke estão no sistema. Minha perna começa a tremer e eu a seguro com a mão para parar.

— O fogo ou o calor não teriam destruído tudo isso?

Ele dá de ombros.

— Os incêndios começam pequenos, filhota. É comum encontrar evidências intactas perto do ponto de origem. O rótulo da garrafa está chamuscado, mas nossa chefe do batalhão de bombeiros me disse que tem esperanças de encontrar impressões digitais.

— Mas isso não significa que a pessoa começou o fogo.

— Verdade — ele concorda, dando de ombros. — Mas a caixa de fósforos também parece nova. Estamos verificando as câmeras de segurança no mercado do Sam e as câmeras na rua Pine em busca de pistas. Assim que tivermos uma lista de suspeitos, podemos começar a excluir pessoas.

Eu fecho meus olhos brevemente, pensando, lembrando. Luke disse que pegou os fósforos do mercado do Sam no dia do incêndio, então eles podem ter a sua imagem na câmera. Meu coração começa a acelerar e saio da mesa para tomar um copo d'água. Entre isso e a cerveja...

— Que tipo de cerveja era? — questiono, esperando por alguma cerveja inglesa ou artesanal cara, algo preferido pelos turistas.

— Bud Light — ele responde.

Bud Light é o que meus amigos estavam bebendo. Luke pode estar certo. Podemos estar total e completamente fodidos.

Depois do jantar, mando uma mensagem de texto para Drummer: **ME ENCONTRE NO PARQUE NO CENTRO DA CIDADE.**

Ele não responde, então visto um moletom — as noites são frias nas montanhas —, entro no meu carro e dirijo em direção a sua casa para ver se ele está lá. Meu carro está com pouca gasolina, então abasteço no caminho.

Não quero contar aos outros o que descobri com meu pai; ainda não. Eles entrarão em pânico. Mas preciso contar a alguém. Onde está Drummer? Mando outra mensagem para ele: **VC TÁ DORMINDO?.**

Não recebo nada de volta. Bem, se ele estivesse dormindo, não responderia, não é? Dirijo até a casa dele no lado leste da cidade, apago os faróis e estaciono na rua. Seus pais vão para a cama cedo, então eu me esgueiro pelos pinheiros altos até sua janela e bato no vidro.

— Drummer?

Seu quarto está escuro, mas a janela está vários centímetros aberta. Deslizo a vidraça e entro no quarto. Ele não está aqui, mas sua presença é poderosa — seu cheiro, suas roupas usadas, seu laptop, seus pratos sujos. A cama está desfeita, com os cobertores jogados sobre o pé da cama de maneira descuidada. Sua roupa se espalha pelo chão, tão arrogante quanto Drummer. Calor me envolve por estar dentro do seu covil. Mas onde ele está?

Vasculho ao redor, incapaz de impedir a mim mesma. Quando abro a gaveta da mesinha de cabeceira, uma pilha de preservativos brilha com a luz do luar e puxo minha mão para trás. Algumas das embalagens estão rasgadas e vazias. Minha respiração fica irregular e uma tristeza horrível me envolve. Violet esteve aqui?

Sento-me em sua cama e minha mente gira com imagens deles juntos. Como será ter toda a atenção de Drummer? Como Violet se sente quando ele coloca um daqueles preservativos e se inclina sobre ela? Minhas bochechas queimam e não consigo parar de olhar para os pacotes brilhantes.

Tirando Maria, que durou um ano inteiro, Drummer vem até mim para reclamar das namoradas ou zombar delas. Senti pena das meninas, não inveja. Mas é pior ser excluída, muito pior. Só então sua porta se abre e a luz se acende. Drummer pisca para mim da porta.

— Hannah?

Eu fecho a gaveta da mesinha de cabeceira.

— Sim, sou eu. — Aliso o lençol. — Desculpe.

Ele sorri.

— Nah, gosto de voltar para casa e ver uma mulher na minha cama.

Eu rio e minhas bochechas ficam mais quentes.

— Estava te procurando, você não respondeu minhas mensagens. Onde estava?

— Só estava dirigindo — ele responde, e passa os dedos pelos cabelos queimados pelo sol. — O que foi?

As lágrimas que venho segurando começam a derramar.

— Ei, não chore. — Ele cruza o quarto em quatro passadas e me abraça.

Meu corpo se derrete no dele, e eu realmente me permito chorar pela primeira vez desde o incêndio, as mortes e a destruição.

— Somos pessoas terríveis.

— Shhh. — Ele acaricia meu cabelo e me puxa para mais perto. — Foi um acidente.

Eu estremeço.

— Somos os idiotas que estavam fumando na floresta.

— As notícias te assustaram, é só isso.

— Não são apenas as notícias que me assustaram. Meu pai me contou que eles encontraram uma garrafa vazia de Bud Light, um cachimbo e uma caixa de fósforos do mercado.

Drummer fica tenso ao processar isso.

— Tudo bem, o.k., mas todo mundo para no mercado do Sam para uma cerveja e outras merdas antes de ir para o Gap. Tipo, todo mundo. Isso não prova nada.

Drummer não tem ideia de como isso de fato é uma mina de ouro de provas. Os investigadores visitarão todas as lojas locais, incluindo a do Sam. Eles farão uma lista de todas as pessoas que puderem identificar — por meio de recibos ou placas de veículos capturadas no circuito de segurança — que compraram Bud Light naquele dia (talvez, se tivermos sorte, o irmão de Mo tenha pagado em dinheiro). Mesmo sem impressões digitais e DNA, aquela garrafa poderia levar direto ao irmão de Mo e, depois, dele para nós.

Além disso, Mo pode ter contado ao pai que ia nadar no Gap naquele dia, e ele poderia somar dois mais dois. Essa é outra linha possível que leva direto até nós. Assim que formos adicionados à lista de suspeitos, farão uma coleta de DNA e das nossas impressões digitais (presumindo que o laboratório possa levantar impressões digitais e DNA das evidências). Se elas coincidirem, vão nos separar e tentar fazer com que entreguemos uns aos outros. Vão examinar nossos álibis fracos, que não vão se sustentar.

— Isso é um desastre — sussurro.

Drummer suga o lábio inferior.

— Então... O que podemos fazer sobre isso, Han? Nada.

— Certo — concordo, minhas pernas tremendo, meus olhos correndo ao redor do quarto. Limpo as lágrimas das minhas bochechas.

Drummer puxa meu rosto para o dele.

— Vejo seu cérebro ruminando isso, mas não acho que você precise se preocupar, de verdade. Olhe para você; não me lembro da última vez que você chorou. — Ele sorri. — Hannah Banana está perdendo a cabeça.

— Não estou.

Ele me dá uma cotovelada.

— Está sim.

Sua respiração aquece meu rosto, seus olhos azul-claros me perscrutam. Meu olhar cai para sua barba loira por fazer, seus lábios sorridentes. Quero tocar seu rosto, beijá-lo. Estou ciente de que a lateral do meu seio está esfregando em seu braço. Será que ele está ciente? Estamos na cama dele, somos jovens e há uma tonelada de preservativos na gaveta ao nosso lado. Não entendo por que nada está acontecendo.

Sua voz se aprofunda.

— Posso fazer você se sentir melhor.

— Como?

— Deite. Assista. — Ele puxa as minhas pernas, então eu caio de costas na sua cama. Então, ele abre a gaveta lateral e pega um preservativo novo. Meu coração para. Não consigo respirar. Drummer monta em minhas pernas, recosta-se e abre a embalagem. — Prepare-se para ser impressionada!

Impressionada? Pisco para ele, confusa, mas beleza, estou pronta.

Ele tira o preservativo da embalagem, coloca a borracha na boca e sopra, criando um enorme balão oval com uma ponta semelhante a um mamilo. Rindo, ele o segura contra a virilha.

— E eles dizem que um tamanho serve para todos.

Eu me levanto.

— Idiota!

— O quê? É engraçado.

Saio da cama e olho para ele.

— Não, não foi.

Ele me agarra e me abraça.

— Estava tentando fazer você rir. Você sabe que te amo.

Não respondo. Ele me solta e me observa, vendo que não estou com humor para brincadeiras. Então, com um suspiro, ele apaga a luz e tira a camiseta.

— Olha, tenho que ir para a cama. A madeireira vai reabrir amanhã, e tenho que registrar as entregas. — Ele enfia o polegar na presilha do cinto e espera.

Droga, Drummer. Ele sabe como fica bonito parado sob o luar daquele jeito, seus músculos tensos brilhando como prata.

Ele me fez acreditar de propósito que íamos fazer sexo. Ele gosta de me manter no anzol, e tenho que admitir que às vezes eu o odeio pra caralho.

— É, tenho que ir também. A Negócios de Filmes também vai reabrir amanhã.

— Viu? Tudo está voltando ao normal. — Ele bate o punho no meu, um gesto que não suporto, e esvazia os bolsos na mesa de cabeceira. Não vejo uma, mas *duas* embalagens de preservativos vazias misturadas com suas chaves e dinheiro. O sangue sobe para o meu rosto. Ele não estava "apenas dirigindo". Que mentiroso do caralho.

— Boa noite, Hannah — ele se despede, e me sinto dispensada, excluída, expulsa do seu quarto.

— Boa noite — resmungo. Bato em sua mesa enquanto tento sair pela janela. Não consigo ver, mal consigo respirar. A lua fica vermelha e minha pulsação dispara em meu cérebro.

— Você poderia sair pela porta da frente — ele fala lentamente. — Meu pai não vai atirar em você.

— Não, estou bem. — Luto com suas cortinas, derrubo seu porta-lápis vazio e caio da janela no gramado amarelado. — Estou bem.

Eu o ouço rindo atrás de mim.

— Boa noite, Romeu, a despedida é uma dor tão doce.

Uma referência a Shakespeare vinda de Drummer? Estou impressionada, mas por que *eu* sou Romeu? Respondo de volta mesmo assim.

— *Arrivederci*, Julieta.

Quando chego em casa, encontro Mo encostada no cercado dos meus cavalos, acariciando Sunny no escuro. Seus olhos estão inchados e vermelhos, e ela está usando sua máscara facial N95. Estaciono o jipe, puxo o freio de mão e saio. Ela me encara com as roupas novas que sua família comprou com o dinheiro do seguro — brincos novos, tênis novos, bolsa nova — e me lembro mais uma vez que ela perdeu *tudo*. Até a calcinha e as meias devem ser novas.

Ela tira a máscara.

— Estou com medo, Hannah. Não consigo dormir. — Com o cabelo preso em um coque alto, o pescoço longo e a máscara de respiração, Mo parece uma bailarina apocalíptica.

Eu olho ao redor.

— Os ursos têm se aproximado da casa. Melhor conversar no estábulo.

— Não, sou alérgica a fumaça *e* a poeira. — Ela aponta para a máscara.

A má qualidade do ar não me afeta tanto quanto a Mo. Na verdade, acho que respiro melhor sem a máscara facial horrível e claustrofóbica.

— Certo — digo —, mas meu pai está lá dentro. Vamos conversar no meu carro. — Entramos no carro, giro a chave, conecto meu celular e coloco o som no mínimo.

— Tenho medo de que sejamos descobertos — Mo fala. — Não queria preocupar vocês, mas realmente contei ao meu pai que ia ao Gap naquele dia. Ele apenas não se lembrou ainda.

Meu estômago se contrai.

— O.k., se ele se lembrar, diga que mudamos de ideia.

Ela faz que não com a cabeça.

— Não, liguei para ele do início da trilha para perguntar sobre uma luz de alerta que acendeu no carro. Ele sabe que eu estava lá, Han, está só distraído com toda a papelada do seguro agora.

Meu corpo enrijece.

— O.k., mas não conte aos outros. Ainda não, porque as coisas só pioraram. — Com relutância, eu a informo sobre a Bud Light, o cachimbo e a caixa de fósforos. — Onde o seu irmão comprou a cerveja?

Um sorriso surge em seu rosto.

— Ele não comprou. Tinha algumas guardadas na geladeira da garagem e me deu.

— Você tem certeza? — Ela concorda com a cabeça e eu solto um grande suspiro. — Isso é bom. Caramba, isso é realmente bom.

Mo olha através do para-brisa para o céu noturno esfumaçado.

— Nada sobre isso é bom, Hannah.

— Você sabe o que eu quis dizer.

Mo solta o cabelo e enrola os longos fios ruivos nos dedos.

— Não acho que você sabe o que eu quero dizer — ela fala enquanto seus punhos cerram em seu colo. — Minha mãe não para de chorar, Han. Ela perdeu todas as pinturas dela e o violino que meu avô deu a ela. As colchas que minha avó costurou para nós se foram, todas as nossas fotos e vídeos, as cartas que meu pai escreveu para ela quando estava na Marinha... Tudo se foi. Ela não conseguiu salvar nada.

Mo engole em seco.

98

— O incêndio atingiu a nossa casa tão rápido que minha mãe saiu sem os *sapatos*. Papai esqueceu os remédios e teve que ir ao pronto-socorro depois para tomar insulina. — Ela se vira para mim, seus olhos castanhos tão duros e cortantes como diamantes. — Nossa rua estava lotada de carros e ninguém os deixava sair da garagem. Meu pai teve que colocar a caminhonete na tração integral e atravessar gramados. Ele pensou que o calor e as chamas estourariam os pneus. Ele pensou que eles iam morrer, e não tinham ideia de onde *eu* estava.

Lágrimas rolam por suas bochechas pálidas.

— Minha mãe está tendo pesadelos, meu pai quase não fala, e agora eles estão atolados na papelada do seguro. Eles têm que listar cada item que perderam e atribuir a eles um valor em dinheiro. O avaliador já disse pra minha mãe que a sua arte, suas pinturas, não têm valor algum. Ela não vende uma há dez anos, então sua arte é classificada como um hobby. Quando ele botou um zero enorme ao lado da descrição das telas perdidas ontem, ela entrou no quarto e chorou. — Mo puxa o ar, tremendo. — Se ela soubesse que nós... que eu fiz isso com ela... — Ela para de falar.

Ficamos sentadas em silêncio por um longo tempo.

— Quero voltar àquele dia — Mo declara. — Quero tirar aquele cachimbo do Luke enquanto ainda estamos na praia. Impedir que ele o acenda. Por que deixamos que ele fumasse, Hannah? Um dos meus vizinhos *morreu*. — Ela se vira para mim, soluçando.

Tento acalmá-la.

— Nós não sabíamos.

— Mas nós sabíamos, *sim* — ela argumenta. — Meu pai quer que os incendiários sejam punidos. Todos em Gap Mountain querem sangue.

Sangue. A palavra me faz estremecer.

— Olha, Mo, por que você acha que os criminosos queimam evidências? Para destruí-las, certo? Os investigadores não vão extrair nenhuma impressão digital ou DNA do material que encontraram, e, mesmo se obtiverem algo, provavelmente estará danificado demais para corresponder a qualquer pessoa. Contanto que a gente permaneça calado e não admita nada, eles têm que *provar* que fizemos isso, e não podem.

Mo fica boquiaberta.

— Criminosos? Meu Deus, Hannah, nada do que você acabou de dizer me faz me sentir melhor. Tenho que ir. — Ela abre a porta do passageiro e a luz interna da cabine se acende.

— Você consegue dirigir para casa? — pergunto.

Ela concorda e depois balança a cabeça.

— Acho que nunca vou ficar bem de novo. — Mo desliza para dentro do seu carro dourado e desaparece pela sinuosa entrada de automóveis.

Fico sentada sozinha no meu carro por um longo tempo. Não contei toda a verdade a Mo ou a Drummer. Tenho feito algumas pesquisas na internet e aproximadamente 60% do DNA pode ser recuperado com sucesso após a exposição ao fogo, dependendo da temperatura. O fato de que a garrafa, o cachimbo e a caixa de fósforos sobreviveram às chamas aumenta ainda mais a possibilidade de levantar DNA e impressões digitais com sucesso. Mas para conectar as provas forenses a um indivíduo ou indivíduos eles precisarão de suspeitos ou de uma correspondência no banco de dados do ALPS. O único de nós com impressões digitais no sistema é Luke.

Nunca acreditei que a investigação se voltaria para nós, mas agora que temos mentido, precisamos continuar fazendo isso. Agora que enterramos o segredo, temos que enterrá-lo ainda mais fundo. Se há uma coisa que a lei odeia mais do que o crime são mentirosos. Não haverá misericórdia para nós no tribunal. Sem misericórdia aos olhos do público. Quer sejamos apanhados ou confessemos, seremos odiados e processados. Minha necessidade de proteger os monstros muda para proteger o maior número possível de nós, porque há uma grande probabilidade de um de nós ser preso.

Podemos confiar um no outro para não trair os demais? Não sei, mas meu temor é que vamos acabar descobrindo.

13

21 DE JULHO
INCÊNDIO GAP: 30% CONTROLADO
FATALIDADES: 10
16H30

— Seu filme deve ser entregue na segunda-feira — aviso ao cliente.

Estou na Negócios de Filmes, e estamos lotados com os negócios, já que ninguém quer sair de casa. O Índice de Qualidade do Ar está em 155 — não tão ruim quanto Pequim, mas péssimo para os nossos padrões.

Enquanto isso, o Incêndio Gap continua a queimar Yosemite. Os apresentadores dos jornais chamam o desastre de "épico" e "desolador", enquanto milhares de hectares preciosos são destruídos pelas chamas. A previsão do tempo indica que o vento vai diminuir amanhã, e o *Cal Fire* tem esperanças de que consigam fazer progressos contra o incêndio. Mais dois bombeiros e um guarda florestal foram mandados para o hospital com queimaduras e lesões por inalação de fumaça. A bombeira atingida pela árvore não resistiu aos ferimentos, elevando o número de mortos para dez.

Quando a notícia da morte da mulher chegou ao meu pai na noite passada, ele bateu com o punho na nossa mesa e rachou a madeira.

— Mal posso esperar para prender quem fez isso! — gritou. — As famílias merecem justiça. — Enquanto ele protestava, eu me encolhia no sofá.

Um ruído repentino me tira dos meus pensamentos quando minha colega de trabalho, uma aluna do primeiro ano chamada Amanda, bate na tela do caixa e começa a chorar.

— Essa coisa idiota continua congelando.

Corro para o lado dela e ajudo a descongelar a tela.

— Está tudo bem. Espere um pouco mais entre o escaneamento dos DVDs. O wi-fi está pior do que o normal.

O lábio inferior de Amanda treme e sei que suas lágrimas não têm nada a ver com o problema da tela. Seu avô queimou as mãos tentando salvar a casa, e ele ainda está no hospital. Ela está preocupada.

— Obrigada — ela fala, e enxuga os olhos.

— Vou arrumar as devoluções, o.k.? — Ela concorda com a cabeça, então deixo a caixa registradora e vou para as prateleiras com uma pilha de DVDs.

A Negócios de Filmes fica na rua Pine, e enquanto estou organizando os DVDs na seção de romance uma longa caravana de caminhões basculantes passa. Muitos são camuflados em verde e pertencem ao Corpo de Engenheiros do Exército, outros são de empresas privadas. Eles estão aqui para limpar Stony Ridge.

Enquanto os caminhões volumosos passam pela rua, as pessoas saem da lanchonete, das lojas e da delegacia do xerife para observá-los. Crianças usando máscaras N95 acenam para os motoristas, e eles acenam de volta, um desfile macabro. Nosso incêndio já causou dezenas de milhões de dólares em danos. Olho para longe.

Perto do final do meu turno, meu celular apita com uma mensagem de grupo de Mo para os monstros: **UM INVESTIGADOR DO INCÊNDIO E DOIS POLICIAIS ACABARAM DE SAIR DA MINHA CASA. ELES PERGUNTARAM SOBRE A FOTO!**

Estou na sala dos fundos, marcando minhas horas, quando a mensagem chega. Dou um grito estrangulado e deixo a caneta cair da mão.

— Você está bem, Hannah? — o sr. Henley, o dono da Negócios de Filmes, pergunta.

— Sim, estou bem. Apenas coisas da faculdade.

Ele parece perplexo, mas deixa pra lá. Ele contrata principalmente adolescentes e aprendeu a nos ignorar.

Luke responde à mensagem de Mo: 💀

Drummer diz: **NO TRABALHO. SAIO 17H. VEJO VCS DAQUI A POUCO.**

Eu escrevo: **ESTOU INDO AÍ.**

E Mo responde: **NÃO VENHA AQUI, MEUS PAIS ESTÃO EM CASA. PODEMOS NOS ENCONTRAR NO SÓTÃO, V?**

CLARO, ela responde. QUAL FOTO?

A foto, a foto... Meus pensamentos rodopiam.

Mo: A QUE EU TIREI NO GAP.

Oh, aquela foto, a que ela postou! Uma das 82 pessoas que "curtiram" deve tê-la denunciado. PAREM DE ENVIAR MENSAGENS DE TEXTO. DELETEM A CONVERSA, escrevo.

Corro para a sala de descanso e me encosto na parede. Os investigadores estão se aproximando de nós. É hora de levar isso a sério. Precisamos de celulares descartáveis, e rápido. Minha frequência cardíaca dispara e não consigo ver direito. Murmuro um adeus ao sr. Henley e saio correndo da locadora para o meu carro. Ligo o motor e o ar condicionado e respiro em minhas palmas em concha.

Quem está naquela foto? Eu me lembro dela com os olhos fechados: Mo sorrindo, uma cerveja nos lábios — nada menos do que uma Bud Light! Drummer está no fundo, mergulhando no lago, seu rosto um pouco borrado, mas, graças às técnicas forenses fotográficas modernas (e à sua tatuagem), ele é facilmente identificável. A foto coloca Drummer e Mo na área de origem no dia 7 de julho, o dia em que o incêndio começou. Caralho!

Ligo para Drummer do estacionamento e ele atende no sexto toque.

— Estamos ferrados! — grito.

— Quem está ferrado? Do que você está falando?

— Nós estamos, idiota. Você não leu a mensagem da Mo? — Meu Deus, como Drummer funciona quando não dá atenção aos detalhes?

— Não seja uma escrota, Hannah.

Coloco meus óculos de sol.

— Desculpe, estou apenas assustada. — Nunca deixaria os outros me verem assim. Os monstros acreditam que posso mantê-los seguros, mas não acho que consigo.

— Fique calma, Hannah.

— Estou calma! — Meu tom é estridente.

Ele limpa a garganta.

— Não, você está perdendo a cabeça.

— Mo acabou de ser *interrogada*.

— Han, se você não consegue manter a calma, como espera se tornar policial um dia?

Fico sem palavras. Foi a porra de um bom argumento, Drummer. Ele continua.

— Sério, Han, você fica... chateada facilmente. Você deveria melhorar isso.

Meu corpo vibra de raiva.

— Agora quem está sendo escroto?

Ele exala alto, como um pai exasperado. Drummer tem tanta tolerância para o conflito quanto meu potro Sunny.

— Não posso conversar agora, estou no trabalho. Vejo você na casa da V mais tarde. — Então ele desliga na minha cara.

Mordo o interior do lábio. Drummer está sendo muito maduro sobre isso. Se já houve um momento para se preocupar é agora. Coloco meu carro em marcha e dirijo para a casa da Violet.

Mo e eu chegamos ao mesmo tempo, e Lulu Sandoval nos encontra na porta com as bochechas vermelhas e os olhos arregalados.

— Venham para dentro e se sentem — ela pede, nos puxando para a sua sala. Violet está no sofá com os braços cruzados e se recusa a olhar para nós.

Que porra é essa?, murmuro para Mo, que dá de ombros.

— Onde estão os garotos? — Lulu pergunta em um tom cortante. — Precisamos esclarecer esse absurdo de incêndio agora mesmo.

— Eles estão vindo, sra. Sandoval — respondo.

Ela nos manda sentar.

— Então vamos esperar. — Olho fixamente para Violet. Ela contou à avó o que fizemos?

Finalmente, Drummer chega.

— Luke não pode fugir agora — ele diz em um tom desamparado e zangado que sabemos que significa que a mãe de Luke está em pé de guerra.

Quando ela está naquele "estado", como Luke o chama, ele fica em casa para mantê-la calma, proteger Aiden e gerenciar as coisas para que ninguém chame o Conselho Tutelar. No passado, os meninos foram separados em diferentes lares adotivos, e Luke nos disse que isso só aconteceria novamente sobre "o cadáver de alguém e não será a porra do meu".

— Então, o que aconteceu? — Drummer pergunta enquanto se joga no sofá, empoeirado após administrar os pedidos de madeira. Suas mãos bastante calejadas esfregam o rosto manchado de sujeira, e ele parece um homem que trabalhou duro o dia todo, o que suponho que é isso que fez, e me pergunto se ele vai deixar a madeireira ou se esta é sua vida agora que se formou no ensino médio.

— Começaremos sem o Luke — Lulu declara. Seu corpo minúsculo vibra de raiva e os poodles gemem aos seus pés, tentando se tranquilizar. — Isso é inaceitável — ela rosna, gesticulando para nós.

Compartilho um olhar de puro medo com Mo, e meu couro cabeludo formiga como se estivesse encolhendo em volta da minha cabeça. Acho que a vovó sabe o que fizemos. Acho que Violet dedurou a gente.

— Pedimos desculpas — Mo propõe, com a voz embargada.

— Desculpas? — Lulu cantarola. — Não se desculpe, mocinha, fique com raiva! Violet me disse que você foi incomodada por causa de uma foto. Uma foto! — Ela torce as mãos cheias de veias. — Todo jovem na cidade bebe cerveja e nada no Gap no verão. É por isso que Violet está *aqui*, pelo amor de Deus. — Lulu anda de um lado para o outro pela sala. — Os amigos dela em casa não nadam se houver um inseto na piscina. Eles bebem mojitos e pedem comida em casa! Vocês, crianças, são *reais*. — Ela lança os braços no ar.

Mo e eu trocamos outro olhar enquanto Violet se encolhe. Então, Vovó traz Violet para cá para conviver conosco, os pobres locais. Nunca pensei nisso dessa maneira antes.

Lulu continua, sem perceber que nos ofendeu:

— Não permitam que o xerife ou seus companheiros... desculpe, Hannah... acusem vocês, crianças, de *incêndio criminoso*. É indefensável. Eu investi muito dinheiro nesta cidade! — Seus olhos escuros rolam, seus punhos tremem. — Algum de vocês poderia acidentalmente começar um incêndio? Não vou negar isso, mas vocês *mentiriam* sobre isso? Nunca! — Ela afunda em uma cadeira quadriculada e murcha como um balão de festa.

Do lado de fora das janelas da Lulu, estorninhos gorjeiam e buscam por sementes, sinos de vento tilintam e uma porta de tela bate.

105

É um lindo dia de verão preguiçoso, mas estamos sem palavras. Nossa culpa nos enraizou no chão e selou nossa boca.

Lulu continua:

— Drummer, você é o próximo na lista deles. Todos vocês precisam de advogados. Bons advogados.

— Por que eu? — Drummer questiona.

— Você também está naquela foto — ela responde, e então se vira para mim. — Você sabia que seu pai estava atrás de seus amigos, Hannah?

Os monstros viram a cabeça em minha direção.

— Não! — grito. — É claro que não.

Ela faz que sim com a cabeça.

— Achei mesmo. Esses investigadores estão se agarrando a qualquer tábua de salvação porque são incompetentes... Desculpe, Hannah... E se vocês três não tomarem cuidado, seus nomes serão arrastados na lama antes de serem inocentados, *se* forem inocentados. Já vi caça às bruxas antes, e não termina bem. Liguem para mim ou para Violet se precisarem de ajuda. Agora preciso colher meu feijão-verde. — Lulu Sandoval sai furiosa pela porta dos fundos, seguida por seus cachorros.

— Sua avó é fodona — Drummer sussurra.

— Ela acredita em nós — Violet responde com um olhar de orgulho e horror.

Enquanto processamos o que acabou de acontecer, Drummer observa Violet com tanta ternura e fascinação que de repente me sinto desorientada e enjoada. Desvio o olhar e percebo nossos reflexos na janela panorâmica de Lulu: Violet acomodada em uma pequena cadeira, seu cabelo acetinado caindo sobre um ombro, e então eu, membros longos espalhando-se por toda parte e cabelo despenteado. Violet é bonita, mas e daí? Quão difícil é ser bonita?

Eu me levanto.

— Vamos, pessoal, vamos resgatar o Luke.

Nós nos amontoamos no Grand Cherokee de Violet e dirigimos até a vila da Cruz Vermelha, onde Luke e sua mãe estão abrigados no trailer de vítimas do incêndio. Ao contrário da família de Mo, Luke não era dono da casa onde morava e não tinha seguro de aluguel, então eles literalmente não têm mais nada.

Conforme passamos pelos bairros, toco o interior imaculado do utilitário de Violet, notando todos os botões, eletrônicos e os bancos de couro com acabamento vermelho, e penso novamente nas reviravoltas do destino que tornam alguns de nós ricos e outros pobres.

— Você acha que os amigos de Violet em casa têm carros legais como este? — sussurro para Mo no banco de trás.

Ela reprime uma risada.

— Os amigos dela que bebem mojito? Provavelmente, ou eles têm motoristas.

— Ou carros que andam sozinhos.

— Ou carros voadores? — Mo brinca.

A cabeça de Violet se inclina como se pudesse nos ouvir, e nós nos calamos.

Eu me pergunto sobre a vida de Violet em sua casa em Santa Bárbara e por que ela nunca nos convidou para uma visita. Nós a envergonhamos? Duvido que sua vida normal envolva fazer compras no mercado ou comer em uma rede de restaurantes comum. Fico pensando se ela diz a seus amigos como somos caipiras — que meus cavalos não valem mais do que novecentos dólares cada, que o ponto alto do nosso verão é o rodeio anual ou que uma grande noite nesta cidade é pagar uma inteira por um filme e depois nadar pelado no Gap infestado de insetos.

Não consigo olhar para ela. Economizei por três anos para comprar meu jipe e terei que vendê-lo para ajudar a pagar a faculdade. Violet ganhou o carro em seu aniversário de dezesseis anos, e seu fundo fiduciário vai pagar as mensalidades, livros, moradia e tudo o mais que ela precisar ou desejar. E eu odeio de repente estar percebendo as nossas diferenças. Cravo as unhas em minhas palmas a fim de parar de pensar nisso.

O trailer de Luke está na beira do empoeirado complexo da Cruz Vermelha, então contornamos a segurança e estacionamos ao lado da cerca de arame. Drummer envia uma mensagem para Luke: ESTAMOS AQUI.

De dentro do trailer, ouvimos gritos:

— Você é um. Bom. Pedaço. De. Merda. Como o seu pai! — Cada palavra é pontuada por um golpe e um grunhido de Luke.

— Porra — Drummer diz, a respiração mais rápida a cada golpe abafado, e seu rosto se avermelha com o fluxo de sangue. Ele salta do carro e anda rápido.

— Não entre aí — advirto. — Luke não iria querer isso.

Drummer cospe no chão, Mo torce as mãos e Violet cobre a boca.

Luke é o mais forte dos monstros. Ele poderia agarrar qualquer um de nós, nos torcer e espremer a vida fora de nosso corpo e não poderíamos impedi-lo, mas ele não revida quando sua mãe perde a cabeça. Ele não pode arriscar que o Conselho Tutelar tome Aiden, e também não se mudará de casa. Ele não vai deixar o irmão sozinho com a mãe.

A porta do trailer se abre, assustando um bando de pardais que voam das árvores, e Luke tomba escada abaixo. Sua mãe está atrás dele, empunhando uma vassoura. O rosto dela está vermelho brilhante, o cabelo desarrumado. Ela o golpeia como se estivesse tentando matar uma cascavel.

— Isso mesmo, corra, seu frouxo! — ela grita.

Luke se levanta com dificuldade, pula a cerca de arame do perímetro e se joga para dentro do carro de Violet.

— Vai! — ele grita. — Sai daqui! — Sua voz está tensa, como se ele estivesse sendo estrangulado, e lágrimas escorrem de seus olhos. Drummer salta para dentro do carro com ele, e Violet gira os pneus enquanto acelera rumo à estrada principal, deixando para trás uma nuvem de poeira.

— Dirija até a ponte — Drummer pede.

Violet concorda com a cabeça e joga para trás seus enormes óculos escuros, pousando-os em cima da cabeleira brilhante.

— Isso foi... Luke, você está bem?

Ele coloca o braço sobre os olhos. Seu corpo treme e ouvimos fungadas. Não espero que ele fale, mas ele me surpreende e diz:

— Minha mãe viu a mensagem de Mo sobre os investigadores na casa dela. Ela disse que se eu tivesse alguma coisa a ver com aquele incêndio, ela iria me expulsar.

— Meu Deus! — Mo envolve o braço em torno dele.

Violet abaixa os óculos de sol com as mãos trêmulas.

— Gente, talvez devêssemos confessar e dizer a verdade.

— Jesus, Violet, você ouviu o que ele acabou de dizer? — Mo pergunta. — A mãe dele vai expulsar ele de casa.

Seus lábios se torcem em uma carranca.

— Sim, ouvi, mas está saindo do controle. Mais alguém se sente assim?

— Você foi a primeira a mentir — eu a lembro.

— Ugh, o retorno! — Violet vira o volante para a direita e salta sobre a ponte pênsil que cruza o rio. Ela estaciona em nosso lugar de costume perto de um caminho que leva até a água.

Encontramos uma área com sombra na margem e observamos os seixos do rio brilharem na luz da tarde. Grupos de adolescentes tomaram lugares ao longo da costa e vários deles acenam para nós. Eles estão colocando música alta, tomando banho de sol e rindo. Alguns usam máscaras faciais devido à qualidade do ar; a maioria não.

Trutas gordas nadam preguiçosamente enquanto Luke se recompõe. Percebo um vergão se formando em sua bochecha, e meu estômago aperta com o pensamento de sua mãe batendo nele com a ponta do cabo da vassoura. Não consigo me segurar e trago o assunto à tona novamente.

— Você está bem?

Ele desvia seus olhos escuros.

— Nunca estive melhor.

Eu capto a dica para calar a boca sobre isso e me viro para Mo, que está mastigando uma mecha de cabelo.

— O que você disse aos investigadores? — questiono.

— Nada! Contei a eles que era uma foto antiga, tirada no início do verão, e que eu simplesmente tive vontade de postar.

Esfrego meu rosto.

— Bom, mas eles pegaram seu celular? Se o fizerem, vão descobrir que você está mentindo.

— Jesus, Han, não. Eu ainda estou com ele. — Ela joga uma pedra no rio. A pedra pousa com um respingo e as ondulações se expandem em nossa direção.

— Eles não podem pegar sem um mandado mesmo — Luke fala.

Eu solto um gemido.

— Verdade, mas se o meu pai ou o *Cal Fire* solicitarem um mandado relacionado a este incêndio, eles vão conseguir. Então, eles usarão o GPS de Mo e o geolocalizador na foto para colocá-la no Gap bem no momento em que o fogo começou. Você não vai gostar disso, Mo, mas precisa perder seu celular.

Luke concorda com a cabeça.

— Han está certa, você deve destruir ele antes que o peguem. Só por precaução.

O pé de Mo se contrai e suas bochechas brilham rosadas.

— Não pegaria mal se eu perdesse meu celular de repente?

— Vai parecer pior se o laboratório forense conseguir pegar ele.

Violet se levanta e caminha à nossa frente, sua pele queimada pelo sol brilhando à luz filtrada. Depois de um segundo, ela se vira.

— Até onde vamos levar isso? Destruindo celulares? Mais mentiras? O que vem depois?

— Você quer ir para a prisão? — Luke pergunta a ela. — Porque eu sei que não quero, porra.

Ela revira os olhos como se ele estivesse sendo ridículo, e sinto uma simpatia repentina por ela. Mentir é difícil e Violet é uma boa pessoa. Ela é generosa, sempre paga para nós quando saímos. Se sobra um pedaço de sobremesa, ela nos oferece. Quando estou sobrecarregada com tarefas, ela se oferece para ajudar, suando e contando piadas ao meu lado até que o trabalho esteja concluído.

Violet é uma pessoa *feliz*, mas essa mentira a está mudando, transformando-a em alguém de quem ela não gosta. No entanto, é o preço que ela tem que pagar — que todos nós temos que pagar — pelo que fizemos. Pelas pessoas que matamos.

Estremeço e mando o pensamento para longe.

— Olha, pessoal — faço uma pausa até que todos estejam olhando para mim, os meus melhores amigos —, já decidimos nos salvar. Não há como voltar atrás agora. Sem o celular ninguém pode provar quando Mo tirou aquela foto ou onde ela estava quando a foto foi postada. E não importa como as coisas *pareçam*. O que importa é o que eles podem *provar*. Adolescentes perdem o celular o tempo todo. Não há lei contra isso. Drummer, se você tirou fotos ou vídeos naquele dia, deve deletá-los da nuvem e também perder seu celular.

Drummer nega com a cabeça.

— Eu não tirei. — Ele empurra o cabelo para trás. — Vamos alinhar as nossas histórias de novo, tudo bem? Vou morrer se me colocarem em uma jaula.

E é assim que voltamos a mentir, a encobrir tudo. Fazemos isso por Luke, porque ele está em liberdade condicional e porque sua mãe vai expulsá-lo de casa. Fazemos isso por Drummer, porque ele é muito mole para a prisão. Fazemos isso por Mo, porque isso vai destruir a mãe dela. Fazemos isso por mim, porque vai destruir a carreira do meu pai. E fazemos isso por Violet, porque ela mentiu primeiro.

Passamos o resto da tarde acertando as nossas histórias e memorizando-as.

— E se um de nós for pego? — Mo pergunta, ainda assustada com a visita dos policiais e do bombeiro investigador.

— Monstros não deduram monstros — Luke declara.

Violet sorri pela primeira vez hoje, mostrando as covinhas.

— Esse é um dos pactos bobos que fizemos quando crianças? Quais foram os outros? — Ela vira seus olhos de cílios longos para mim, seu humor negro oscilando. — Você nos fez assinar com sangue. Meu Deus, como éramos esquisitos.

Drummer acena com a cabeça como se concordasse.

Olho para longe porque aqueles dois quebraram o único pacto com o qual me importo: *monstros não namoram monstros*. Sinto um abismo se alargando entre nós cinco, e não gosto disso, nem um pouco.

Na caminhada de volta para o carro de Violet, Mo me entrega seu celular.

— Você pode destruí-lo? Não quero levar pra casa. — Concordo e ela continua. — Você está bem, Hannah? Quero dizer, além do incêndio, algo mais está acontecendo?

Abro meus punhos e baixo a voz.

— Acho que Drummer e Violet estão namorando.

— Sério?! — Mo bate a mão na boca. — Eu não colocaria os dois juntos... Violet e Drummer? Desculpe, mas nós duas sabemos que ele não vai a lugar nenhum e ela está indo para Stanford, e ela é tão...

— Rica?

Mo se atrapalha.

— Eu ia dizer *inocente*. Quer dizer, Drummer sempre esteve por aí. — Ela balança a cabeça peremptoriamente. — Além disso, monstros não namoram monstros.

Abro um sorriso, feliz de que Mo se lembre de pelo menos um de nossos pactos. Seus olhos castanhos se suavizam.

— Você está com ciúmes, Han?

Meu sorriso desaparece.

— O que você acha?

Ela me puxa para um abraço apertado.

— Acho que você é bonita, inteligente e forte, e, sem querer ofender Drummer, mas você pode conseguir coisa melhor.

Dou de ombros. Talvez eu possa, mas não quero melhor, quero *ele*, e sinto meu rosto corar de humilhação. Enquanto tínhamos o pacto, eu poderia fingir que ele não namorou comigo por causa disso, mas agora que vejo como ele quebrou o pacto facilmente por *ela*, tenho que encarar a verdade: Drummer não gosta de mim desse jeito e provavelmente nunca gostará.

— Obrigada, Mo — digo enquanto alcançamos os outros. — Você é uma boa amiga.

Ela ergue a mão como se fosse uma arma e finge atirar.

— Uma amiga que bebe cerveja e que nada no lago.

Eu dou uma risada.

— Isso mesmo.

De volta à casa de Violet, nós nos abraçamos e nos separamos, e meus nervos reviram em meu estômago. A tensão entre os monstros está crescendo. Um de nós está fadado a rachar. E então, o que vai acontecer?

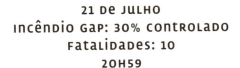

**21 DE JULHO
INCÊNDIO GAP: 30% CONTROLADO
FATALIDADES: 10
20H59**

Dirijo direto para o lago Gap depois de deixar Mo em casa, estaciono no início da trilha e saio do carro. O sol acaba de se pôr, e os insetos noturnos cantam, as corujas piam. Um morcego voa sobre a minha cabeça. Carrego uma lanterna e um spray contra ursos, que reduz a capacidade dos ursos de respirar e ver temporariamente, dando tempo para fuga, enquanto subo a trilha em direção ao Gap. A lua é prata escura, e uma brisa suave balança a copa das árvores, como se o topo estivesse dançando.

É uma caminhada de um quilômetro até a clareira que se abre para o lago. Ando fazendo barulho para que os ursos saibam que estou aqui. Com a minha altura, passo por uma figura imponente no escuro e, felizmente, os ursos não entendem que os humanos são indefesos, que não temos suas garras de sete centímetros e caninos afiados. Mesmo assim, o suprimento de comida deles acabou; os ursos estão famintos e mais perigosos do que o normal.

À medida que a trilha se alarga, chego ao prado que antecede o Gap. Normalmente, poderia haver alguns nadadores noturnos aqui, ou casais se agarrando, mas a qualidade do ar e o humor depressivo têm mantido as pessoas afastadas.

Paro em frente ao lago e inspiro, maravilhada como sempre com sua beleza e perigo. As árvores perenes que circundam as águas escuras ficam repletas de neve no inverno e de agulhas verdes durante o verão; é lindo. O lago se estende por quase 65 hectares e desce mais de seiscentos metros até um fundo escuro e frio. Não há abismo, nenhuma inclinação suave, apenas um declive direto para baixo.

É estranho saber que se você estivesse nadando e a água desaparecesse de repente você cairia para a morte; talvez para o outro lado da Terra, ou até mesmo para outro mundo, como Violet nos disse uma vez.

Ela gosta de imaginar o lago como um lugar espelhado onde vivemos vidas opostas. Pondero sobre isso enquanto observo meu rosto refletido na água — uma imagem no espelho —, meus olhos, minha pele e meu cabelo em um tom de prata empoeirado, sem cor; minha figura distorcida, mais baixa, mais grossa. Sou o oposto de tudo que sou na terra. É um mundo aquático onde não há fôlego para falar uma mentira.

Um peixe salta e mergulha com um respingo. Existem criaturas neste lago — trutas gigantes, bagres, salmões e talvez monstros antigos. É a nossa própria versão californiana do lago Ness. As pessoas afirmam que viram cabeças de serpentes irrompendo na superfície e sentiram carne escamosa bater em suas pernas sob a água. O mercado do Sam até vende camisetas do lago Gap que mostram um enorme bagre com bigodes usando óculos escuros. O peixe atira-se em direção a um nadador desavisado com sua grande boca aberta, uma piada com o pôster do filme *Tubarão*. Grandes formas já foram registradas nadando perto da superfície, mas os cientistas afirmam que as fotos e vídeos são farsas.

O que sei com certeza sobre o Gap é que é o lugar perfeito para perder um telefone celular para sempre. Encontro uma pedra achatada, coloco o aparelho de Mo sobre ela, pego outra pedra e o esmago em pedaços. Quando está quebrado o suficiente, jogo-o no lago. *Plop. Plop.* Perdido. O Gap engole as evidências e parece tão inocente como sempre, seus segredos desaparecendo de vista. Volto para casa me sentindo cinquenta quilos mais leve.

Estaciono ao lado do estábulo, lanço um jantar tardio para os cavalos e ouço meu pai arrastando nossa lata de lixo à prova de ursos. Coloco minhas chaves no bolso, saltito na direção do barulho e grito:

— Pai? Quer ajuda?

Mas não é meu pai movendo a lata. É um urso.

Ele se ergue, tão chocado quanto eu, e bufa. Nossa lata de lixo à prova de ursos está tombada de lado.

O urso está muito perto. Se eu correr, ele vai me pegar.

— Calma — digo, levantando minha mão, o coração acelerando.

O urso cai de quatro, e suas garras longas e amarelas arranham o caminho de cascalho.

— Calma — repito, mantendo a minha posição. Meus olhos se voltam para a casa. Por que Matilda não está latindo? Mordo meu lábio. Deixei meu spray de urso no carro e não tenho meu rifle ou minha buzina de ar. Idiota!

De seu cercado, Pistol relincha e o urso gira. Sunny e Stella galopam com nervosismo em volta de seus cercados, e o urso olha dos cavalos para mim, agitado. Ele balança o pescoço e fareja o ar.

Suor escorre pelo meu rosto enquanto dou um passo lento para trás.

Só então meu pai chega com uma freada brusca. Ele buzina; acende o farol o mais alto possível. O urso rosna e bate na lata de lixo, que faz barulho.

Meu pai salta da viatura e dispara dois tiros por cima da cabeça do urso.

Ele se ergue e depois cai nas quatro patas, pisando na terra, confuso com o barulho e a lata rolando. Seus lábios se curvam em um rugido.

Matilda ouve os tiros e dispara pela porta de tela aberta. Quando vê o urso, ela começa a latir furiosamente e a atacar. Meu pai passa pelos animais, me agarra como se eu não pesasse nada e me empurra para dentro de casa.

Ele me coloca no chão, e eu corro para a janela da cozinha, colocando minhas mãos no vidro para ver o lado de fora.

— Matilda! — grito.

— Ela vai ficar bem — meu pai fala, respirando com dificuldade pelo nariz.

Lá fora, Matilda se lança e late para o urso, com o rabo elevado e abanando. Ela parece ter cinco anos em vez de doze. Sunny se ergue e se empina em seu cercado, agitando os outros cavalos. O urso tenta dar alguns golpes em minha cachorra, depois se vira e vai embora correndo.

Matilda salta de volta para nós com a cabeça erguida e os olhos brilhantes.

— Boa garota! — papai diz, e nós dois a abraçamos. Então ele olha para mim e faz uma careta. — Você tem que ter mais cuidado, Hannah.

— Eu sei, me desculpe. Matilda não latiu, então pensei que fosse você movendo a lata.

— Ela está ficando surda, filhota. — Ele alimenta Matilda com fatias de queijo, seu petisco favorito. — Acho que é hora de arranjar um novo filhote. Ela está ficando velha demais para isso.

Ele está certo: precisamos de um cachorro mais novo. Eles sempre foram nossos primeiros alarmes quando um urso está na propriedade, mas esse não foi percebido pelas orelhas caídas de Matilda.

Meu pai pega uma cerveja e, antes que eu possa dizer uma palavra, ele pergunta se ouvi algo sobre a foto de Mo. Meu corpo fica tenso e tento disfarçar acariciando Matilda.

— É, ouvi.

Ele dá um pigarro, esperando que eu olhe para ele. Em seguida, fala:

— Você precisa me dizer agora se sabe *qualquer coisa* sobre quem iniciou o Incêndio Gap.

Eu mantenho seu olhar enquanto minha mente gira.

— Hannah — ele incita —, você não pode proteger seus amigos disso. Se eles fizeram isso, nós vamos descobrir.

Essa é a minha última chance absoluta de contar a verdade, e sinto como se estivesse entre duas eternidades: uma em que minha alma é redimida e outra na qual está condenada ao inferno. Confessar é a coisa certa a fazer. Tem que ser! Em cada filme e em cada livro, os mocinhos falam a verdade.

Mas, além de decepcionar meu pai e possivelmente destruir a sua carreira, isso vai arruinar a minha também. Meu passado desfila num lampejo diante dos meus olhos — fazer todos os cursos certos no ensino médio, estudar até tarde da noite, fazer os exames finais, assistir às sessões de preparação, prestar o vestibular três vezes, horas de testes de aulas avançadas, inscrições para as faculdades, cartas de recomendação, participar da corrida de revezamento por quatro anos, e depois receber aquelas cartas de aceitação para as faculdades (só Stanford que não), pular de alegria e beijar Pistol em seus lábios grandes porque ele era a única criatura perto de mim no momento — e penso, *foda-se*, vou me preocupar com a minha alma mais tarde.

— Prometo, pai, não sei quem começou, mas sei que não podem ter sido meus amigos. Mo tirou aquela foto semanas atrás. — Acrescento uma risada desdenhosa, como se ele estivesse perdendo tempo.

Meu pai rola sua cerveja gelada na testa, e semicerra seus olhos azuis de pedra na minha direção, seus pensamentos se agitando. Então ele solta a respiração.

— Você já comprou os novos pneus para o trailer?

— Não, mas vou.

— Hannah Louise — ele me adverte —, espero que você seja mais responsável na faculdade.

— Pai, desculpa.

— Não se desculpe, apenas dê conta das suas coisas. — Ele leva a cerveja para o quarto para se trocar.

De manhã, acordo com o cheiro de café sendo passado e bacon frito. Papai tem cozinhado mais desde que a equipe de limpeza transformou nossa cabana em uma casa arrumada. É meio chocante como nunca percebemos o quão suja era antes de ser coberta por uma camada de cinzas. Visto um short e me aproximo da cozinha, bocejando. Papai está no fogão, fazendo ovos mexidos e cuidando do bacon na frigideira.

Fiquei acordada a noite toda vigiando Drummer e Violet em nosso aplicativo de compartilhamento de localização. O avatar dele o mostrou na casa dela, bem ao lado do avatar de Violet, até as quatro da manhã. Babaca. Tenho me agarrado à única esperança que possuo: a de que ele ficará entediado com ela. Garotas novas sempre o deixam animado por algumas semanas, mas então ele começa a voltar para minha casa para assistir à TV, comer meu cereal e passarmos tempo juntos. Às vezes ele me usa para machucar as namoradas, tirando fotos nossas em sua banheira de hidromassagem e adicionando-as aos stories on-line, enviando uma mensagem clara para quem ele está namorando: *Você não é a minha dona, você não pode me controlar, você não pode me colocar em uma jaula.*

Mas eu deixo Drummer agir como Drummer. Mantenho a porta aberta e a comida no armário, e, assim como um gato amigável, ele continua voltando. Violet não vai mudar isso.

Agora são 7h15, e me sinto tão animada quanto um animal atropelado.

— Espero que esteja com fome — papai fala.

— Morrendo de fome — admito. Ele me entrega uma xícara de café fumegante e eu coloco creme e açúcar até que a cor fique clara e tenha gosto de sobremesa.

— Aqui está meu cartão de crédito para os pneus. — Ele vira o bacon. — Sentirei sua falta quando você for para a faculdade, filhota. Não poderia estar mais orgulhoso, você sabe disso, não sabe?

Ele está tentando compensar por ter brigado comigo sobre os pneus ontem à noite, mas eu mereci. Mereço pior, na verdade. O que não mereço é o orgulho dele, não mais. Eu me esgueiro até ele e o abraço em volta da cintura, mantendo um olhar cauteloso no bacon que espirra gordura.

— Virei para casa todos os feriados.

Ele suspira e oferece um sorriso.

— Você diz isso agora.

— Eu virei. No mínimo, tenho que verificar Matilda e os cavalos.

— Mas eu não?

Para um xerife, meu pai se faz bem de vítima.

— Sim, você também, se prometer me fazer café da manhã todos os dias. — Eu o cutuco de brincadeira.

— Todos os dias? — Ele me cutuca de volta. — Vou pensar no seu caso.

Depois do café da manhã, ele segue para a delegacia sem dizer uma palavra sobre o que planeja fazer hoje em relação à investigação. Mas tudo bem — tenho meus próprios planos. Hoje comprarei vários celulares descartáveis não rastreáveis para os monstros.

Volto para o meu quarto, chuto as roupas sujas do caminho e pego o novo xampu que comprei depois que o pessoal que limpou a casa jogou fora todos os recipientes abertos. Papai recebeu um cheque razoável da seguradora para substituir nosso material danificado pela fumaça, e o que não gastamos foi direto para o meu fundo de faculdade.

Eu ligo o chuveiro e entro sob o jato d'água. Já está quase vinte e seis graus lá fora e ficando mais quente. Os ventos pararam aqui, mas continuam a transformar o Incêndio Gap em um inferno no parque nacional. Equipes de resgate pegaram dezenas de animais selvagens atordoados e famintos e os realocaram. Uma das histórias que li ontem à noite descreveu um rebanho inteiro de ovelhas selvagens preso em uma colina. Elas morreram por inalação de fumaça antes que o fogo as alcançasse. Um fotógrafo de vida selvagem com lentes de grande distância focal tirou fotos das ovelhas cremadas que foram parar até no noticiário nacional.

Deixo meu rosto afundar em minhas mãos e respiro enquanto a água escorre pela minha nuca. Ajusto a temperatura, tornando-a cada vez mais quente até a minha pele ficar vermelha e escaldada e o vapor encher o banheiro. Meus ombros tremem e algumas lágrimas escorrem dos meus olhos.

— Não! — Bato em mim mesma. — Pare com isso!

Coloco xampu demais na mão e lavo meu cabelo, passo condicionador em seguida, e então enxáguo o sabonete do meu corpo. O banheiro se enche de vapor quando saio do chuveiro e limpo o espelho. Meu rosto está vermelho como uma beterraba. Pessoas boas fazem coisas ruins, certo? Não sou a única.

Depois do meu banho, visto novos shorts e uma regata e me mantenho ocupada, limpando a louça azul lascada do café da manhã, ligando a máquina de lavar louça, alimentando os cavalos e limpando o estrume. Quando minhas tarefas terminam, tiro uma foto das informações sobre o tamanho dos pneus furados do meu trailer e, em seguida, dirijo para Bishop com a capota aberta. Matilda se senta no banco do passageiro, suas grandes orelhas avermelhadas voando para trás, e coloco as músicas bem alto.

A estrada se desenrola à nossa frente, uma série de curvas arborizadas enquanto desço a montanha, seguindo para o sul em direção a Bishop. Esse trecho costuma ser bonito: pinheiros nobres alinham-se na estrada e sequoias antigas alcançam as nuvens. O primeiro vislumbre do vale do condado Mono se estende à frente, e as pinhas caem em nosso rastro. Árvores verdes, céu azul e ar da montanha — essa paisagem costumava me acalmar, mas não mais.

Milhares de hectares ao longo dessa estrada queimaram naquele primeiro dia, e o retardante de fogo cor-de-rosa ainda está endurecido nos topos. Matilda geme com o cheiro disso. Talvez ela se lembre de que quase morreu ali.

Eu aumento a música e dirijo mais rápido.

Minha missão em Bishop não demora muito, e logo tenho dois pneus novos no banco traseiro do carro.

Em seguida, coloco um boné de beisebol e óculos escuros e paro em uma farmácia. Trouxe dinheiro para comprar cinco telefones celulares descartáveis. O golpe nas minhas economias dói, mas, se esses aparelhos mantiverem os monstros fora da prisão, então valem a pena. De volta ao meu carro, tiro os óculos escuros, coloco-os em Matilda e tiro uma foto dela.

— Você é uma estrela, Mattie.

Ela tira os óculos com a pata e sacode a cabeça. Do outro lado da rua está o hotel onde fiquei durante a evacuação, e penso em Justin, o cara que deu uma carona para mim e Matilda e que mora em Bishop. Ele me convidou para sair, e eu meio que o dispensei por causa da sua idade, mas é dia e estou com a minha cachorra: estou segura.

Antes que eu possa me convencer do contrário, mando uma mensagem para ele: OI, É A HANNAH. ESTOU EM BISHOP. O celular está quieto e Matilda boceja, mostrando todos os dentes. Engulo em seco, me sentindo repentinamente idiota e jovem. Ele provavelmente já se esqueceu de mim. Ligo o carro para ir para casa.

Ping! Uma mensagem de Justin: MERDA, ESTOU INDO PARA O TRABALHO. POR QUANTO TEMPO VC VAI FICAR AQUI?

NÃO MUITO. TENHO QUE TRABALHAR ÀS 4.

DROGA. SAIO ÀS 5. QUERO VER VC, HANNAH.

Não tenho ideia de como responder a isso.

VOCÊ MORA EM GAP MOUNTAIN, CERTO? EU PODERIA TE BUSCAR PARA JANTAR.

Minha pulsação acelera. Um encontro à *noite* — não era isso que eu tinha em mente. Pensei em almoçar ou passear com Matilda. Como faço para sair dessa? TENHO PLANOS PARA ESTA NOITE, minto.

AMANHÃ ENTÃO?

Merda. Preciso me livrar dessa. **POSSO TE RETORNAR?**

Uma pausa e então ele escreve, **BLZ**. É isso, apenas **BLZ**. Sinto sua decepção naquela única palavra e deixo meu celular cair no banco do passageiro. Olho para Matilda, que está ofegante.

— Quer ir para casa?

Ela late. Considero isso um sim e vamos para casa. Matilda se senta ereta no banco do passageiro na frente, a língua pendurada, os olhos semicerrados por causa do vento. Minha pele absorve o sol e a esperança flui por mim. Temos celulares secretos, Mo explicou a foto aos investigadores, o celular dela está destruído — vamos ficar bem. Nós apenas temos que ficar juntos e manter nossa boca fechada.

O elo mais fraco é Violet. Ela pode pagar um advogado e não precisa morar aqui em tempo integral. Ela pode ir para casa. Confessar não destruiria a vida dela como destruiria a nossa. Preciso acalmá-la e reconectá-la a Gap Mountain antes que ela faça algo de que todos nos arrependeremos. Estalo os dedos. É isso! De repente, sei o que fazer. É o nosso último verão antes da faculdade. É hora de os monstros se divertirem um pouco!

15

23 DE JULHO
INCÊNDIO GAP: 40% CONTROLADO
FATALIDADES: 10
14H

Quando cheguei de Bishop ontem, entreguei os celulares descartáveis aos monstros e convidei Mo e Violet para um passeio na trilha.

— Só as garotas — disse, porque ultimamente não gosto da companhia de Violet se Drummer estiver a trinta metros de nós.

Ninguém questionou os celulares, exceto Violet:

— Celulares descartáveis? Isso parece coisa de criminoso. — Eu não tinha uma resposta amigável para isso, então não respondi nada.

— Não vou usar isso — Violet avisou.

— Simplesmente mantenha ele com você. Não os usaremos a menos que tenhamos que falar sobre o incêndio.

Ela o aceitou, arrancando-o ferozmente da minha mão e jogando-o na bolsa.

Agora são duas da tarde do dia seguinte, e minhas amigas estão parando na minha garagem. Largo o livro didático que estou lendo, calço as botas e corro para fora.

— Fique aí — ordeno a Matilda na porta de tela. Ela inclina a cabeça e choraminga para mim.

Ainda não houve outra entrevista coletiva sobre a investigação do incêndio, enquanto os detetives perseguem suas pistas e aguardam os resultados do laboratório forense. O cachimbo de Luke é o que mais me preocupa, porque suas impressões digitais estão no sistema, mas é possível que o calor as tenha destruído. A garrafa de cerveja me preocupa menos, porque pode não ser nossa. A maioria dos jovens de Gap Mountain bebe Bud Light.

Violet e Mo chegam em carros separados, vestidas para cavalgar. Violet está radiante, suas covinhas escuras e profundas.

— Hannah! — ela me abraça com força, como se não tivéssemos começado um incêndio florestal e matado dez pessoas juntas. Também a abraço. Sim, é disso que precisamos, de alguma normalidade.

Mo sai do seu carro, igualmente feliz e relaxada. Ela tirou a máscara N95 fora do veículo, e suas bochechas estão vermelhas com um aspecto saudável. Ela e Violet olham para os cercados e seus sorrisos aumentam. São os cavalos, percebo. Montar é a melhor terapia, e nós três precisamos desesperadamente disso.

Depois de cumprimentar Mo, entramos no estábulo conversando sobre a faculdade. Mo recebeu a indicação de quem será a sua colega de quarto e já contatou a garota.

— Ela parece legal — conta.

Eu descobri o nome da minha colega de quarto antes do incêndio e me esqueci totalmente dela desde então. Violet não terá colega de quarto. Ela fez um depósito em um apartamento privado fora do campus perto de Stanford.

— Não durmo bem com outras pessoas — ela explica.

Você dorme bem com Drummer, penso, mas não digo isso em voz alta. Hoje o dia é para os equinos, não para os meninos.

— Violet, você monta no Pistol, eu monto no Sunny e Mo, você monta na Stella.

Arrumamos os cavalos, enchemos nossos alforjes com os sanduíches que Mo trouxe e montamos.

— Segure as rédeas com uma mão — lembro Violet, já que ela está acostumada a cavalgar no estilo inglês.

— Eu sei — ela murmura.

Meu Deus, eu deveria ter escovado melhor os cavalos. Os de Violet estão sempre imaculados.

— Eu vou primeiro — digo. — Sunny precisa praticar a liderança.

Enquanto cavalgamos pela trilha saindo da minha casa, Sunny fica em alerta máximo. Se um urso nos comer, será sua culpa, e ele sabe disso. Ele levanta o rabo alto e sopra com força pelas narinas, avisando todos os ursos para ficarem longe.

Violet ri enquanto observa meu potro se assustar com cada sombra.

— Ele é um gatinho assustado.

Eu dou de ombros.

— Ele é apenas jovem. — Por fim, Sunny para de empinar porque se cansa rápido, como uma criancinha.

— Isso é tão bom — Violet fala, e eu olho para trás para ver sua expressão feliz. — Sinto falta de cavalgar. Devíamos fazer isso todos os dias: cavalgar, nadar, assistir a filmes, ficarmos à toa.

Mo e eu concordamos com ela. Iniciar o incêndio e levar todos para dentro de casa por causa da má qualidade do ar arruinou nossos planos para o verão.

— Para onde estamos indo, Han? — Mo questiona.

— A trilha Blue Ridge é boa e não queimou no incêndio. Há um riacho onde os cavalos podem beber água e uma vista de quilômetros do topo.

Percorremos as trilhas da mata e os cavalos relaxam em relação direta ao calor: quanto mais quente, mais quietos eles ficam. Inalo o cheiro de palha seca de árvore e seiva de pinheiro e me sinto calma.

— Ei, adivinhem quem canta isso? — Violet cantarola alguns versos de uma música que eu nunca tinha ouvido antes.

— Não sei. Quem? — Mo pergunta.

— Billie Eilish. É boa, não é? Meio que combina com essas árvores grandes e antigas. — Ela aponta para as sempre-verdes em espiral.

Passamos para mais conversas sobre a faculdade — o que levar para os dormitórios, quais aulas fazer, quanto tempo achamos que vai levar para nos formarmos. Fingimos que o Incêndio Gap nunca aconteceu.

Na metade do caminho para o cume, uma pinha cai de uma árvore e se espatifa no chão, parecendo uma pequena explosão. Stella se ergue e dispara a correr.

Mo se inclina para a frente e agarra o pito da sela, gritando enquanto sua égua galopa por nós, mas essa é a deixa de Stella para correr mais rápido.

— Senta reto! — berro.

— Eu quero sair! — ela grita de volta.

— Gira ela em um círculo — Violet manda.

Ou Mo não consegue ouvir, ou está em pânico demais para isso, então coloco os dedos na boca e assobio, como faço quando trato os cavalos, e funciona. Stella adora grãos, então ela muda de curso e galopa para o lado de Sunny, deslizando até parar e relinchando por comida.

Mo desliza para fora da sela, as pernas tremendo violentamente.

— Ai, meu Deus — ela sussurra, caindo de joelhos. — Não consigo respirar.

— O inalador dela! — Violet exclama.

Pulo das costas de Sunny, vasculho os alforjes de Stella, encontro o inalador e o entrego a Mo. Ela o suga e, lentamente, sua respiração volta ao normal.

— É por isso que não ando a cavalo — ela arqueja.

Violet inclina a cabeça.

— Porque você tem asma?

— Não, porque eles são idiotas! Como algo tão grande pode ter medo de uma pinha?

Violet e eu caímos na gargalhada. Mo está bem.

Como este não é um lugar pitoresco para descansar, pego as rédeas dos cavalos e entrego as de Stella a Mo. Ela cruza os braços.

— Não vou subir nela de novo.

— A culpa é minha — explico. — Não tenho exercitado os cavalos o suficiente desde o incêndio; há muita fumaça. Podemos caminhar até o riacho se você quiser, não é longe.

Então, todas nós levamos nossos cavalos para o riacho, e Violet fica de mau humor porque ainda quer cavalgar. Quando chegamos, os animais lambem as pedras molhadas porque o próprio riacho está quase seco, e Mo distribui a comida.

— Nós *realmente* morreríamos de fome sem você — declaro enquanto aceito meu sanduíche, um pão francês gordo recheado com peru, queijo havarti, alface, tomate e abacate.

— Sei disso. — Mo oferece um pequeno sorriso de perdão, e cada uma de nós escolhe uma pedra achatada e se senta para comer.

Pinheiros enormes nos protegem e samambaias crescem em suas bases e ao longo do leito do riacho. Há um pouco de neblina no céu por causa do incêndio, mas a maior parte da fumaça se espalhou para o Vale Central e além.

Mo bebe água de sua garrafa e enxuga os lábios.

— Devemos ver se passa algum trem entre as nossas faculdades, para que possamos fazer visitas.

— Poderíamos apenas pegar um Uber — Violet sugere. Fazemos silêncio, porque Mo e eu não podemos pagar por um Uber pelo vasto estado. Violet tem a decência de não falar mais sobre isso. Então, ela diz alegremente: — Eu trouxe henna!

Passamos as próximas duas horas desenhando tatuagens de henna uma na outra. Desenhamos unicórnios, arco-íris e dragões, e então Mo desenha um pênis enorme no antebraço de Violet. Violet desenha uma folha de maconha no de Mo, e então as duas desenham donuts no meu. Não tenho ideia de por que ganhei donuts, mas rimos até a barriga doer.

Então Violet começa a fazer imitações de seus atores favoritos, e elas são hilárias. Ela pode transformar o rosto e mudar a voz e a personalidade para combinar com qualquer pessoa. Ela também canta bem, no tom e sem música. Eu havia esquecido o quão talentosa Violet é, porque quando a vejo ela está de férias e sua maior preocupação é a cor do esmalte nas unhas.

— Você é engraçada — digo a ela.

Ela levanta as sobrancelhas.

— Um elogio da Han! Estou lisonjeada. — Ela me beija na bochecha e fico chocada. Será que não dou elogios? Não tinha percebido.

— Você já pensou em pintar o cabelo? — Mo me pergunta. — Tipo, fazer algumas luzes para realçar o loiro?

Violet bate palmas, suas covinhas se aprofundando.

— Sim, e você tem que me deixar fazer sua maquiagem!

Ela se inclina para a frente, examinando meu rosto, o que me dá uma visão de perto do dela. A maquiagem de Violet é aplicada com perfeição e seu cabelo está limpo e penteado, brilhando até a raiz. Não sei como ela permanece tão perfeita, aparentemente sem um pingo de esforço. Faço escova e penteados no meu cabelo para fotos de escola, funerais e não muito mais que isso — dá muito trabalho!

Violet suga as bochechas e inclina meu queixo em sua direção.

— Você não está fazendo nada com o que tem, Han. Sua estrutura óssea é perfeita; seus olhos são enormes. Algumas luzes em seu cabelo, um novo corte, um pouco de contorno, brilho e rímel para realçar o verde em seus olhos e você ficaria muito bonita.

Minhas bochechas queimam.

— Ficaria?

Mo se intromete.

— Ela quer dizer que você já é bonita.

— Sim, mas você não está tentando. — Violet levanta uma mecha do meu cabelo fino e liso.

Eu a afasto, pensando em Justin, de Bishop. Ele parece gostar de mim do jeito que sou.

— Estou bem, obrigada.

Depois disso, a conversa fica estranha, então dou a ordem para sairmos e caminhamos com os cavalos até o topo do Blue Ridge, o que me parece invertido, como empurrar uma bicicleta em vez de andar nela. No topo, recuperamos o fôlego e apreciamos a vista que contempla Gap Mountain inteira, o vale e o Parque Nacional de Yosemite.

— Aí está — Violet diz, e ficamos em silêncio.

Nosso incêndio continua a arder por muitos quilômetros de distância. A fumaça cinza sobe ao longe, e um sinal das chamas laranja tremeluz no parque. Meus olhos traçam o caminho enegrecido de destruição do lago Gap, por nossa cidade, através da área estreita do vale e em Yosemite. Milhões e milhões de dólares foram perdidos, dez vidas humanas se foram, milhares de hectares protegidos foram incinerados, dezenas de casas foram destruídas e um rebanho de ovelhas selvagens foi brutalmente cremado. A destruição sufoca qualquer alegria que eu tenha sentido hoje.

— Esta era a minha casa — Mo diz, apontando para o bairro achatado de Stony Ridge, uma crosta de terra arrasada e desolada no lado sul da cidade. O Corpo do Exército e os empreiteiros privados trabalham duro, raspando as fundações e empilhando toneladas de entulho em longas filas de caminhões basculantes.

Ficamos em silêncio por quinze minutos, talvez mais. Não podemos falar sobre isso; podemos apenas encarar o que fizemos.

De repente, todos os nossos três celulares descartáveis tocam ao mesmo tempo, porque o sinal aqui, fora da linha das árvores, é bom. Violet lê a mensagem primeiro e arqueja. Então Mo lê e põe a mão na boca. Com pavor correndo pelas minhas veias, sou a última a ler.

É de Drummer: **A POLÍCIA PRENDEU LUKE.**

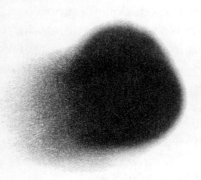

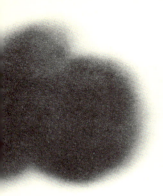

16

23 de julho
Incêndio Gap: 40% controlado
Fatalidades: 10
16h10

Encaro o meu celular sem acreditar. Por que a polícia está na casa do Luke? Ele não estava na foto sobre a qual os investigadores interrogaram Mo. Está relacionado ao incêndio ou à sua condicional? Meu Deus, deve ser sobre o incêndio. Os resultados das impressões digitais devem ter chegado e o banco de dados da polícia as comparou com as do Luke.

Ao meu lado, Violet manda uma mensagem para Drummer no celular descartável.

Drummer acrescenta: ELES TÊM MANDADOS PARA O DNA E O CELULAR DELE. ENCONTRARAM DOIS PERFIS DE DNA NA GARRAFA DE CERVEJA. AS IMPRESSÕES DIGITAIS NA CAIXA DE FÓSFOROS SÃO DO LUKE.

Eu: E O CACHIMBO?

Drummer: NÃO SEI.

Mo: VAMOS NOS ENCONTRAR MAIS TARDE.

Colocamos nossos celulares no bolso e as mãos de Mo tremem.

— Um desses perfis de DNA pode ser o meu.

— Ou meu. Eu também bebi — Violet diz. Ela olha para mim, seus olhos parecem duas poças de líquido escuro. — Você disse que o fogo destruiria o DNA.

— Deveria ter. — Me sinto mal de repente e aperto meu estômago. — Sinto muito, não achei que o laboratório fosse conseguir alguma coisa.

129

— Isso é uma grande confusão — Mo fala, com os olhos brilhando de lágrimas. — É tão injusto com Luke.

Violet se inclina contra Pistol.

— Foi ele quem trouxe a maconha.

Mo fecha a cara para ela.

— Ei, vi você fumando naquele cachimbo também, Violet.

— Eu só quis dizer...

— Sei o que você quis dizer, e não é legal. Concordo com a Hannah, confessar é idiota, mas todos nós merecemos o que Luke está recebendo: *todos nós*. Não ouse se esquecer disso, porra.

Violet, que não aguenta uma repreensão melhor do que os poodles da avó, volta seus olhos tristes para nós.

— Me desculpem. Você tem razão.

A ansiedade abala os meus nervos e só quero ir para casa.

— Você vai cavalgar de volta, Mo?

— Claro.

Ela monta em Stella com uma nova confiança. Acho que à luz dos problemas de Luke, minha égua dourada não é tão assustadora. Violet sobe em Pistol, parecendo completamente miserável.

Enquanto cavalgo para casa com Sunny, meu coração disparado, a verdade paira sobre mim como uma nuvem tóxica: *isso não acabou*. Ainda posso acabar na prisão neste outono, em vez de na faculdade.

Mo vai embora assim que chegamos na minha casa, e Violet fica para me ajudar a guardar os cavalos. Enquanto penduramos as rédeas na sala de arreios, sinto seus braços envolverem a minha cintura.

— Estou com tanto medo, Han.

Eu a abraço de volta.

— Eu sei. Também estou.

— Não era a nossa intenção — ela fala, e suas lágrimas quentes molham a minha camisa. — Nenhum de nós jamais machucaria alguém. Isso tem sido horrível. Não consigo dormir. Eu me sinto uma pessoa horrível.

Tenho todos os mesmos sentimentos, mas a reação oposta. Quero *sobreviver* a isso enquanto Violet quer *pagar* por isso.

— Você não pode consertar isso — aviso a ela. — Não deixe esse erro arruinar a sua vida.

— Já arruinou — ela sussurra.

— Não, V, não fale assim. Você está indo para Stanford e vai se formar em bioquímica, e vai curar o câncer.

Ela bufa.

— É verdade. Você vai fazer coisas incríveis, vai se apaixonar, explorar o mundo, andar a cavalo e ter filhos. Não jogue isso fora.

Ajeito seu cabelo escuro para trás. Ela é tão pequena, quente, e cheira a uma fragrância cara, mesmo depois de montar a cavalo. Ela me abraça com mais força e meu estômago embrulha. Drummer fica com essa garota — essa garota doce e inteligente — todas as noites, e não posso culpá-lo por amá-la, porque a questão é: eu também a amo.

— Eu realmente acho que devíamos contar antes que isso piore — Violet declara.

Eu a observo, confusa com a sua necessidade de confessar quando ela não tem nenhum problema em esconder seu relacionamento com Drummer. Violet não é uma pessoa que guarda segredos, o que significa que deve ser ideia dele não contar a ninguém. Será que é por minha causa? Será que ele acha que não consigo lidar com a verdade? Esfrego meus olhos enquanto Violet termina seu pensamento.

— Nós nos sentiríamos melhor se confessássemos.

Balanço a minha cabeça.

— Você honestamente acha que se sentirá melhor consigo mesma na *prisão*, V? — Forço um sorriso. — Sem chapinhas, sem esmalte nas unhas, sem garotos bonitos?

Ela levanta um ombro.

— Sou mais forte do que pareço, Han.

Nossos olhares se encontram, e o dela é determinado. Vejo o orgulho de ferro e a garra montanhesa de sua avó. Violet é forte, entendo isso, mas o que ela não entende é que não precisa ser. Na prisão, ela se tornará dura, amarga e desconfiada. Quer dizer, sou totalmente a favor de criminosos irem para a cadeia, mas não somos criminosos. Somos apenas idiotas.

— Sem mojitos — acrescento, e Violet pisca para mim, parecendo mais magoada do que divertida.

Quando terminamos, ela entra no seu carro e coloca os óculos de sol.

— Posso fazer o que eu quiser, Hannah. — Então ela vai embora.

Eu a vejo ir, meus punhos cerrados. Ocorre-me novamente que Gap Mountain não é a casa da Violet. Ela é uma intrusa, e se os outros descobrirem o quão perto ela está de confessar, não tenho certeza do que eles farão.

Mais tarde naquela noite, enquanto assisto à TV, Matilda pula no sofá e lambe o meu rosto. Nenhum dos monstros pôde se reunir esta noite para conversar sobre Luke, e, honestamente, não há muito a dizer. Ele foi capturado pela rede dos investigadores. Agora é só esperar.

Matilda ofega na minha cara, e seu mau hálito é reconfortante, familiar e seguro. Coloco meus braços ao redor do seu corpo quente e peludo, e ela cai em cima de mim com um grunhido feliz. Conforme o sol se põe, uma luz dourada suave cruza a sala, destacando partículas de poeira que dançam no ar. O velho relógio do meu pai bate na parede da cozinha. Nossa cabana range e respira com a montanha, sentindo-se tranquila e segura. É difícil acreditar que nossos mundos estão explodindo silenciosamente, como velhas estrelas.

Estou refletindo sobre isso quando meu pai entra em casa e vê Matilda e eu relaxando na sala de estar. Hesitante, ele me encara, como se não tivesse certeza de como se aproximar de mim.

— Oi, pai — cumprimento casualmente.

Sua raiva explode.

— Não finja que não sabe o que aconteceu hoje. — Ele acena para o meu celular. — Vocês, crianças, trocam informações mais rápido do que a CIA. Cumpri mandados de busca contra seu amigo Luke.

— Ouvi dizer que você o prendeu.

— Ainda não. Eu o interroguei, peguei seu celular e DNA e o deixei ir. — Observamos um ao outro como dois jogadores de pôquer. Eu me pergunto quais cartas ele está segurando, e ele se pergunta o mesmo sobre mim.

Papai fala primeiro.

— Já perguntei isso antes e vou perguntar mais uma vez: você sabe alguma coisa sobre o incêndio que não me contou? — Ele mexe no cinto. — Isso não é oficial, por enquanto. Me conte tudo e talvez eu possa ajudar quem mais estiver envolvido. Não quero colocar seus amigos na prisão, Hannah, mas as evidências contra Luke estão crescendo, e não há muito que eu possa fazer por ele agora.

— O caso contra ele é tão forte assim?

Meu pai se apoia ora num pé, ora noutro; seu cinto range e sua arma brilha ao pôr do sol. Ele precisa se barbear, e parece abatido.

— As impressões digitais dele batem com as da caixa de fósforos. Pelo celular dele, devemos ser capazes de rastrear seus movimentos. Se pudermos provar, sem qualquer dúvida razoável, que ele estava no lago Gap no dia 7 de julho por volta das três da tarde, então irei prendê-lo e acusá-lo de incêndio criminoso.

Puta merda.

— Pai, é o *Luke*. Você não pode fazer isso com ele.

Suas bochechas incham e então murcham em uma respiração longa e lenta.

— Dez pessoas morreram, filhota. Uma das vítimas foi uma bombeira com marido e duas filhas pequenas. Dezenas de casas estão destruídas, comércios perdidos, férias canceladas e parques nacionais transformados em cinzas. Você sabe o que isso significa?

Eu suspiro.

— Acusações criminais.

— Isso mesmo. — Ele se abaixa para acariciar Matilda. — A lei é a lei, Hannah.

Sim, já ouvi isso antes, mas o que meu pai não sabe é que Luke mantém sua geolocalização desligada. Cientistas forenses não conseguirão rastreá-lo pelo celular e a caixa de fósforos pode ter caído em qualquer dia de verão. É uma boa notícia para Luke.

Meu pai me estuda com sua expressão cautelosa.

— Encontramos um segundo DNA e impressões digitais na garrafa de cerveja que não correspondem aos dele. Estamos procurando outro suspeito. — Ele esfrega os olhos, parecendo velho e cansado. — Acho que você sabe mais do que está dizendo, Hannah, e acho que você está envolvida. Esse segundo perfil vai pertencer a você ou a um de seus outros amigos?

Eu jogo minhas mãos para cima.

— Você sabe que não gosto de beber, pai, e você sabe o *porquê*.

Seu rosto desmorona. É um golpe baixo, falar da mamãe. Não é culpa dele que ela ficou bêbada e matou alguém, mas me sinto bem sendo honesta sobre algo. Seu corpo se curva, mas seu tom é afiado em aço.

— Você está escondendo algo de mim, filhota. Sinto isso.

O frio toma conta de mim, mesmo quando a minha frequência cardíaca aumenta rapidamente. Para me acalmar, imagino o Gap, brilhando insondável, um lugar mágico que engole segredos.

Minha frequência cardíaca se acalma, minha respiração fica monótona e uniforme, e falo da forma mais direta e natural possível.

— Só estou com medo, pai. Estamos pirando por causa de Luke. Só o vi naquele dia mais tarde, então, quer dizer, é possível que ele tenha começado o incêndio, mas não acredito. Nós nadamos no Gap o tempo todo, e você sabe que meus amigos bebem, e que Luke fuma maconha. Ele não tem idade suficiente para comprar um isqueiro, então pega fósforos no Sam praticamente todos os dias. Ele poderia ter deixado aquela caixa de fósforos cair a qualquer momento neste verão.

— Você ensaiou esse discurso, Hannah?

Eu decido parar de falar. Mentir para estranhos é fácil, mas mentir para pessoas que você conhece, especialmente investigadores treinados como meu pai... Não é tão fácil. Percorro os programas da Netflix para esconder a minha expressão.

Ele se arrasta para a cozinha, irritado.

— Você comprou os malditos pneus?

Minha resposta explode da minha boca.

— Sim, eu comprei os malditos pneus!

Papai reaparece e aponta para mim, sua voz tensa.

— Vá para o seu quarto.

Minha boca se abre. Tenho a porra de dezoito anos de idade.

— Você me ouviu? — Sua voz está tão calma que dá medo.

Meu coração bate forte.

— Ouvi.

— Se você está envolvida, Hannah, é melhor me contar. Teremos mais resultados forenses em breve.

Deus, quero contar *tudo* ao meu pai, jogar o fardo do que fizemos sobre ele, mas ele não pode me proteger *e* fazer o seu trabalho. Ele terá que escolher, e eu o conheço — meu pai escolherá seu trabalho. Ele vai me prender e me acusar, assim como fez com a minha mãe há doze anos, e não posso fazê-lo passar por isso de novo. Eu perderia o pouco de pai que me resta.

— Se estivesse envolvida, contaria para você.

Outra mentira.

17

27 de julho
Incêndio Gap: 55% controlado
Fatalidades: 10
18H

Quatro dias depois, termino meu turno na locadora e saio, protegendo meus olhos do sol brilhante que não vejo muito desde o 7 de julho. O vento enfim dissipou o resto da fumaça. Alguns residentes ainda usam máscaras N95, mas a maioria de nós as deixou de lado. O Incêndio Gap continua a arder a quilômetros de distância, mas Gap Mountain propriamente dita está segura, e a vida está mudando para um novo normal.

Os caminhões basculantes continuam seu desfile constante enquanto limpam os destroços de Stony Ridge. Os mortos foram enterrados, os pedidos de seguro preenchidos e os pertences e veículos perdidos substituídos por novos. Todos os negócios que não foram danificados foram reabertos e os cidadãos não estão mais andando por aí com expressão de choque e olhos cheios de lágrimas. Estamos reconstruindo. Somos fortes, mas estamos exaustos.

Luke foi interrogado, revistado e liberado. Agora esperamos enquanto eles investigam o histórico do seu celular e as imagens do circuito interno de câmeras de segurança. Também estamos aguardando os resultados do segundo conjunto de DNA e suas impressões digitais. Se as impressões não corresponderem a ninguém no banco de dados ALPS, o *Cal Fire* ou o departamento do xerife terão motivos para intimar Mo. Ela continua sendo uma "pessoa de interesse" por postar e excluir a foto do lago no dia 7 de julho.

A primeira sinopse sobre os desenvolvimentos recentes aparece nas legendas da televisão, correndo abaixo das principais notícias: DOIS ADOLESCENTES LOCAIS SÃO SUSPEITOS DE COMEÇAR O INCÊNDIO GAP, QUE MATOU DEZ PESSOAS E DESTRUIU DEZENAS DE CASAS. Até agora, os nomes de Mo e Luke não foram divulgados para a mídia, mas todos em Gap Mountain sabem que eles foram interrogados. Os repórteres chegam farejando uma história.

Luke está escondido e estamos preocupados com o nosso amigo. Ele nos envia mensagens por meio de seu celular descartável, mas não sai do trailer da Cruz Vermelha. Drummer passou por lá duas vezes e também não viu o irmão mais novo de Luke. As cortinas ficam fechadas dia e noite, e, conforme a onda de calor continua, imaginamos Luke e Aiden sendo assados vivos dentro do trailer de alumínio.

Meu estômago ronca e não me preocupo em usar a faixa de pedestres, mas atravesso a rua de qualquer jeito para ir ao Café Flor Silvestre do outro lado. A principal garçonete, Jeannie, franze a testa ao me ver. É uma cidade pequena e todos sabem que sou a melhor amiga de Luke e Mo, e, como Luke é o garoto com ficha criminal, ele é o suspeito favorito de todos: *Aquele garoto é violento. Ele usa metanfetamina. Ele começou o incêndio de propósito*. A maioria mentiras.

Sento no balcão e um menino da escola anota o meu pedido.

— Ei, Hannah, o que você vai querer?

— Oi, Omar. Posso pedir um sanduíche de atum derretido com batatas fritas e um refrigerante?

Ele anota o meu pedido e, em seguida, abaixa a voz:

— Como o Luke está?

— O.k., acho. Não tenho visto ele. E você?

Ele faz um estalo com o canto da boca.

— Cara, mal vi o meu melhor amigo neste verão. Nós ficamos no rio algumas vezes em junho, e mais nada desde que aquele incêndio estúpido destruiu tudo.

Mudo de assunto.

— Para qual faculdade você está indo?

Omar sorri.

— Estadual de Fresno; ciência da computação.

Eu sorrio de volta.

— Que legal. Mo vai para lá cursar enfermagem.

— Não brinca? Ela vai estar administrando aquele lugar antes de se formar.

Jeannie dá "o olhar" a Omar por falar muito alto. Ele abaixa o tom de voz:

— Não acredito que Luke tenha feito isso. O cara não tem um descanso. Quero dizer, a própria casa dele pegou fogo.

— E a gata dele está sumida — acrescento.

— Seu pai vai prender ele? — Minha expressão fica amarga, e Omar recua. — Esquece, você provavelmente não pode falar sobre isso. Deixe eu fazer este pedido.

Ele sai apressado, fingindo desinteresse, mas a cidade inteira está esperando para ver o que meu pai vai fazer com Luke. Eu também estou esperando.

O moral está em baixa em Gap Mountain. O rodeio anual dos três condados e a feira dos estudantes foram cancelados devido à qualidade do ar. Eu não ia competir na corrida de barris nem vender animais este ano, mas sei como os outros jovens devem estar desapontados. Perder o rodeio e a feira é um grande golpe depois de trabalhar duro criando e treinando animais durante toda a primavera e o verão.

Quando Omar traz a minha comida, eu a devoro e saio da lanchonete o mais rápido que consigo. Os habitantes da cidade estão nervosos, querem respostas e não há onde me esconder, mas não quero ir para casa e não quero ver os monstros (exceto Drummer), ou meus amigos que disputam as corridas de barris, que geralmente só vejo mesmo em competições ou treinamentos. Não estou com vontade de cavalgar ou de fazer tarefas domésticas. Só quero que isso acabe. Dizem que é impossível cometer um crime perfeito; bem, é mais impossível ainda encobrir um não planejado.

Agora, dentro do meu carro, mando uma mensagem de texto para Drummer: QUER PASSAR UM TEMPO JUNTOS?

TRABALHANDO, ele responde.

Eu me pergunto se *trabalhando* é um código para *transando com Violet* ou se ele realmente está na madeireira. Em um momento de autoflagelação, abro o aplicativo de compartilhamento de localização para ver onde Drummer está, e meu estômago flutua, como se estivesse esperando os resultados do teste das aulas avançadas.

Imediatamente, vejo os avatares dele e de Violet em suas casas, separados, e o alívio me inunda.

Mas é uma ilusão.

O aplicativo apenas não foi atualizado ainda. Assim que isso acontece, seu avatar viaja na velocidade da luz para a casa dela, e eu os vejo juntos no contorno bidimensional da casa de Lulu, no sótão.

Mentiroso!

Meu pé bate no chão e meu coração bate no mesmo ritmo.

É verão, está calor, meu pai está caçando meus amigos, e meu melhor amigo está mentindo para mim. Mando uma mensagem para Mo: O QUE VOCÊ ESTÁ FAZENDO?

Mo: PROCURANDO UMA CASA COM MEUS PAIS. ELES DECIDIRAM NÃO RECONSTRUIR.

Eu: VOCÊ PODE CONVERSAR?

Ela demora para responder: ESTOU OCUPADA, HAN. LIGAREI ASSIM QUE PUDER.

Fico olhando para fora da janela do meu carro, sufocando neste estacionamento, me perguntando com quem mais posso passar um tempo. Meus pensamentos se estendem como tentáculos: Violet? Não, ela está transando com o amor da minha vida. Luke? Não, ele tem seus próprios problemas. Meu pai? De jeito nenhum! Drummer? Ele que se foda.

Estou sozinha — como estive a maior parte da minha vida — e estou tentando manter meus amigos seguros, mas ninguém se importa. Todos estão ocupados. Eu preciso — eu quero — alguém para *me* prometer que vou ficar bem. Quero que alguém cuide da Hannah. Alguém para me dizer que sou linda, adorável e perfeita do jeito que sou.

Lágrimas correm pelo meu rosto e bato meu punho no volante. É para isso que servem as mães — para quando você não tem mais ninguém? Rio amargamente. Eu nem tenho mãe.

Sei de uma coisa: não posso ficar sozinha.

Então uma ideia me ocorre: Justin, de Bishop; *ele* gosta de mim. Ele quer me ver. Fodam-se os monstros. Tenho outras opções.

Espero até que minha pulsação desacelere e, em seguida, mando uma mensagem para ele: OI, É A HANNAH. ESTOU LIVRE ESTA NOITE SE VOCÊ AINDA QUISER SAIR. SÓ ME AVISAR.

Pequenos pontos aparecem na minha tela. Ele está lendo minha mensagem *agora*, e minha pulsação acelera. Eu me arrependo de escrevê-la no mesmo instante. E se ele disser não?

Então ele responde: ESTA NOITE É UMA BOA.

Eu fico encarando o meu celular sem acreditar. OK. ONDE?

Justin: QUER VER UM FILME? PODEMOS NOS ENCONTRAR NO CINEMA DA RUA PINE. VAMOS JANTAR PRIMEIRO?

É um encontro, um encontro de verdade? Parece um, mas não consigo me imaginar mantendo uma conversa durante um jantar inteiro com alguém que não conheço. SÓ UM FILME ESTÁ BOM, envio a mensagem.

Justin: É UM ENCONTRO.

Eu: OK

Puta merda: eu vou sair com um homem.

Dirijo para casa, minha mente girando. E se Justin e eu nos apaixonarmos? E se ele quiser ser meu namorado? Talvez ele se mude para San Diego comigo e vamos morar juntos enquanto eu for para a faculdade.

Entro em casa e tropeço cegamente em uma cadeira, rindo de mim mesma. Eu nem conheço Justin. Ele poderia ter uma casa, um negócio; ele poderia ter um gato ou um filho! Não perguntei o sobrenome dele. Meu pai vai me matar se descobrir o que estou fazendo.

Eu me imagino contando a Drummer e a Violet que tenho um encontro e decido me arrumar de verdade. Vou enrolar meu cabelo, me maquiar e usar minha saia mais curta e justa. Talvez Justin seja um cara que gosta de pernas? Tenho quilômetros delas. Posso até postar uma foto nossa para que todos vejam.

Justin gosta de mim, tenho certeza disso. Entro no chuveiro.

27 DE JULHO
INCÊNDIO GAP: 55% CONTROLADO
FATALIDADES: 10
19H30

Estou do lado de fora do cinema na rua Pine, e minhas emoções voltaram à realidade. Justin não vai aparecer. Por que ele viria? Sou apenas uma garota recém-saída do ensino médio. Nunca tive um namorado de verdade, ou um emprego de verdade. Sobre o que vamos falar se ele aparecer? Tecnicamente, sou uma adulta, mas não me sinto como uma. Eu me inclino contra a parede de tijolos e tento parecer casual.

Justin aparece alguns minutos depois. Ele parece diferente de quando estava na rodovia. Está recém-barbeado e vestindo uma jaqueta jeans gasta, uma camiseta azul bebê, calças jeans e botas de caubói.

— Ei — ele cumprimenta, seus olhos percorrendo meu corpo. Ele é mais bonito do que me lembrava.

— Ei. — Sinto minha pele enrubescer do pescoço para cima.

Justin beija a minha bochecha, e o cheiro limpo de xampu e loção pós-barba enche as minhas narinas. Seus lábios são macios e quentes.

— Você está linda. Venha, vamos entrar. — Ele pega a minha mão e me leva até a bilheteria.

Meu coração dispara e o calor inunda a minha virilha. Já tive dois namorados — um no nono ano, mas ele era tão tímido que raramente me tocava, e um no primeiro ano; um garoto com quem namorei para deixar Drummer com ciúmes. Seu nome era Marcus Hoover. Ele era mau, sempre tinha comida presa no aparelho e me largou quando fiz uma careta depois de beijá-lo. Mas isso... isso parece diferente.

Justin compra dois ingressos e pergunta o que quero da bombonière. Ele paga por tudo sem esperar para ver se vou oferecer para dividir. Quando peço um saquinho de pipoca, ele pergunta se também quero um tamanho maior e balas. Fico com o pequeno, mas aceito as balas, e ele compra chicletes e refrigerantes para nós dois.

Posamos na frente do pôster do filme e tiro uma selfie com meu celular. Nela, Justin olha para mim enquanto eu sorrio para a câmera. Eu me pergunto o que Drummer vai pensar quando vir isso.

Dentro do cinema, Justin me segue enquanto escolho os assentos. Nós nos acomodamos e ele sussurra para mim antes de o filme começar:

— Eu me senti mal por ter perdido você de vista depois que te deixei naquele dia. Você estava sozinha, exceto por sua cachorra. Deveria ter te acompanhado até a recepção.

— Não tem problema, eu tinha amigos me esperando.

Seus olhos vagam lentamente pelo meu rosto e seu braço desliza em volta de mim e massageia meu ombro, enviando outra onda de calor entre as minhas pernas.

— Sua família está bem? Você perdeu alguma coisa no incêndio? — ele questiona.

Perdi alguma coisa no incêndio? Ótima pergunta. Apenas minha sanidade, talvez meus melhores amigos e quiçá meu futuro no departamento de polícia.

— Não, minha família e a minha casa estão bem — respondo.

— Foi muito horrível o que aconteceu com a sua cidade.

— Sim. — Sua mão livre pega a minha e leva aos lábios para um beijo rápido que faz meus nervos rodopiarem.

— Com o que você trabalha? — pergunto. É ridículo eu estar de mãos dadas com um cara e só saber seu primeiro nome. Tudo dentro de mim grita: *Garota burra!*

— Eu dirijo para a pedreira — ele responde. — É um trabalho sindical. Bons benefícios e períodos de férias.

Benefícios, férias? Justin definitivamente é um adulto de verdade, e eu me contorço um pouco.

— E você? O que você faz? — ele questiona.

Eu me sinto jovem, nova demais, e a mentira escapa rapidamente.

— Estou no terceiro ano da Universidade Estadual de San Diego, e só estou em casa passando o verão.

— Ah, é? — Ele levanta as sobrancelhas grossas, parecendo surpreso. Ele está surpreso que eu estude na Universidade Estadual ou que eu esteja no terceiro ano? Não sei dizer, então mordo o meu canudo do refrigerante.

Depois do filme, Justin me acompanha até seu carro no estacionamento. A última vez que o vi, ele estava dirigindo uma caminhonete, e me pergunto se ele possui dois veículos ou se pegou este emprestado. Dou uma olhada na placa do carro. Devia enviar uma mensagem de texto com o número para Mo, caso alguma coisa aconteça comigo. Meu Deus, o que diabos estou fazendo?

— Conheço um ótimo lugar para ver as estrelas — Justin fala. Ele entrelaça seus dedos nos meus. — Quer ver?

Oh, caramba! Meu coração para e minha respiração fica mais superficial. Sei que não devo ir a qualquer lugar com esse estranho, mas ouço minha resposta como se eu fosse outra pessoa:

— Claro.

Justin sorri e eu entro em seu carro. Ele conduz suavemente para fora do estacionamento, o rádio no volume mínimo. O veículo é automático e ele segura minha mão enquanto dirige. Ele me leva ao Mirante, um lugar onde estive com meus amigos, mas a multidão festeira ainda não chegou e o estacionamento está vazio. Ele para em um lugar com vista para o vale. A lua subiu sobre a montanha, cheia e gorda, lavando o bosque com uma luz prateada.

— Dá pra ver por onde o fogo passou — Justin diz, apontando para as áreas escuras queimadas abaixo.

Minha voz fica desconfortavelmente alta:

— Não quero falar sobre o incêndio.

— Sobre o que você quer conversar? — Seus olhos seguem em direção aos meus lábios e a atmosfera no carro muda, tornando-se pesada e zumbindo como um céu cheio de raios.

— Não sei — sussurro.

— Tenho uma ideia. — Ele se inclina sobre o carro, segura meu rosto e me beija com suavidade. — Você gosta disso?

A verdade é que sim. Fecho meus olhos em resposta, e ele me beija outra vez, agora com mais urgência. Afundo no assento de couro enquanto a parte de cima do corpo dele cobre o meu. Justin beija meus lábios, bochechas, olhos e depois desce para o meu pescoço. Meu coração dispara e sua respiração fica mais profunda, mais rápida. Minha cabeça bate na janela de vidro.

— Vamos para o banco de trás — ele sugere.

Novamente minha voz sai sem ser convidada:

— Beleza.

Rastejamos até a parte de trás, onde sua cabeça roça o teto e ele ri de si mesmo.

Sento-me ereta no assento e nos beijamos mais um pouco. Quando suas mãos encontram meus seios, um gemido escapa de sua garganta e ele me empurra no banco. Meu coração começa a bater forte. Meu corpo inteiro fica tenso e Justin faz uma pausa.

— Você quer continuar? — ele pergunta.

Não consigo responder. Não sei o que quero, mas estou curiosa e estou aqui, então concordo com a cabeça.

Justin sorri e puxa a camiseta para cima. Sua pele nua é lisa e musculosa, e eu esqueço de mim mesma e o toco. Ele estremece; seu sorriso se alarga. Ele está mais determinado agora. Tira a minha blusa e desabotoa e remove meu sutiã com habilidade. Justin geme ao me ver, e de repente sua boca está em todo o meu peito nu. Meu corpo vibra e isso é bom, muito bom.

— Hannah — Justin sussurra —, você é linda pra caralho.

Ele pressiona seu membro duro entre as minhas pernas e seus lábios cobrem os meus. A língua dele mergulha na minha boca, me fazendo ofegar. Suas mãos deslizam para baixo, ele levanta minha saia e desabotoa sua calça jeans.

— Hannah — ele murmura, mas sinto que está perdido em seu próprio mundo.

De repente, uma camisinha aparece em sua mão e fico olhando para ela em estado de choque. Ao contrário de Drummer, Justin não está brincando. Ele esfrega a palma da mão na minha coxa, depois sobe com ela e a coloca entre as minhas pernas. Meus pensamentos fogem de mim.

— Você está bem? — ele pergunta.

Estou deitada de costas e seu polegar está enganchado na minha calcinha, pronto para puxá-la. Sua respiração está quente nas minhas bochechas e seu corpo está pesado. Há uma trilha de pelo escuro em seu estômago que continua descendo.

Eu concordo e ele hesita.

— Tem certeza?

Para calá-lo, eu o puxo para baixo e pressiono minha língua em sua boca quente, e essa é toda a garantia de que ele precisa. Um arrepio profundo percorre seu corpo. Há inevitabilidade em sua excitação, como uma montanha-russa no topo, pouco antes de cair — não há como parar Justin agora. Quer dizer, se eu gritasse, provavelmente poderia impedi-lo, mas não quero fazer isso. Alguém tem que ser a minha primeira vez; por que não ele? Nunca será Drummer.

Justin rasga a embalagem com os dentes e se recosta para colocar o preservativo. Seu torso se contrai, forçado pelo teto baixo do carro. Cada músculo de seu corpo se flexiona, e a visão de sua ereção me choca como se um balde de água gelada tivesse sido despejado em minha cabeça. Isso é real. Isso está acontecendo. Fecho os olhos e me preparo.

Ele entra em mim e a dor é ofuscante no início, depois surpreendentemente agradável, em seguida, quente e escorregadia, e então acaba. Justin desaba em cima de mim, totalmente exausto.

Eu respiro no silêncio. Minha mente se esvazia.

Justin volta à vida aos poucos, e uma mão brinca com meu cabelo enquanto a outra se move para me enxugar com sua camiseta. Ele está prestes a jogar a camiseta no chão quando vê o sangue.

— Hannah? — Suas sobrancelhas se unem. — Foi a sua primeira vez?

Fecho os olhos, de repente sentindo-me envergonhada.

Ele se senta, e eu o sinto me encarando.

— Hannah, merda, sinto muito por ter sido tão rápido. Você deveria ter me contado. Eu teria arranjado um quarto, levado mais tempo. Porra, sinto muito, de verdade.

Eu me arrepio com a ideia de que posso ter cometido um erro. É a minha primeira vez; como vou saber o que deveria ter feito? E talvez ele devesse ter arranjado um quarto *de qualquer maneira*. Eu me enrosco no assento para que ele não veja as minhas lágrimas.

— Ei, não, a culpa é minha — Justin tenta acertar as coisas puxando-me para seus braços. — Eu... senti alguma resistência. Deveria ter parado e falado com você.

Seu arrependimento repentino faz eu me sentir pior e meu corpo fica mais rígido.

Justin sente que não quero falar sobre isso. Ele se veste (tudo menos a camiseta suja) e me ajuda a encontrar minhas roupas. Voltamos para os bancos da frente.

— Gostaria de ver você de novo, de te compensar — ele declara com um sorriso lento animando seu rosto. — Você é linda, Hannah. Foi muito bom.

— Pra mim também — concordo, mas as palavras ficam presas na garganta. Não há como voltar atrás, nem refazer a nossa primeira vez, e nós dois sabemos disso.

O caminho de volta ao cinema é silencioso. Justin me leva até o carro e tenta mais uma vez.

— Eu gosto de você, Hannah, e não apenas por causa do que fizemos. Acho você linda e quero te conhecer melhor. — Ele força um abraço que não retribuo. Sinto Justin mais como um estranho agora do que antes de fazermos sexo. Sorrio para incentivá-lo a seguir seu caminho e entro no meu carro. Lá, solto a minha respiração e apago a selfie que tiramos com o meu celular.

Quando chego em casa, fico feliz por meu pai não estar lá. Ele está trabalhando até tarde ou está no bar conversando com o pessoal da cidade e tomando uma cerveja. Ele gosta de manter o controle sobre a comunidade, especialmente quando ela está sofrendo.

Buzino e sacudo as minhas chaves para o caso de haver um urso rondando o quintal. Alguns guaxinins correm para as sombras, mas nenhum urso.

Matilda me cumprimenta na porta da varanda. Ela está chateada e late para mim, reagindo ao sangue na minha calcinha. Faço carinho na sua cabeça.

— Está tudo bem. Estou bem. — Ela lambe meu rosto e seus grandes olhos castanhos me dizem tudo o que eu queria tão desesperadamente saber — que sou linda, amável e perfeita do jeito que sou.

Afundo na minha varanda, abraço-a com força e soluço em seu pelo.

Quando acabo de chorar, preparo a banheira para um banho escaldante, engulo um remédio para dor, abro meio litro de sorvete e como enquanto fico de molho na banheira. Não sou mais virgem. É estranho. Não me sinto diferente, apenas dolorida.

Assim que termino meu sorvete, a porta de tela bate no andar de baixo e meu pai entra em casa. Merda, merda! Será que um dos amigos dele me viu com um cara estranho e ligou para ele? Tiro o ralo, pego a toalha e desço correndo com as roupas amarrotadas que usei no encontro.

— Eu posso explic...

Mas o que vejo me deixa paralisada. Não é meu pai; é Violet. Sua pele bronzeada está acinzentada, seus olhos castanhos escuros arregalados e suas pupilas se contraíram em pontos minúsculos. Meu estômago afunda.

— O que aconteceu?

Sua voz está estrangulada:

— É a Mo. Ela foi presa.

19

27 DE JULHO
INCÊNDIO GAP: 55% CONTROLADO
FATALIDADES: 10
23H30

— Mo está presa! — Minha mão voa para a minha boca. — Não! Por quê?
— Você é a filha do xerife, você me diz — ela retruca. — Tudo que sei é que seu pai a prendeu e ela tem uma audiência de fiança amanhã. Uma audiência de fiança, meu Deus! — Seu olhar passa pela minha saia curta e maquiagem borrada, mas ela não questiona. — Fica pior: os meninos estão na pista de boliche, completamente chapados. Drummer disse que Luke estava chorando no banheiro. Todo mundo está desmoronando, Han.
— Os meninos sabem sobre a Mo?
Ela me encara.
— Por que você acha que Luke está chorando? Vamos, temos que tirar os dois de lá!
— O.k., eu dirijo.
— Eu vim com o meu carro, Hannah.
— Você não conhece os atalhos.
Violet sacode o cabelo cheio.
— Ai, meu Deus, vocês agem como se eu não passasse todos os verões aqui desde os sete anos. Conheço Gap Mountain tão bem quanto você. Eu dirijo.
Ela me encara até eu desistir.
— Tudo bem, deixe eu pegar sapatos e uma jaqueta.
Enquanto encontro minhas coisas, ela abre os armários e se serve de um copo d'água na cozinha.

— Uhm, Hannah, — ela chama. — Tem um urso no seu quintal.

Meu cérebro vagueia entre Mo, os meninos e o urso, me deixando tonta. Coloco minha jaqueta, os saltos que usei para Justin e olho pela janela por cima do ombro de Violet. Com certeza, um animal enorme está avançando pesadamente em nosso gramado, mas aquele urso faminto é a última das minhas preocupações.

— Estou pronta.

Quando saímos de casa, pego minha buzina e sopro na varanda, acordando a velha Matilda e espantando o urso. Em seguida, subimos no carro de Violet, e ela dirige o veículo enorme pelas estradas rurais com habilidade, pegando todos os atalhos que eu teria escolhido.

A pista de boliche fica do outro lado da rua da agência dos correios incendiada. Violet estaciona o carro e salta. Com seu moletom enrolado, camiseta curta, coque despojado e chaves penduradas em um cordão, tenho uma visão dela em dez anos, conduzindo crianças de cabelos negros e bochechas rosadas para uma escola particular, organizando cafés da manhã para os pais, participando de eventos de caridade com seu marido bonito e fazendo com que tudo pareça fácil. Ela vai parar de vir para Gap Mountain, assim como seu irmão fez depois que se casou, e este mundo — o meu mundo — irá desaparecer. Provavelmente nunca mais verei Violet depois da faculdade. Uma mistura doentia de tristeza e raiva inunda o meu estômago. Violet para e seu colar Tiffany brilha ao luar.

— Você vem ou o quê?

— Sim, estou indo.

Ela agarra o meu braço e cruzamos o estacionamento juntas. Ela esbraveja sobre os meninos.

— Quando liguei para Drummer, ele disse que ele e Luke beberam três ou quatro cervejas *antes* de chegarem aqui, e depois fumaram maconha.

— Idiotas. Devíamos estar sendo discretos agora.

Abro a porta da pista de boliche e ouço cantos e gritos altos vindos do saguão. Lá estão os nossos meninos, inclinados sobre uma mesa suja cheia de batatas fritas e frango empanado. O cabelo de Luke está despenteado e ele está cantando o hino do país alto o suficiente para atrair olhares enquanto Drummer se inclina sobre uma cadeira, rindo, seu cabelo claro caindo sobre os olhos.

O gerente está parado, com o rosto vermelho, claramente tentando fazer com que eles saiam.

Violet e eu corremos para a mesa. Ela agarra a mão de Drummer e eu me aproximo de Luke.

— Nós cuidaremos deles — Violet avisa ao gerente. As covinhas dela o desarmam, e ele recua, murmurando algo ininteligível.

Nós conduzimos os meninos para fora, e o gerente os ameaça com o punho:

— Não quero ver vocês dois de novo, a menos que estejam sóbrios.

Ele tenta bater a porta de vidro atrás de nós, mas tem uma dobradiça pneumática e fecha lentamente enquanto ele a empurra.

No estacionamento, Luke tropeça em seu velho carro, se inclina sobre o capô e acende um cigarro.

— Nossa vida acabou — ele declara. — Porra.

Drummer ignora os dois e me encara, seu corpo balançando.

— Para que *você* está toda arrumada? — Seus olhos injetados observam minha saia justa, meu top pequeno e meu cabelo emaranhado e enrolado. Suas sobrancelhas franzem em confusão.

— Eu tinha saído — respondo.

Ele suga o lábio inferior e olha meu corpo com tanta intensidade que começo a me contorcer.

— Num encontro? — ele pergunta.

Desvio o olhar.

Drummer agarra o meu braço e me puxa para mais perto. Nossos olhos se encontram e os músculos de sua mandíbula se contraem, suas narinas se dilatam. O cheiro de Justin está em todas as minhas roupas, e me pergunto se Drummer consegue senti-lo. Ele levanta o queixo como uma criança.

— Mo está com problemas e você saiu para encontrar um cara?

Minha mente gira.

— Vá se foder!

— Não, você que se foda! — ele atira de volta. Violet dá uma olhada e depois se volta para Luke, que está chorando de novo.

Baixo minha voz para um rosnado baixo.

— Estou cansada, Drummer. Quero ir para casa, mas estou aqui. Larguei tudo por vocês, idiotas. — Lágrimas inundam os meus olhos.

Ele recupera os sentidos e libera seu aperto forte sobre mim.

— Desculpa. Estou apenas preocupado com Mo. — Ele dá uma olhada mais de perto na minha maquiagem borrada e no cabelo bagunçado. — Você está bem, Han? Alguém fodeu com você?

Eu reprimo minha histeria crescente. Sim, alguém fodeu comigo. Ou talvez eu tenha fodido com ele. Não tenho certeza, então fecho meus olhos e engulo o nó na minha garganta.

— Estou bem, também estou preocupada com Mo.

Drummer me aperta contra seu corpo, e sua voz ressoa em seu peito.

— Ela vai ficar bem, Han. Todos nós ficaremos bem.

Meu Deus, como ele pode dizer isso? Eu me sinto enjoada.

— Nós realmente estragamos tudo começando aquele incêndio.

— Eu sei.

Seu sorriso é rápido e indiferente. Ele puxa o cabelo da cor de ouro para trás, e seus olhos parecem mudar de cor com a luz, como cristais polidos. Ele é selvagem e bonito, e não consigo imaginá-lo, ou a qualquer um de nós, vivendo em uma cela minúscula com uma janela estreita e gradeada e, pior, compartilhada com um criminoso de verdade. Meu coração bate mais forte, minha respiração acelera. Tudo, *todo mundo*, está desmoronando.

Ele pega minha mão.

— Fica calma, Hannah.

Minhas entranhas se desfazem. Meu peito fica apertado.

Ele esfrega as minhas costas.

— Respire comigo.

Eu me concentro em seu batimento cardíaco, sua respiração lenta e constante. À distância, Violet está tentando acalmar Luke da mesma forma que Drummer está tentando me acalmar.

— Não vou deixar nada acontecer com você — ele diz. É uma promessa ridícula, mas me permito acreditar. Ele quer me proteger tanto quanto quero protegê-lo, e eu amoleço contra seu peito. Ele coloca as mãos em volta do meu rosto e o leva para perto do dele. — Você confia em mim?

— Sim. — Estamos tão perto que posso sentir sua respiração em meus cílios. Essa intimidade não é nova, mas tudo mudou. Estou perdendo Drummer. Se não para a prisão, então para Violet, e se não para Violet, então para a faculdade.

Nunca tentei beijá-lo antes, não de verdade, mas estou ficando sem tempo. Meu coração sai de seu abismo.

— Drummer? — Seu nome é um sopro, uma oração.

Ignorando sua expressão confusa, eu me inclino para a frente e o beijo, roçando seus lábios internos com a minha língua.

Ele se afasta tão rápido que eu caio de seus braços.

— Han, o que você está fazendo?

Ele enxuga a boca e o calor atinge as minhas bochechas. Meu Deus! Eu o empurro!

— Me desculpa. — Pressiono meus lábios e encaro as minhas mãos. Meu coração desaparece de volta em sua caverna.

Drummer se inquieta, olha para Violet, que ainda está verificando Luke em seu carro.

— Vamos ficar bem — ele diz para mim. — Você se sente melhor agora?

Eu concordo, mas quero gritar de vergonha. O que há em mim que é tão impossível de ser amada?

Violet retorna e interrompe, um tom duro em sua voz rouca.

— Luke precisa de uma carona para casa.

Ela franze a testa para Drummer, depois para mim, e me pergunto se ela me viu tentando beijá-lo. Eu me endireito e levanto meu queixo.

— Provavelmente não deveríamos sair juntos até que esta investigação acabe.

— Hã? — Luke pergunta.

— Eu falei que deveríamos agir com discrição e ficar longe um do outro.

Luke soluça.

— Certo, assim não começaremos outra porra de incêndio.

— Cala a boca — Violet responde, olhando ao redor, mas o estacionamento está silencioso. Não há ninguém por perto para ouvir.

— Vamos te levar para casa — digo a Luke, tentando convencê-lo a ir no carro de Violet.

Ele passa por mim e envolve Drummer em um aperto de urso.

— Vamos voltar para dentro — ele murmura, rindo.

Drummer tenta lutar com ele, mas não é páreo para Luke. Eles lutam e Luke fica irritado e começa a enforcar Drummer de verdade.

— Pare com isso, por favor! — Violet grita. — Deveríamos estar falando sobre Mo. Ela está na prisão!

Os meninos param e nos encaramos no estacionamento, que é cercado por árvores e repleto de agulhas de pinheiro.

— A mãe de Mo falou que o pai dela gritou com ela e depois a levou embora — Violet me conta.

Eu solto a minha respiração.

— Bem, ele está sob muita pressão para descobrir quem fez isso, você sabe. — O Incêndio Gap é o crime mais mortal e caro da sua carreira. No que diz respeito ao meu pai, a briga vai rolar solta. Mordo o meu lábio. — Então, por que ele a prendeu?

Luke responde:

— O pai dela lembrou que ela foi nadar no lago no dia sete e mencionou isso no bar, pensando que Mo poderia ser uma boa testemunha. Ele não tinha ideia de que ela já havia mentido para a polícia sobre onde estava. Chegou ao conhecimento do seu pai e ele a prendeu por dar uma declaração falsa.

— Merda — murmuro. — Agora ele pode obter o DNA e as impressões digitais dela e talvez combiná-las com as da garrafa de cerveja.

— Não consigo acreditar nisso — Violet diz, batendo o pé. — Isso foi longe demais. — Seus olhos se voltam para os meus. — Se confessarmos, seu pai facilitará as coisas pra gente?

Eu rio alto.

— Não cabe a ele, V. Se confessarmos, podemos pleitear uma acusação menor, mas isso não significa que o promotor vai nos livrar. Significa que vamos passar dois anos na prisão em vez de seis, só isso.

— Seu pai não pode nos dar horas de serviço comunitário ou algo assim? — Drummer questiona.

Eu balanço a minha cabeça em negativa. Meus amigos não entendem.

— Olha, o xerife não tem controle sobre a nossa sentença, e o fato de eu ser filha dele não vai me ajudar. Na verdade, vai me prejudicar. De todos nós, sou eu quem mais deveria saber disso.

Violet cruza os braços sobre a barriga lisa e exposta.

— Bem, prefiro ir para a prisão por dois anos do que por seis.

— Eu prefiro não ir *de jeito nenhum*.

Luke exala fumaça como um dragão.

— Eles têm o meu cachimbo e meus fósforos — murmura. — Quando o laboratório terminar com eles, vou para a cadeia, não vou? — Seus olhos escuros encontram os meus. Seu cabelo rebelde cai sobre um dos olhos. — Mas não posso... Não posso deixar o Aiden. — Um soluço sai de seu peito, assustando a todos nós.

— Shhh, está tudo bem. — Olho por cima do ombro de Luke e encontro o olhar de Drummer. Ele parece tão chocado quanto imagino.

— Não posso — Luke repete. Ele corre para o carro e vomita no pneu traseiro. Violet balança a cabeça e me encara, como se fosse minha culpa.

— Vamos para casa — digo a Luke.

Ele limpa a boca e aponta para nós.

— Todos vocês fiquem longe de mim. — Antes que possamos impedi-lo, ele salta em seu carro e sai do estacionamento. A fumaça sai dos pneus girando.

— Jesus! — Violet grita.

— Vão atrás dele! — Drummer pede. Nos jogamos no carro dela, e ela segue Luke comigo no banco da frente e Drummer no banco de trás. Luke vira para uma rua lateral e acelera para as montanhas. Violet pisa no acelerador.

— Não, vá devagar! — choro, meus músculos tensos. Mas Violet não escuta. Ela pisa mais forte no acelerador e tenta acompanhar Luke. Seu grande carro se inclina e escorrega nas curvas fechadas da montanha.

À frente, o carro do Luke é rápido, tomando atalhos e voando em curvas cegas enquanto subimos mais alto em direção aos picos. Lágrimas embaçam a minha visão.

— Por favor, Violet, não tão rápido — murmuro. Não me importo com velocidade quando sou a motorista. Mas a odeio quando não sou.

A mão de Drummer sai do banco de trás e toca o meu ombro com suavidade. Ele entende por que estou com medo.

Eu tinha seis anos quando minha mãe bateu com o nosso carro. Estava escuro e eu andava ilegalmente no banco da frente. Enquanto fazíamos uma curva na estrada adiante, eu ri e meu estômago girou. Achei que minha mãe estava jogando um jogo, mudando de pistas com a música tocando. Joguei minhas mãos para o alto e gritei:

— Vai, mamãe!

Ela me levou ao bar naquela noite porque meu pai estava no trabalho. Colori desenhos e bebi refrigerante enquanto ela entornava drinques e discutia com quem quisesse ouvir. Ela chamou de nosso "encontro especial", nosso segredo.

Ninguém percebeu quando saímos pela porta dos fundos, porque esse também era o caminho para o banheiro. Logo depois que eu disse *"Vai, mamãe"*, ela bateu de lado em um carro que se aproximava e meus gizes de cera quebrados escorregaram do meu colo. O outro motorista bateu de cabeça em uma árvore, e eu ouvi o apito longo e solitário de uma buzina enquanto íamos embora. Mamãe olhou para mim, seu cabelo loiro emaranhado, rímel escorrendo pelo rosto, e falou: *Não conte ao papai.*

Vislumbro meu reflexo no espelho lateral de Violet, e isso faz meu coração bater em alta velocidade e meu peito apertar com força. Com minha maquiagem forte e cabelo despenteado, eu me pareço com ela. Igualzinha à mamãe.

Os pneus de Violet cantam em uma curva e acho que vou vomitar.

— Hannah? — Drummer chama, me cutucando. — Violet, encoste. Ela não está bem.

— O quê? Não! — Violet dirige mais rápido.

— Vá devagar, porra! — ele grita com ela.

Ela desacelera, mas continua a seguir as cada vez mais distantes luzes traseiras vermelhas do carro do Luke.

Drummer me sacode com força.

— Hannah, está tudo bem. Você está a salvo.

Eu gaguejo e respiro fundo. Violet finalmente desacelera e olha para mim.

— Não estou indo *tão* rápido.

Balanço a minha cabeça, desejando que ambos desaparecessem.

— Onde Luke está? — pergunto.

De repente, Violet grita e pisa no freio, nos jogando para a frente.

— Olhem!

À frente, vejo poeira aumentando e luzes diminuindo. Pela segunda vez na minha vida, o som longo e solitário da buzina de um carro perfura o ar da montanha.

Luke jogou seu Malibu de um penhasco.

2 De aGOSTO
InCÊnDiO GaP: 75% COnTROLaDO
FaTaLiDaDeS: 10
18H

Após o acidente de Luke, Drummer ligou para a emergência da estrada e os médicos levaram nosso amigo de avião para um hospital municipal em Fresno. Uma semana depois, o hospital deu alta para ele. Luke teve um traumatismo craniano moderado, uma lesão cerebral, mas isso não impediu meu pai de acusá-lo por dirigir sob influência de drogas.

— Tive que fazer isso, Han. A lei é a lei — ele explicou, do mesmo jeito que fez quando prendeu a mamãe.

Mo está livre sob fiança. Seus pais abriram o fundo da faculdade para pagar a fiança e contratar um advogado. Luke tem uma advogada designada pelo tribunal. Ele a chama de Pit Bull e não consegue parar de falar sobre ela. Pela primeira vez na vida, Luke tem um adulto ao seu lado. Sua mãe não é tão compreensiva. Ela o expulsou de casa quando soube que Luke destruiu o carro, então ele vai ficar na casa de Mo por enquanto.

Repórteres acampam do lado de fora da delegacia de polícia, perturbando meu pai, e Mo e Luke quando conseguem encontrá-los.

Desde o acidente de Luke, perdi o apetite e não sinto alegria por nada, nem mesmo por minha cachorra e meus cavalos. Fico no meio dos cômodos, congelada. Não consigo me lembrar de como funciona a caixa registradora na Negócios de Filmes. Tenho pesadelos com minha mãe e vejo gizes de cera quebrados quando fecho os olhos.

Lembro-me dos gritos da minha mãe quando o parceiro do meu pai a levou embora: *Eu sou a sua esposa!*

Além de tudo isso, fiz sexo pela primeira vez e ainda não contei a ninguém. Meus amigos têm seus próprios problemas agora e, de qualquer maneira, o sexo parece surreal, como se tivesse acontecido com outra pessoa. Justin me mandou mensagem duas vezes, mas não respondi.

O Incêndio Gap, que continua a aterrorizar o Parque Nacional de Yosemite, não parece mais o *nosso* incêndio. Se ninguém pode impedi-lo ou controlá-lo, como cinco adolescentes podem ser responsabilizados por isso? Não é como ele se estivesse obedecendo ao nosso comando. Não, a culpa está nos combustíveis fósseis, no derretimento das calotas polares e no aquecimento acelerado do planeta!

Essa mentira que começou tão pequena agora está queimando nossas vidas como o incêndio que assolou a nossa cidade. Cada evidência levará a uma nova, e há muitos fatores que nunca consideramos ou pensamos em considerar. Em termos de incêndio florestal, nossa mentira está controlada em 0%. Luke e Mo são suspeitos agora. Quem é o próximo?

Um dia depois que Luke sai do hospital, os monstros se encontram no sótão de Violet. Lulu me deixa entrar e hoje ela realmente parece ter a idade que tem.

— Luke vai ficar bem. Ele é um lutador — ela declara enquanto me entrega uma jarra de limonada e uma bandeja de biscoitos. — Você pode ir pela escada dos fundos, Hannah, é mais perto. — Ela aponta para a escada estreita atrás da cozinha. — Fale baixo e não diga nada que possa aborrecer Luke.

Ela está falando sério? Tudo o que temos para conversar pode aborrecer Luke, mas concordo e vou na ponta dos pés para o sótão.

— Oi — cumprimento enquanto abro a pequena porta e entro no cômodo pela parte de trás. Todos os monstros estão presentes. — Eu trouxe lanches.

Violet bufa.

— Vovó não consegue parar de nos alimentar.

As cortinas do sótão foram fechadas e as luzes estão apagadas.

Solto um suspiro. Estamos juntos pela primeira vez desde que Luke dirigiu para o penhasco e é a única coisa que parece certa.

— Vou pegar alguns desses — Drummer avisa, pegando um punhado de biscoitos.

Fico tensa porque ainda estou com vergonha daquele beijo horrível que dei nele. Eu devia saber. Sou sua melhor amiga. Posso ter me apaixonado por ele, mas ele ainda está voando livre. Drummer sorri e eu expiro. Então, vamos fingir que nunca aconteceu... Talvez seja o melhor.

Mo está sentada de pernas cruzadas no sofá, parecendo pequena e frágil em seus jeans skinny e uma blusa frente única.

— Como você está? — pergunto a ela.

Ela acena com a mão.

— Melhor do que eu estava.

As mensagens dela depois que foi libertada da prisão foram mais ou menos assim:

NENHUMA MERDA DE PRIVACIDADE!

EU NUNCA VOU FICAR LIMPA NOVAMENTE.

SE OS PRESOS NÃO TE MATAREM, A COMIDA VAI!

Estamos todos felizes por ela estar de volta.

Por último, olho para Luke. Ele está encostado na parede, os olhos escuros queimando buracos no tapete. O cabelo de sua cabeça foi raspado e há uma nova incisão em seu couro cabeludo devido a algum procedimento hospitalar. Ele parece que está doente ou que acabou de entrar no Exército. Apesar de sua pele já ser pálida, posso dizer que ele perdeu a cor. Seus lábios tremem em um sorriso.

— Oi, Han — ele resmunga.

— Oi. — Sento-me de pernas cruzadas ao lado dele. — Como está o seu irmão?

A voz de Luke é amarga e carregada de tristeza.

— Como diabos eu vou saber? Mamãe não atende o celular e fica dizendo que vai chamar a polícia se eu aparecer por lá. — Ele esfrega a barba por fazer.

— Então você está ficando na casa da Mo?

— Isso, e a avó de Violet está me ajudando com o hospital e as outras coisas jurídicas.

158

O carro de Luke bateu em uma árvore depois de escorregar doze metros pela encosta e a sua cabeça bateu na janela lateral. Ele tem sorte de os airbags terem funcionado e de sua lesão cerebral ser moderada, mas Drummer me mandou uma mensagem, então sei que Luke está sofrendo de graves mudanças de humor.

Por ele estar chapado, o álcool no seu sangue estar acima do limite e ele ser menor de idade, meu pai teve que apreender seu carro como parte da investigação por dirigir sob influência de entorpecentes. Luke bateu por estar bêbado, por estar distraído ou ele saiu da estrada de propósito? Não sabemos e ele não fala sobre isso.

Há um longo silêncio enquanto os monstros evitam olhar um para o outro. Nosso verão não saiu do jeito que esperávamos e não sei como consertá-lo. Esfrego o rosto, me sentindo extremamente infeliz.

— Sinto muito — admito ao grupo. Meus lábios tremem e o estresse percorre meu corpo, me fazendo estremecer. — Sinto muito por tudo. — E eu sinto: pelas prisões, pelo acidente, por Luke ter sido expulso de casa e por agarrar seu braço naquele dia.

— Também sentimos muito — Drummer fala, deslizando para o meu lado.

Mo chama nossa atenção:

— Então, meu advogado me disse esta manhã que as impressões digitais e a saliva daquela garrafa de cerveja não são minhas. Estou livre disso, pelo menos.

Luke bate as mãos no rosto e geme.

— Eles ainda me têm por mentir sobre o meu álibi — ela continua, dando uma piscadela triste que garante a Luke: *você não está sozinho.* — Mas agora eles estão procurando por outro suspeito.

— Meu Deus, isso *nunca* vai acabar? — Violet lamenta.

— Isso afetará sua admissão na faculdade? — pergunto a Mo.

Lágrimas brilham em seus olhos castanhos.

— O juiz me deu permissão para comparecer às aulas, mas por enquanto vou ter que ir e voltar todo dia porque meus pais cancelaram minha hospedagem no campus. Eles não podem pagar por ela tendo as minhas despesas legais. Além disso, meu advogado me avisou que, se eu for condenada por dar um depoimento falso à polícia, minha aceitação pode ser rescindida.

— Mas é uma viagem de duas horas pra ir e duas pra voltar! — Drummer exclama.

Ela dá de ombros.

— Vou reorganizar meu horário de aulas para ir apenas às segundas, quartas e sextas.

Cravo as unhas nas minhas palmas enquanto meu peito aperta.

— Isso não é justo.

Encaramos nossos cadarços, impotentes. Mo me espreita.

— Você sabia que poderíamos ter tantos problemas por mentir? — Seu tom não é crítico, mas sinto minhas bochechas ficarem quentes do mesmo jeito. Olho para Violet, porque eu não fui a primeira a mentir.

Violet suga o lábio inferior e depois expira.

— Não é culpa dela, Mo. Quando Hannah e eu cavalgamos para a cidade, eu poderia ter contado a verdade ao xerife Warner quando ele me perguntou o que eu tinha visto, mas não fiz isso. O corpo de bombeiros estava a caminho e achei que eles iriam apagar o fogo. Além disso, eu estava chapada, lembra? Eu não... Eu não tinha ideia...

Seus olhos percorrem o cômodo e se suavizam, e ela se encolhe no menor tamanho que pode. Não sei se ela faz isso de propósito, mas ela acalma a todos no cômodo, incluindo a mim. Queria poder atrair simpatia do jeito que ela faz, mas não há nada de desamparado ou de fofo em meu corpo alto e resistente. Ainda assim, estou feliz que ela tenha assumido que contou a primeira mentira.

Luke geme e esfrega a cabeça.

— Não quero falar sobre isso. — Mo se aconchega nele e ele passa o braço em volta dela.

— Vamos assistir a um filme — Drummer sugere. Ele escolhe um filme de terror, algo que vai nos entreter e nos fazer esquecer.

No meio do filme, Drummer joga um pedaço de bala em mim, me fazendo sorrir. Luke tira as meias e todos reclamamos de seus pés fedorentos. Então Mo desce correndo para trazer mais lanches da cozinha de Lulu, e Violet deita a cabeça no meu ombro.

À medida que os sustos aumentam, nos fundimos em uma bola, uma massa de membros, cabelos e pele, como quando éramos crianças. Tenho um cotovelo na lateral do meu corpo, uma cabeça no meu colo e uma respiração no meu ouvido, e não quero que esse momento acabe nunca.

Nós somos os monstros porque nenhum de nós queria interpretar o humano naquela versão do centro comunitário de "Onde vivem os monstros" quando éramos crianças. Agora estamos enfrentando prisões e separações, e estamos apavorados.

O golpe final chega ao nosso grupo após o filme. Mo e eu estamos jogando xadrez, os meninos estão assistindo a algo na internet e Violet está mudando a música quando ouvimos carros passando pela calçada circular e derrapando até parar.

Luke corre para a janela do terceiro andar e espia para fora.

— Não é possível, porra! — Ele cobre a cabeça e seu peito começa a arfar. — Não posso fazer isso de novo. — Ele dá um soco na parede e deixa um buraco.

Violet recua e bate na mesa, quase derrubando o unicórnio de vidro que dei a ela quando tinha dez anos.

Mo pula na ponta dos pés.

— O que está acontecendo?

— Polícia — Luke responde, e sua expressão se quebra em mil pedaços.

Meu couro cabeludo fica frio. Lá embaixo, ouvimos Lulu escancarar a porta da frente, que tem quase quatro metros de altura.

— Que diabos vocês querem agora? — ela grita.

Reconheço a voz do meu pai, e então Lulu Sandoval emite uma série de xingamentos e ameaças, mas eles não interrompem o que está por vir. Meu pai e seus dois policiais sobem as escadas com dificuldade, coldres rangendo, botas batendo e rádios chiando.

Meu coração bate forte. *Oh, Deus, oh, Deus!* Quero me esconder, mas, em vez disso, corro para o lado de Drummer.

— O que é isso? — ele me pergunta.

Não sei, respondo sem emitir som.

O corpo grande do meu pai preenche a porta, e nós cinco nos reunimos de braços dados. Nós o enfrentamos como se estivéssemos diante de um pelotão de fuzilamento.

— Vocês estão todos aqui — ele fala, seus olhos queimando nos meus. — Todos os monstros.

Violet se afasta alguns centímetros da mesa e agarra Drummer com tanta força que os nós dos seus dedos ficam brancos.

Imagino que nós cinco parecemos culpados pra caralho.

A mão de papai automaticamente repousa sobre as algemas, e vejo que ele não está de sacanagem.

— Lucas O'Malley — ele começa —, novas evidências o colocam no lago Gap no dia sete de julho, quando o incêndio começou, e estou prendendo você por incêndio doloso, por dar um depoimento falso a um policial e por obstrução de justiça.

Doloso? Meus olhos se arregalam ainda mais.

— Você tem o direito de permanecer calado. Tudo o que disser pode e será usado contra você em um tribunal. Você tem direito a um advogado. Se não puder pagar por um, um será fornecido para você.

Minha mente gira enquanto as memórias do meu pai prendendo minha mãe me inundam, e agora ele está atrás de outro dos meus melhores amigos.

— O que você está fazendo? — Violet chora e tenta alcançar o braço do meu pai.

Eu a puxo de volta antes que ela possa tocá-lo. Meu pai e seus auxiliares não gostam de ser agarrados em um dia bom, e hoje não é um. Não podemos reagir — ainda não. Temos que deixar meu pai fazer a sua jogada.

— Luke, você entende os direitos que declarei para você? — ele pergunta.

Luke o encara, tenta se concentrar e não consegue. Nesse momento, Lulu entra correndo atrás dos policiais, com o cabelo solto e o rosto muito vermelho.

— Este menino está doente — ela estoura. — Ele ainda está sob tratamento médico para um traumatismo craniano. Ele não vai... Ele não consegue entender completamente o que você está dizendo a ele. — Ela mostra um punhado de papéis do hospital.

Meu pai pega os papéis e os examina, soltando um suspiro de frustração.

— Já faz uma semana. Não sabia que ele ainda estava em tratamento. — Ele tenta devolver os papéis.

— Essas são cópias — Lulu rebate, recusando-as. — A advogada de Luke entrará em contato para esclarecer isso, xerife. Se você não tiver evidências sólidas contra ele, pode esperar um processo por perseguição. — Ela aponta para a escada. — Agora podem ir embora, e vocês deveriam ter vergonha dessas ações dramáticas. — Ela aponta para os policiais.

Meu pai aperta a mandíbula e fica mais ereto.

— Sra. Sandoval, Luke mentiu para os meus policiais, e dez pessoas estão *mortas*. — Sua voz ricocheteia como uma bala, atingindo cada um de nós. — O estado mental dele não muda as minhas evidências ou o fato de que crimes foram cometidos.

Lulu estremece de raiva enquanto arrasta seus olhos para encontrar os de meu pai, mas seu tom suaviza.

— Este jovem não está apto para viajar, e ele tem uma consulta médica logo de manhã. Está nos papéis ali. — Ela aponta. — Ele está frágil e pedirei à advogada dele que entre em contato com você amanhã, *após* a consulta.

Meu pai poderia forçar a questão e levar Luke sob custódia médica agora, mas Luke não está em condições de ser interrogado mesmo. E se a condição dele piorar, bem, meu pai não vai querer um processo em sua cabeça. Ele acena em concordância resignada.

— Luke, vejo você amanhã. — Então ele se vira para Violet e para mim, mas não me olha nos olhos. — Meninas, quero suas declarações oficiais registradas sobre o que viram no dia em que o incêndio começou. Apareçam a qualquer hora amanhã e meus policiais cuidarão disso. Boa noite.

Sangue sobe à minha cabeça. *Oh, Deus, isso não é bom.*

Depois que ele sai, Lulu nos pede para ir para casa.

— Acho que já houve bastante animação por aqui hoje.

Nós olhamos um para o outro, relutantes em nos separar. A merda atingiu o ventilador metafórico e estamos com medo, todos nós. Mas Lulu insiste.

— Vamos, crianças. Todos vocês precisam ir para casa.

Relutantes, nós a seguimos escada abaixo.

— Aqui — ela diz —, fiz o jantar, mas vocês podem levar para casa.

Lulu abre uma panela elétrica e coloca grandes porções de ensopado de carne em recipientes individuais, entrega para cada um de nós e nos empurra para fora da porta da frente. Violet sai com a gente.

Na entrada da garagem, nós nos abraçamos.

— O que é esta nova evidência? — Luke me pergunta. Ele risca um fósforo e suas mãos tremem tanto que mal consegue levar a chama ao cigarro.

— Não sei — respondo, sentindo como se o estivesse decepcionando. — Ninguém me fala mais nada.

Violet ergue os braços.

— Óbvio, olhe a merda para a qual você nos levou!

— Levei? Estou tentando *tirar* vocês!

Ela bate o pé.

— Estou cheia, Hannah. Aguentei o suficiente.

Os monstros se viram, aproximando-se de mim, e enfrentamos Violet juntos.

— O que você quer dizer com *isso*? — questiono.

Ela nos olha com seus grandes olhos castanhos cheios de culpa.

— Eu comecei isso; eu vou acabar com tudo.

— Violet! — A cabeça de Lulu aparece do lado de fora da porta. — Venha para dentro agora.

Violet cruza os braços, parecendo uma boneca cara em sua saia curta, coturnos Gucci, echarpe delicada e colar brilhante da Tiffany.

— Acabou — ela declara, e então encara Drummer diretamente. — Tudo isso acabou. — Ela se vira e volta para casa.

Drummer chama por ela, um tom de súplica desesperado em sua voz.

— Violet, não faça isso! Não acabou. Por favor!

Ela o ignora.

— Ela está perdendo a cabeça — afirmo. — Violet não consegue aguentar a pressão.

Drummer nega com a cabeça.

— Hannah está certa — Mo concorda, e Luke joga suas cinzas na garagem, com as mãos ainda tremendo.

— Não é certo que Violet decida as coisas sozinha. — Olho para os monstros. — Não é?

Lentamente, eles concordam com a cabeça.

Drummer puxa o cabelo para trás.

— Vamos voltar esta noite, depois que a Vovó beber o vinho dela. Violet não está pensando direito. Nada está *acabado*.

O resto de nós concorda e dirigimos de volta para nossas casas, esperando anoitecer.

Às 20h25, Violet envia uma mensagem de texto em grupo para nossos celulares regulares: AMANHÃ VOU CONTAR TUDO PARA A POLÍCIA.

Largo a pá de estrume que estou segurando. Meu coração para.

Luke: QUE PORRA É ESSA! VC NÃO PODE.

Mo: O QUE VOCÊ QUER DIZER COM TUDO?

Nenhuma resposta de Violet. Sem pontos cinza, nada. Ligo para ela e a chamada vai direto para a caixa postal. Ligo para Drummer, minhas mãos tremendo. Ele também não responde.

Abro o aplicativo de compartilhamento de localização. Merda. Ele já está lá, no sótão! Foi para a casa dela sem nós. Maldito Drummer. Ele não pode lidar com Violet sozinho, não sobre isso.

Saio correndo do estábulo para o meu carro e mando uma mensagem para Luke e Mo nos nossos celulares descartáveis: ME ENCONTREM NO SÓTÃO. AGORA.

Luke: ENTENDIDO.

Mo: VOU TENTAR.

Entro no meu carro e sinto meu celular normal deslizar do meu bolso e se espatifar no chão. Merda! Não consigo pensar, não consigo respirar.

Ponho o jipe em marcha e giro os pneus, jogando rochas nos arbustos enquanto viro para a rua principal. Meu carro se inclina precariamente nas curvas, mas não me importo. Eu só dirijo.

Temos que consertar isso juntos; temos que fazê-la mudar de ideia. E se Violet está tão decidida a dizer a verdade, ela *e* Drummer podem começar confessando para *mim*, e não me refiro à porra do incêndio!

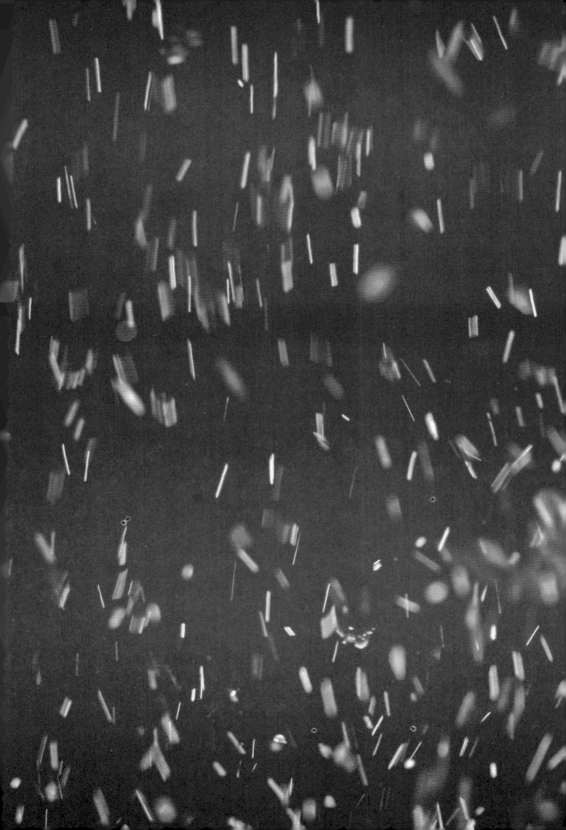

PARTE DOIS

O DESAPARECIMENTO

21

5 De aGosto
IncênDio GaP: 100% ControlaDo
FataLiDaDes: 10
20H

Minha garganta dói e sinto que estou flutuando. Onde estou? Algo emite um bipe e reconheço o som, mas nada além disso. A cama é dura, o ar gelado. Abro os olhos, não surpresa ao ver um quarto de hospital. Não me entenda mal, estou chocada. Não tenho ideia de como cheguei aqui, mas não estou surpresa. O barulho regular do bipe era uma dica bastante óbvia.

Ei, não estou morta. Isso é bom, mas deve haver algo de errado comigo. Tento falar, mas parece que minha boca está cheia de cola. Eu me sento e um formigamento percorre o meu corpo. Isso é dor, mas está entorpecida. Remédios; sim, acho que estou tomando remédios bons pra caralho.

Minha cabeça gira para verificar meu corpo. Estou usando um roupão de hospital e meias felpudas de casa. Meu braço e ombro esquerdos estão enfaixados e dormentes. Meu couro cabeludo coça terrivelmente. Procuro um botão ou algo que chame uma enfermeira. Pego o controle remoto da TV por acidente, e a televisão presa na parede pisca. É um canal de notícias, mas o som está mudo. Examino minha cama em busca de outro botão.

Nesse momento, uma enfermeira entra, balançando os quadris.

— Você está acordada — ela diz alegremente.

Sua saudação relaxada me surpreende, porque sinto como se tivesse me teletransportado para cá. Eu não estava no meu estábulo há pouco tempo?

Tento falar, mas em vez disso gemo.

— Relaxe, querida — ela pede enquanto coloca o aparelho de pressão em volta do meu braço direito. — Como está a sua dor de um a dez, dez sendo o pior? Você pode erguer os dedos.

Fico olhando igual a uma idiota para ela.

— Você está sentindo dor agora?

Dou de ombros. Não consigo sentir muito além de uma pulsação distante, como se minha dor estivesse do outro lado de uma parede. Sorrio para ela e ela sorri de volta.

— Me avise quando começar a sentir, tudo bem?

Eu concordo, obediente.

Ela mede a minha pressão arterial, a temperatura e verifica minhas ataduras.

— Você colocou um cateter, mas vamos retirá-lo se continuar acordada. Por enquanto, se precisar fazer xixi, apenas deixe fluir. — Ela sorri como se urinar em um tubo fosse uma coisa gloriosa.

— O... O que aconteceu? — resmungo.

O sorriso dela some.

— Seu pai está na sala de espera. Vou buscá-lo — ela avisa. — E eu chamei a médica. Ela estará aqui em breve.

Meu pai entra momentos depois com o uniforme completo — arma, algemas, rádio —, e meu coração bate forte. O uniforme dele nunca me assustou, nem quando eu era criança, mas tudo mudou. *Incêndio criminoso. Assassinato. Papai prendendo Luke no sótão.* Eu me afasto dessas memórias.

Seus olhos estão inchados.

— Como está se sentindo, filhota?

Forço algumas palavras:

— O.k. Eu sofri um acidente de carro?

Faço uma busca em meu cérebro. A última coisa de que me lembro é de entrar no meu carro. Estava com medo de alguma coisa, muito assustada e com raiva também. Provavelmente não deveria ter dirigido.

Seu pomo de adão balança enquanto ele engole em seco.

— Não. Foi um ataque de um urso.

— Um urso? Você está brincando? — rio e dói. — Ai!

Meu pai segura a minha mão.

— Você não se lembra? — Balanço a minha cabeça. — A médica me avisou que você poderia não se lembrar de tudo de imediato. Ataques de animais são traumáticos. — Ele olha para a minha cabeça. — E você pode ter uma concussão.

— Como Luke?

— Não tão sério.

Eu olho para minhas bandagens.

— Um urso, de verdade? Onde?

Os olhos do meu pai lacrimejam.

— Em nossa casa por volta da meia-noite. Achamos que ele te pegou quando você abriu a porta do carro. Ele te arrastou para fora e... e atacou você, então ele subiu no seu carro e o destruiu completamente. Parece que você tinha comida dentro dele.

Solto um gemido.

— O ensopado de carne. — Minha cabeça começa a doer. — A avó de Violet me deu para levar para casa. Mas isso é tudo que lembro. Que horas são?

Ele olha para o relógio.

— São oito e quinze da noite. Isso aconteceu há três dias, Han.

— Três dias? — Examino as minhas bandagens, subitamente assustada. O ataque deve ter sido terrível se fiquei inconsciente por três dias! Pego as minhas cobertas e jogo para longe.

— Devagar, Hannah — papai pede.

Conto duas pernas e dois braços com dez dedos. Gentilmente levanto a bandagem em meu braço. Existem marcas de garras profundas e alguns arranhões. As marcas de meia-lua em meu antebraço parecem deslocadas, mas familiares, como marcas de unhas humanas, e uma onda de tontura me assalta. Recoloco a bandagem e caio para trás.

— Estou bem, certo?

Ele aperta a minha mão.

— Você vai se curar. Você tem feridas de mordida no pescoço por ter sido sacudida, e tem alguns músculos dilacerados no ombro. Nunca vai jogar softball. — Nós dois rimos dessa piada interna. No último ano da escola, fiz um teste para jogar softball e me esquivei toda vez que a bola voou na minha direção. — Nada está quebrado — ele acrescenta, e então aperta minha mão com mais força, seus olhos brilhando, sua voz diminuindo. — O pior dano é na cabeça e no rosto.

No rosto? Eu me estico e sinto a minha cabeça. Está enfaixada e dolorida.

— O urso botou as mandíbulas em volta do seu crânio quando te arrastou.

Vejo que meu pai está se apoiando em anos de treinamento para me dizer isso sem se descontrolar, e ouço com fascinação absoluta.

— Então eu estava na boca dele?

Ele concorda com a cabeça e de repente sinto o sangue fugir do meu rosto. Arrepios de horror me atravessam.

— Tenho que ver.

— Você está toda coberta, não há nada para ver — ele me garante. — Eles tiveram que raspar partes do seu cabelo para os pontos.

Agarro a cama enquanto a náusea me domina.

— Ai, meu Deus. — Toco meu rosto; sinto uma bandagem na minha bochecha e outra na testa. Frankenstein vem à mente. — Estou com cicatrizes?

Ele pisca e as lágrimas rolam por suas bochechas com a barba por fazer.

— Você vai ficar bem, filhota. Um cirurgião plástico tratou das lacerações faciais.

— Pare — choro, arfando. — Chega.

— Sinto muito.

— Preciso de água.

Ele enxuga os olhos e pega um copo com pedaços de gelo para mim.

Mastigo o gelo e encosto-me no travesseiro. Preciso pensar em algo feliz.

— O que Matilda fez? — Imagino a corajosa Matilda latindo ferozmente e perseguindo o urso.

Papai abaixa os cílios.

— Ela foi corajosa — ele responde. — Ela protegeu você.

Algo em sua voz me avisa que há mais nisso.

— Papai? Ela está bem?

Agora suas lágrimas fluem em rios e ele afunda o rosto nas mãos.

— Sinto muito, Han. Não queria te dizer isso hoje.

Meu couro cabeludo machucado formiga e arrepios explodem em meus braços.

— Ela está morta?

Ele faz que sim.

— Foi rápido.

Um grito perfura o ar: o meu. Minha garganta se fecha e eu soluço tão forte que a dor física dos meus ferimentos aumenta e de repente tudo dói. Pego meu travesseiro e berro nele.

— Não, não a Matilda. Não a minha cachorra!

Meu pai me abraça e chora comigo.

Alfinetes e agulhas disparam por todo o meu corpo machucado, e a dor é ofuscante. A enfermeira corre de volta para o quarto, com o rosto pálido.

— Ela está se lembrando?

— Não, contei a ela sobre a nossa cachorra. — Sua voz falha e a enfermeira lhe lança um olhar severo.

Ela corre para uma máquina, pressiona um botão e sua carranca se torna compreensiva.

— Aumentei a morfina. Sua filha precisa descansar, xerife Warner.

Ele concorda com a cabeça e se levanta para sair, mas eu pego a sua mão.

— O que aconteceu com o urso?

Papai faz uma careta.

— Filhota, tudo o que importa agora é se ele tinha raiva ou não.

Aperto seus dedos; forço-o a olhar para mim.

— Me conte, pai, onde ele está? Ele matou a minha cachorra. Ele quase *me* matou.

Ele solta uma respiração superficial.

— Eu atirei nele.

Caio de volta no meu travesseiro, me sentindo triste e aliviada, e sussurro:

— Ainda bem.

Papai pigarreia.

— O controle de animais levou o urso, e eles estão testando o corpo para raiva. Olha, estarei por perto se precisar de alguma coisa, filhota.

— Ele sai pela porta do meu quarto privado.

A enfermeira mede minha pressão novamente e olha para as minhas feridas.

— Como está a sua dor?

Olho para ela, minha boca aberta. Não há número para a minha dor. A morfina faz efeito e ela deve ver nos meus olhos, porque pergunta:

— Está melhor?

Enxugo minhas lágrimas e dou de ombros. As pontadas das dores físicas se abrandam e meus músculos relaxam.

— Tente descansar, Hannah. Aperte este botão se precisar de alguma coisa, o.k.? A médica de plantão chegará para ver como você está, e aqui está uma refeição quente se você estiver com fome. — Ela desliza uma bandeja de jantar do seu carrinho para o meu.

Ela sai da sala, e Matilda enche o meu cérebro. Lembro-me dela como uma filhotinha, trotando na minha direção com suas orelhas grandes balançando, seus pelos ruivos brilhando. Vejo seus olhos castanhos suaves olhando para mim de seu lugar favorito no chão da cozinha. Ouço sua cauda batendo quando ela está com preguiça de se levantar e me cumprimentar.

Não consigo acreditar que ela se foi. Não consigo acreditar que ela me salvou de um urso! Quando eu mais precisei dela ela estava comigo, atacando um animal com quatro vezes o seu tamanho e força. Choro baixinho.

Uma médica chega. Ela me faz um monte de perguntas sobre meu nome, a data, o nome do presidente e a última coisa de que me lembro, que é dirigir para longe da minha casa.

— Você sabe para onde foi ou como voltou para casa?

Balanço a minha cabeça em negativa.

Depois de mais algumas perguntas, a médica parece satisfeita.

— Você é jovem e está se recuperando rapidamente — ela fala com gentileza. — Espero que sua memória volte com o tempo. Não tente apressar isso.

Será que eu quero me lembrar de estar dentro das mandíbulas de um urso? Quero me lembrar dos momentos finais de Matilda? Acho que não.

A médica sai depois de me encorajar a dormir. Estou aquecida e flutuando agora, e o remédio para dor provoca uma sensação de bem-estar. Isso me ajuda a pensar em Matilda sem chorar. Carrego caminhões de memórias: papai e eu ensinando-a a caçar, o tempo que ela teve que usar um cone na cabeça e ficava batendo nos móveis, seus roncos em meus ouvidos à noite, como ela fugia de mim quando eu ligava a mangueira para o banho, como ela sempre se deitava com um baque dramático.

Cochilo, acordo e mastigo mais pedaços de gelo. Uma nova enfermeira chega, verifica minhas máquinas, murmura algumas palavras e sai. Aumento o volume da televisão e começo a mudar de canal, parando em um programa de notícias local. Fico aliviada em saber que o Incêndio Gap está 100% controlado. *Acabou.*

Estou prestes a mudar o canal quando a imagem de Violet preenche a tela, trazendo um sorriso instantâneo ao meu rosto.

— Violet — sussurro.

É a foto do seu último ano na escola, e ela está linda. Seu cabelo escuro cai em ondas brilhantes ao redor de seu sorriso com covinhas. Seus olhos castanhos profundos exibem pontos de luz, seus dentes são de um branco pérola perfeito. Ela se inclina contra uma ponte que se estende atrás dela como um caminho para seu futuro, passando sobre águas cintilantes e levando a um campo de flores de mostarda desabrochando. A luz do sol da tarde ilumina seus reflexos cor de nogueira naturais e as bochechas bronzeadas.

Meus pensamentos se aguçam quando uma estranha sensação de amor e medo me preenche. Por que Violet está na TV?

O apresentador explica:

Violet Sandoval, de dezessete anos, residente de
Santa Bárbara, continua desaparecida. A polícia
não tem novas pistas neste caso surpreendente.
A adolescente talentosa desapareceu da casa de sua
avó em Gap Mountain, Califórnia, no dia 2 de agosto.
Se você tiver qualquer informação sobre o seu
paradeiro, ligue para o número que aparece abaixo.

Uma montagem de fotos recentes encerra o clipe: Violet vestida para seu baile de boas-vindas, Violet e Lulu posando do lado de fora da casa vitoriana, Violet com um de seus cavalos e uma foto espontânea de Violet mostrando a língua.

Desaparecida? Balanço a minha cabeça, e o quarto do hospital de repente se inclina. Levanto minha mão como se fosse me segurar e acidentalmente viro minha bandeja de jantar. Ela se espatifa no chão.

Tento me levantar, mas muitos tubos estão me segurando. Por que Violet está desaparecida?

Sons gritam em meu cérebro: pneus cantando, vozes raivosas e um urso rosnando. Vejo sangue pingando no tapete branco. Vislumbro uma figura curvada em uma janela. Lembro-me da última mensagem da Violet: **AMANHÃ CONTAREI TUDO PARA A POLÍCIA**.

Agarrando minha cabeça machucada, balanço para os lados enquanto o mal-estar me envolve. Violet não pode estar desaparecida. Vejo seu rosto; está furioso e distorcido. Lembro-me em um flash de que estava a caminho de sua casa para falar com ela e com os monstros, e de que estava com medo. Eu consegui? Algum de nós conseguiu? A quem pertencem as vozes raivosas? De quem é o sangue que está pingando no tapete, e quem está espreitando na janela?

Tento ficar de pé novamente e caio no chão.

22

5 de agosto
Dias desde que Violet desapareceu: 3
22h01

Quando abro os olhos, estou de volta à minha cama de hospital e está totalmente escuro do lado de fora da janela. Meu pai cochila em uma cadeira acolchoada desdobrada em uma cama curta.

— Pai — eu o chamo.

Suas pálpebras se arregalam e ele se levanta com rapidez.

— Ei — ele diz, correndo para o meu lado. — Você caiu da cama. Está tudo bem?

Balanço a minha cabeça.

— Eu vi a notícia.

Seu rosto fica pálido.

— Ah.

Lágrimas enchem os meus olhos.

— Por que você não me contou que Violet está desaparecida? O que aconteceu?

Meu pai esfrega a ponta do nariz e inspira lentamente.

— A médica quer que você fique calma e descanse, Hannah. Você nos deu um susto quando caiu da cama. Não se preocupe com Violet, estou procurando por ela.

— Onde?

Ele dá um sorriso abatido.

— Lançamos um alerta de desaparecimento e estamos processando informações. Montei uma força-tarefa especial e a minha delegacia recebeu uma agência de assistência para ajudar meus policiais a cuidar das chamadas de rotina enquanto estamos lidando com isso.

— Lidando com o quê?

— É um caso de grande destaque, filhota. — Ele suspira e continua. — O Centro Nacional para Crianças Desaparecidas e Exploradas está aqui. Eles estão trabalhando com os pais de Violet e Lulu para organizar grupos de busca, fazer panfletos e divulgar a notícia nas redes sociais e para os âncoras dos canais de notícias. A família ofereceu uma recompensa de cem mil dólares por informações. Eu também notifiquei os aeroportos, caso Violet saia ou seja levada para algum lugar de avião. A Segurança Interna e a Patrulha de Fronteira também estão cientes, e o FBI está ajudando. Todo mundo está procurando por Violet.

Naquela confusão de agências que ele tagarelou, tudo que ouvi foi FBI.

— O FBI está aqui, em Gap Mountain? É realmente tão sério? É Violet, pai, ela provavelmente está no shopping.

Ele franze a testa.

— É muito sério, Hannah. Ela não está no shopping.

— Você sabe o que quero dizer. É Gap Mountain! Nada assim acontece aqui.

— E agora aconteceu.

Meu Deus, não posso acreditar que isso seja real.

— Mas por que o FBI e as outras agências?

Ele abaixa o volume do seu rádio.

— Há alguma preocupação de que ela tenha sido sequestrada. — Ele me espreita. — Você sabia que Violet tem um fundo fiduciário pessoal no valor de seis milhões de dólares e que ela receberá outros seis milhões em seu vigésimo primeiro aniversário?

Sinto minhas bochechas corarem, porque não sabia a quantia em dólares ou que ela teria mais dinheiro quando fizesse vinte e um anos. Outro segredo que ela escondeu de mim.

— Não.

— Fora o dinheiro que ela receberá depois que Lulu morrer — ele acrescenta.

Um sentimento de pânico me preenche. Nunca pensei em Violet nesses termos antes, como um objeto de valor que pudesse ser roubado.

— Quando ela desapareceu? — O noticiário mencionou, mas já esqueci.

— Dois de agosto, a noite em que você foi atacada pelo urso. — Ele se levanta e se inclina sobre mim, sentindo minha testa como fazia quando eu era criança. — Você está com dor?

Ignoro isso.

— Talvez ela tenha voltado para Santa Bárbara?

Ele faz uma careta.

— Não acho que devemos falar sobre isso agora.

— Por quê? Ela é uma das minhas melhores amigas.

— Porque você está se recuperando, só por isso.

— Pai, se você não me contar o que está acontecendo, os noticiários vão.

Nós dois olhamos para a televisão fixada na parede. Ele grunhe e se senta na beira da minha cama.

— Tudo bem, é aqui que estamos. Não parece que Violet fugiu, ela não levou nenhuma roupa nem a carteira de identidade, a bolsa ou o carro, mas uma quantidade significativa de dinheiro está faltando de sua bolsa, então não descartamos isso completamente. Seu último local conhecido é o sótão da casa de sua avó. Ela subiu para assistir a um filme e a sra. Sandoval desmaiou no sofá. Algumas horas depois, Lulu acordou e foi dar boa-noite. Violet havia sumido.

— Espera, espera, espera. — Uma onda de dor passa pela minha testa quando me lembro de ouvir vozes altas e ver sangue em um tapete branco. O sótão de Violet tem tapete branco. — Você acha que alguém a levou do *terceiro andar*?

— Ou ela fugiu de casa, mas não vou especular sobre isso. Ainda estamos coletando informações e analisando as evidências.

Esfrego a cabeça e tento me lembrar daquela noite. Os monstros e eu íamos conversar com Violet sobre sua mensagem. Eu consegui? Esses arranhões de unha no meu braço são *dela*?

— Trouxe uma coisa pra você — papai fala, mudando de assunto. Ele pega da cadeira uma pequena caixa e a entrega para mim. — Um novo celular — ele explica. — Encontrei o seu destruído fora da nossa casa. Parece que você o deixou cair. Deve ter atropelado ele também. Não tinha mais conserto, então comprei isso para você.

Abro a caixa e tiro um celular muito mais sofisticado do que o que atropelei.

— Obrigada. Isso foi muito legal.

Ele faz menção de sair, então faz uma pausa, me analisando.

— Não ia fazer isso, mas se eu fizer algumas perguntas específicas sobre Violet, tudo bem para você? Pode ajudar.

Minha frequência cardíaca acelera.

— Sim, sim, quero ajudar.

Ele pega seu bloco e uma caneta.

— Você consegue pensar em algum lugar a que Violet poderia ir se ela quisesse se esconder?

— Não sei, talvez uma das propriedades de férias da avó dela?

— Procuramos nos imóveis da família. Algum outro lugar?

— Talvez a casa de um amigo?

Ele balança a cabeça. Claro que já teria verificado essas pistas primeiro.

— Violet usava drogas ou bebia em excesso? — ele questiona.

— Em excesso, não, não de verdade.

— Violet estava namorando alguém?

O rosto de Drummer pisca em minha mente. Ele estava lá. Lembro-me de ver seu avatar parado ao lado do de Violet no sótão.

— Não — respondo rapidamente, e arrepios explodem em meu couro cabeludo.

Meu pai consulta seu bloco.

— Luke pode ter sido suicida quando dirigiu com o carro para fora do barranco. Violet estava com um estado de espírito semelhante? Ela estava chateada com alguma coisa?

Minha cabeça começa a latejar. Ela estava chateada sobre *tudo*.

— Sim, ela estava chateada com a prisão dos amigos, mas não acredito que tenha se machucado.

Mordo o interior do meu lábio, me perguntando se isso é verdade. Eu também não teria pensado que Luke dirigiria bêbado, chapado e sairia da estrada, mas ele o fez. E a culpa estava comendo Violet viva.

— Quer dizer, ela pode ter feito algo pouco característico dela, como Luke fez.

— Estamos considerando essa opção. — Ele exala e guarda o bloco. — Se você se lembrar de algo que possa ajudar, me ligue. — Ele acena em direção ao meu novo celular.

— Vou ligar.

Eu me enrolo em uma bola e deixo a morfina me arrastar para um sono profundo.

No dia seguinte, um desfile de enfermeiros e médicos vem e vai, e eles removem meu cateter, fazem testes e verificam meus sinais vitais. Baixei meus contatos da nuvem para o meu novo celular e mando uma mensagem para Drummer: VEM ME VISITAR!

Drummer: EU TENTEI ANTES E ELES DISSERAM QUE NÃO.

Eu: NÃO TEM PROBLEMA. VEM AGORA.

Meia hora depois, Drummer entra com uma batida e um punhado de balões. Seu rosto se contorce ao me ver.

— Hannah, ai, caralho, você está bem?

Toco as minhas bandagens com cuidado. Minha cachorra está morta, minha amiga está desaparecida e quase fui comida por um urso. Não estou bem, porra.

— Estou dopada — falo em resposta.

Ele se senta na cama ao meu lado.

— Quem me dera eu estivesse.

Ele pega a minha mão e parece tão bem, com o cabelo brilhando, a pele mais bronzeada do que nunca, a camisa apertada, os olhos azuis me absorvendo. Abro minha boca para, não sei... Para beijá-lo, para declarar meu amor, para engoli-lo inteiro. Mas os remédios estão fazendo muito efeito, então não digo nada.

Ele abaixa a voz e acaricia meus dedos.

— Você ouviu sobre a Violet?

— Sim, e não acho que ela fugiu. Ela nunca abandonaria a avó assim. — Ou *você*.

Ele levanta a camisa para enxugar os olhos, mostrando a barriga definida e bronzeada. Maldito Drummer. Ele torna difícil se concentrar.

— Detetives estiveram por toda a casa de Violet, recolhendo sacos com evidências — ele conta, me arrastando de volta à realidade. — Eles acreditam que algo ruim aconteceu com ela. — Sua voz treme, e percebo que Drummer está *chorando*. Antes que eu possa perguntar se eu ou os outros monstros chegamos lá naquela noite, ele fala:

— Estou com problemas, Han.

Eu me sento direito.

— Sobre o que você está falando?

— Fui o último a estar com ela — ele responde. — Estacionei na entrada e entrei escondido pela porta dos fundos.

— Aquela que a Vovó nunca tranca?

— Isso. Deveria ter esperado por você, como dissemos, mas achei que poderia ter mais sorte sozinho.

— Por que você estacionou na rua?

Ele inspira longa e pesarosamente.

— Porque estamos namorando. Começou logo após o incêndio. — Ele vira os olhos para mim como faria um cachorro que aprontou. — Desculpa não ter te contado.

— Eu sabia disso, porra — murmuro.

Ele pisca e seus cílios se enchem de lágrimas.

— Nós escondemos de todo mundo, incluindo a Vovó. Simplesmente se tornou um hábito estacionar fora de vista e entrar na casa escondido.

— Um hábito? Meu Deus, Drummer, nós não mentimos um para o outro. — Os músculos da minha mandíbula se contraem, e isso envia uma dor aguda ao meu crânio. Não sinto nenhuma satisfação por ele finalmente admitir o relacionamento.

— No início, não esperava que durasse — ele explica. — E então ficou sério e eu... eu não tinha certeza de como contar a vocês.

Porque você é um covarde, penso, mas não falo isso.

— Além disso, tem aquele pacto idiota que fizemos quando éramos crianças.

— Não é idiota.

Ele aperta a minha mão.

— É, eu sei. Não conte ao seu pai que eu estava lá, por favor? Violet e eu brigamos, uma briga feia, mas eu não fiz isso.

Vozes zangadas. Sangue no tapete branco.

— Isso o quê? — pergunto a ele.

Sua voz fica mais aguda.

— Não sei, seja lá o que aconteceu com ela!

Meu coração bate forte, mas lento. Isso não pode ser real. Aquele urso me matou ou estou sonhando.

Lágrimas rolam de seus olhos e riscam suas bochechas bronzeadas.

— Eles levantaram impressões digitais de toda a casa e estão emitindo mandados de busca e apreensão como convites para festas. Minhas digitais estão em toda a merda do lugar. E tem aquela mensagem que ela mandou para nós quatro: AMANHÃ VOU CONTAR TUDO PARA A POLÍCIA. Se o FBI descobrir sobre isso, estaremos todos fodidos.

Olho para a minha porta fechada e baixo a minha voz para um sussurro.

— Como eles *ainda* não sabem?

— Ela deve estar com os dois celulares, porque também estão desaparecidos — ele responde. — Fiz Violet deletar a última mensagem de texto, mas e se ainda estiver na nuvem? Droga, Hannah, você estava certa. Ela não consegue lidar com a pressão.

Agora ele vê o que eu vi.

— Olha, você não é um suspeito, certo? E, mesmo se fosse, você é amigo dela e é natural que suas impressões digitais, cabelos e outras coisas estejam na casa e no sótão. Não se preocupe.

Drummer interrompe um soluço. Sua voz está séria quando fala de novo.

— Eu não a machuquei, Han. Não acredite no que eles dizem.

— Não acredite no que *quem* diz?

— Eles, o FBI. Se Violet aparecer morta ou algo assim, eu não matei ela. — Ele se levanta, as lágrimas escorrendo pelo rosto, os lábios torcidos. — Esqueça isso. Tenho que ir.

— Drummer!

Estendo a mão para ele e deixo meu celular cair. A tela nova racha. Bom pra cacete. Quando olho para cima, ele se foi.

Ligo para o celular dele imediatamente, e vai direto para sua mensagem de voz alegre: "É o Drummer, diga o que tem pra dizer, não estou aqui mesmo!".

Desligo e penso em suas palavras: *Eu não matei ela.* Ninguém disse que Violet está morta, e não consigo imaginar Drummer machucando alguém. Ele é um mestre em desarmar, não em lutar — ele beija garotas quando estão de mau humor e brinca com seus inimigos até que

183

se tornem amigos. *Nós brigamos*, ele disse. Mas, inferno, eu já briguei com Drummer, e é sempre unilateral — eu brigando, ele zombando, se desculpando ou admitindo a culpa, mesmo que não tenha feito nada de errado. Drummer sempre quer voltar a se divertir o mais rápido possível; esse é o seu *modus operandi*, não assassinato.

Mas ele também disse, *vou morrer se eles me colocarem em uma jaula*. É a única coisa que Drummer não pode tolerar, e Violet ameaçou sua liberdade. Até um rato lutaria para se proteger. O que um homem faria?

23

**7 de agosto
Dias desde que Violet desapareceu: 5
11H**

O hospital me dá alta pela manhã. Meus papéis de alta incluem um encaminhamento a um psicólogo que me tratará para transtorno de estresse pós-traumático e amnésia dissociativa traumática.

Vejo meu rosto pela primeira vez. O dente do urso abriu minha bochecha, rasgando ao longo do osso, passando pelo olho esquerdo e subindo pela sobrancelha. O centro da sobrancelha está faltando e meu olho está inchado, mas o globo ocular em si não foi danificado. Há escoriações e perfurações dos dentes na minha testa e na linha do cabelo, e outro corte longo desce pela minha têmpora. Algumas partes do meu couro cabeludo foram raspadas e pontos muito cuidadosos costuraram minha pele novamente. Sim, sou o Frankenstein, mas não choro; apenas fico encarando. Em vez de me sentir arruinada, me sinto revelada. Estou começando a parecer a pessoa horrível que me tornei.

O cirurgião plástico passa pelo meu quarto antes de eu ir embora. Ele me aconselha a usar as bandagens para reduzir as cicatrizes e me diz que posso precisar de outra cirurgia depois, quando meu olho esquerdo estiver curado. O médico afirma que vai fazer com que eu pareça "o mais normal possível". Obrigada, doutor, isso é muito reconfortante. Recebi uma tipoia para o braço e analgésicos poderosos e, em seguida, tenho alta com uma consulta de acompanhamento já marcada para alguns dias.

Papai me busca e me leva para casa, o rádio sintonizado em música *country*.

— Então, o que está acontecendo com relação a Violet? — pergunto, me sentindo nervosa.

— Ainda processando pistas e evidências, filhota. Nada de novo.

Paramos em nossa garagem e há um local vazio onde meu carro deveria estar.

— Onde está o carro?

— Na oficina, mas o avaliador do seguro disse que é perda total. O interior está rasgado. A estrutura de metal está dobrada e há pelo, saliva e ensopado de carne espalhados por toda parte.

A memória do animal rosnando, suas garras rasgando e o carro tremendo pisca nitidamente na minha mente. O luto pelo meu amado carro passa por mim.

— Posso ver?

Surpresa pisca nos olhos do meu pai.

— Você quer?

— Pode me ajudar a lembrar.

Ele concorda.

— Vou falar com a oficina, mas não hoje. Quando você estiver se sentindo melhor.

Abro a porta do carro com meu braço bom e saio.

— Eu ia vender aquele carro para ajudar a pagar a faculdade.

— A seguradora vai nos reembolsar — ele garante.

Viro-me para a varanda, pronta para cumprimentar Matilda, e me lembro mais uma vez que ela se foi. O luto me atinge de novo, e não consigo mover os pés.

— Vamos — diz papai, me guiando com ternura para dentro de casa. — Os vizinhos mandaram comida para você. Há sopa na geladeira, uns assados, frutas, sobremesas, *wraps*, todo tipo de coisa.

Seis famílias moram na nossa rua, nenhuma a menos de um quilômetro e meio.

— Isso foi legal da parte deles.

— Tenho que trabalhar. — Ele se inclina na ponta dos pés, pensando muito, e abre a boca como se fosse dizer algo ou me questionar novamente.

Finjo não notar e bocejo muito.

— Preciso de um cochilo. Meu cérebro está confuso.

Ele entende a indireta e sai com uma despedida delicada. Antes de partir, me dá as chaves da sua picape, caso eu precise ir a algum lugar, e destrava o rifle de caça para o caso de aparecer outro urso. Para o alívio de todos (principalmente meu), o teste de raiva do urso deu negativo.

A casa parece vazia sem Matilda. Papai guardou suas tigelas de ração e água, sua cama e seus brinquedos. Havíamos conversado sobre arranjar outro cachorrinho enquanto ela ainda estava viva, mas não consigo pensar nisso agora.

Fico olhando para o meu novo celular e a pequena rachadura na tela. Meus dados, fotos e contatos antigos foram restaurados, tornando este aparelho uma reencarnação mais brilhante do anterior. Deslizo pelos álbuns de fotos salvos que estão cheios de imagens dos meus melhores amigos — os monstros —, dos meus cavalos e de Matilda.

Violet sorri em quase todas as fotos em que aparece, as covinhas profundas, os olhos brilhando. Ela tem um talento especial para posar e cada foto é perfeita, com a cabeça inclinada e o corpo no ângulo certo. Ela tem sido fofa, amada e querida desde o momento em que saiu do útero. Eu me pergunto como deve ser isso. Minha mãe botou uísque na minha mamadeira para me fazer parar de chorar.

Envio uma mensagem de texto em grupo para meus amigos e incluo Violet, apenas no caso de ela estar por aí lendo em algum lugar: SAÍ DO HOSPITAL.

Mo me envia uma mensagem privada: NÃO INCLUA VIOLET, E SE UM ASSASSINO OU SEQUESTRADOR ESTIVER COM ELA?

NOSSA, MO, ISSO É SOMBRIO. Envio uma nova mensagem em grupo para nós quatro, sem Violet: ESTOU EM CASA. TEM ALGUMA NOTÍCIA NOVA SOBRE VIOLET?

Um longo silêncio e então uma resposta simples de Luke: NÃO.

Mo: SINTO MUITO POR MATILDA.

Eu: VCS PODEM VIR AQUI? NÃO QUERO FICAR SOZINHA.

Mo: EU POSSO IR.

Luke: EU TAMBÉM.

Drummer: ESTOU NO TRABALHO.

Luke e Mo aparecem uma hora depois, e nós nos esparramamos na minha sala de estar com refrigerantes e salgadinhos. Meu pai terminou de prender Luke pelas acusações de incêndio criminoso enquanto eu estava no hospital, e por enquanto ele está solto sob fiança. Lulu Sandoval pagou por sua liberdade.

— Maquiagem vai consertar essa sobrancelha — Mo fala com naturalidade.

Conto para eles o que me lembro sobre o ataque do urso, principalmente que ele me arrastou pela cabeça.

— A equipe de luta livre poderia usar um talento assim — Luke brinca.

— Valeu, babaca.

A fala de Luke permanece lenta, sua expressão monótona, mas ele tem mais cor em seu rosto desde a última vez que o vi. Ele dá de ombros e evita olhar para mim; na verdade, ele não olhou para mim nenhuma vez desde que veio. Toco meu rosto enfaixado. É porque estou repugnante ou porque meu pai o prendeu?

— Nem todas as notícias são ruins — Luke declara. — Encontrei a minha gata.

Mo bate palmas.

— Onde? Como?

— Ela estava morando no celeiro de um cara, e ele finalmente a pegou e a trouxe para o abrigo de animais. As patas dela estão queimadas, mas ela está bem.

Soltamos um suspiro coletivo, como se encontrar a gata significasse que tudo vai ficar bem, o que obviamente não vai.

— Você ainda está morando com a Mo? — pergunto.

Ele estica as pernas e encara as mãos.

— Nah, minha mãe me aceitou de volta porque Aiden não parava de chorar me chamando. — Um brilho afetuoso ilumina seu rosto com o nome do irmão, e então ele abaixa a voz. — O que seu pai te contou sobre a Violet? Ele tem alguma pista?

Tomo o resto do meu refrigerante e aprecio o açúcar que inunda meu sistema.

— Acho que não. Tudo o que ele me falou também estava no noticiário.

Luke enfim olha para mim, sua testa enrugada com o pensamento.

— É verdade que você realmente não se lembra de nada sobre aquela noite ou o ataque do urso?

Sangue no tapete branco, vozes zangadas, uma figura encurvada na janela... Tenho memórias, mas não *lembro* de verdade.

— É verdade.

Ele solta um pigarro, seus olhos se movendo entre Mo e eu.

— Então, uh, você não sabe se foi à casa de Violet depois de receber aquela mensagem de texto fodida? Você nos pediu para te encontrar lá.

Meu estômago sobe para a garganta. Olho para ele, que está me rodeando mentalmente como um lobo, e puxo as minhas mangas compridas para esconder os arranhões das unhas. Ele sabe algo que não sei? Decido manter as minhas cartas para mim.

— Não, quero dizer, não me lembro. Você foi?

Luke enrubesce.

— Não consegui. — Mas suas narinas dilatam-se, e esse é o tique que denuncia Luke desde que ele tinha sete anos. Isso significa que ele está mentindo ou escondendo algo.

Desamarro e amarro meus tênis, pensando.

— Talvez ela tenha surtado. Talvez ela tenha dirigido para fora da estrada ou algo assim, como você fez, Luke.

Ele fecha a cara para mim.

— Eu não saí da estrada porque *surtei*. Foi um acidente.

Minha boca se abre e depois fecha. Sei melhor do que ninguém não cutucar Luke quando ele está chateado.

Ele se levanta e anda de um lado para o outro lentamente.

— Estava com raiva porque é minha culpa você ter sido presa, Mo — ele a encara. — Eu levei aquela merda para a floresta. Mas não queria bater com o carro. Apenas perdi o controle. — Sua risada é fria e sem humor. — Também destruí o carro da minha mãe. — Ele arrasta os dedos pela cabeça raspada.

Mo chega perto dele e tenta acalmá-lo.

— Não é sua culpa — ela sussurra. — Estávamos todos lá e não fui presa pelo incêndio, fui presa por mentir.

Ele aperta a ponta do nariz torto.

— Você estava me protegendo — ele murmura com a voz rouca.

— Você mentiu para me proteger.

— Para proteger todos nós — ela corrige.

Ele continua, balançando a cabeça.

— Você sabia, Hannah, que depois que seu pai apreendeu meu carro por dirigir bêbado o departamento dele usou o GPS para rastrear meus movimentos no dia sete de julho?

— Não!

Luke continua:

— Aquele pedaço de merda me colocou no estacionamento do lago Gap às três da tarde. Essa era sua "nova evidência", mas minha advogada disse que rastrear meu carro por um crime não relacionado é ilegal. Ela está tentando anular isso. Posso ficar livre, mas a mensagem de Violet faz com que a gente pareça culpado: AMANHÃ VOU CONTAR TUDO PARA A POLÍCIA — ele fala, imitando sua voz aguda. — Por que ela não conseguia manter a boca fechada?

— Ela está desaparecida, Luke. Não seja um idiota — Mo repreende.

Luke se curva ao meio e geme como um animal ferido.

— Estou confuso — ele chora. — Violet deveria estar aqui, conosco, bebendo a porra da Coca-Cola. Ela deveria apenas ter ficado quieta e vivido sua vida perfeita. Eu... Eu sinto falta dela. — Suas lágrimas caem e salpicam meu chão.

— Luke, está tudo bem, todos nós sentimos falta dela — Mo o consola, estendendo a mão para ele.

— Somos todos culpados — murmuro.

Luke me olha boquiaberto, o pânico passando rapidamente por suas feições, e Mo diz:

— Culpados por começar o incêndio, sim, mas não por machucar Violet.

Esmago minha lata de refrigerante vazia.

— Certo, mas a mensagem dela dá a cada um de nós um motivo.

— Não a você — Luke murmura enquanto se senta outra vez. — A polícia não tem ideia de que você estava no lago.

Minha garganta aperta.

— Não estou falando sobre o que a polícia sabe. Só estou dizendo que o momento é estranho. Ela nos ameaçou e agora está desaparecida.

Nossos olhares se encontram, e Mo estremece.

— Você está me assustando, Han. Nenhum de nós faria nada com Violet. Isso é ridículo pra caralho.

Balanço a minha cabeça, também confusa. Vozes, sangue e uma figura na janela do sótão — eu vi e ouvi essas coisas. Devo ter estado lá, e não estava sozinha. Pelo menos uma das vozes raivosas era masculina. E, embora não pudesse ver a pessoa na janela muito bem, ela parecia tão alta quanto eu. A outra voz zangada era feminina. Olho para Mo.

— Você foi para a casa de Violet? Você disse que tentaria.

Seus olhos se arregalam.

— Não, meus pais não me deixaram sair. Assistimos a um filme com meu irmão.

Eu olho dela para Luke.

— Vocês dois não estavam juntos? Você estava morando na casa dela.

— Ele foi embora depois do jantar — Mo responde, mordendo o lábio como se preferisse não ter me contado isso.

Luke se afasta dela.

— Aonde você quer chegar com isso, Mo?

Ela pisca.

— A lugar nenhum, só me perguntando para onde você foi. Você não atendeu quando liguei e não me ligou de volta. Não é do seu feitio.

Luke fica de pé e se agiganta sobre nós, sua expressão bruta.

— Vocês acham que *eu* machuquei Violet? — ele pergunta, cuspe voando de sua boca.

— Não! — Mo grita, estendendo a mão como se para afastá-lo. — O que há de errado com você?

— Estou cansado pra caralho — ele responde, seus olhos cortando para os meus. — Você disse que cuidaria disso, Hannah.

Ele se flexiona sobre mim como uma estátua de mármore, linda, forte e pálida, congelada em um momento de fúria lívida. Ele é culpado, está com medo ou as duas coisas? Não tenho certeza.

Luke pega a jaqueta.

— Passar um tempo juntos foi uma ideia idiota. Fodam-se vocês duas. Não me liguem. — Ele chuta uma cadeira da cozinha ao sair, e então ouvimos a corrente da sua bicicleta ranger enquanto ele pedala o mais rápido que pode.

Mo começa a chorar.

— É o ferimento na cabeça — explico a ela. — Luke não quis dizer isso.

Ela balança a cabeça.

— Não é isso. Somos nós, o nosso grupo. Nada nunca vai ser igual de novo.

É verdade, e coloco meu braço em volta dela.

— Não importa o que aconteça, este já ia ser nosso último verão juntos — falo. — Você sabe disso, não é? A faculdade vai nos mudar. Vamos conhecer novas pessoas, nos casar e arranjar empregos. Vamos seguir em frente.

Mo funga enquanto sigo meus pensamentos até o fim inevitável. Nossas lealdades mudarão com o tempo. Talvez elas já tenham mudado. Os dias dos monstros estão quase no fim, e é uma pena que tenhamos que acabar assim: em chamas.

24

**7 de agosto
Dias desde que Violet desapareceu: 7
15H**

Depois que Mo sai, faço as minhas tarefas da casa usando o meu braço bom. Pulverizo os cavalos com repelente, limpo estrume, varro as baias e penso em Violet. O caso dela ganhou as manchetes nacionais devido à riqueza da sua avó, porque nossa cidade é atualmente famosa pelo Incêndio Gap e porque Violet é uma adolescente linda que estava indo para a Universidade de Stanford. O medo que senti quando ela ameaçou nos dedurar se dissipou como a fumaça do incêndio. Agora eu apenas sinto falta dela.

Quando termino tudo, entro em casa, bebo uma garrafa de isotônico e percebo a poeira se acumulando nos rodapés e nas mesas. A porcaria da cabana já está ficando suja de novo. Isso me faz pensar como Lulu vai tirar o sangue daquele tapete branco. Nesse momento, meu celular toca, me assustando.

É Justin, de Bishop.

Fico olhando para o nome dele na tela, meu coração palpitando. Eu atendo? Ai, merda, por que não? Depois do ataque do urso e das notícias sobre Violet, nossa noite juntos não parece tão... grandiosa.

— Alô?

— Ei — ele fala —, acabei de ver seu nome no jornal.

Minha garganta fecha e meu cérebro falha.

— Que jornal? — *Merda, estou no noticiário?* Pego o controle remoto e ligo a televisão, esperando para ver se meu rosto aparece na tela. — O que eu fiz?

Ele ri.

— Nossa, garota, você é procurada ou algo assim? Li que você foi mordida por um urso.

— Ah, certo. — Apoio uma mão no balcão para recuperar o fôlego. — Sim, estou bem, só um pouco machucada.

Ele absorve isso, então abaixa sua voz uma oitava.

— Posso fazer algo para que você se sinta melhor?

Lembro-me de seus lábios beijando meu peito, suas mãos em cima de mim, seus olhos perfurando os meus.

— Eu estou horrível — declaro, olhando para o meu rosto cheio de cicatrizes no espelho.

— Não me importo.

Ele não se importa? Que diabos isso significa?

— Realmente não estou pronta para isso, Justin. Estou dolorida.

Ele fica quieto por um momento.

— Eu poderia lhe dar um banho quente, e você poderia tomar um analgésico. Quero ver você, Hannah. Gosto de você. Muito.

Minha espinha se contrai porque não tenho certeza se acredito nele. Ele me quer ou quer mais sexo? É confuso.

— Posso ligar para você quando me sentir melhor?

Ele solta um suspiro profundo.

— Claro, se é isso que você quer. Ei, estava me perguntando, você gosta de andar a cavalo?

Se eu gosto de andar a cavalo? Nós realmente não sabemos nada um sobre o outro.

— Sim.

— Tenho dois cavalos de rodeio, se você quiser fazer um passeio de trilha algum dia.

Eu deveria saber: um verdadeiro caubói. Meus ombros relaxam, porque já conheci garotos de rodeio o suficiente para entender como eles agem. Justin está me rodeando, mantendo as rédeas firmes até ter certeza de que me colocou onde me quer. Então ele vai agarrar. O segredo é continuar andando até ter certeza de que quero ser pega.

— Vou te ligar.

— O.k. — ele responde.

Encerro a ligação e pego o controle para desligar o noticiário quando a imagem brilhante de Violet preenche a tela, seguida por uma entrevista coletiva que está acontecendo ao vivo fora do novo centro de comando que meu pai montou na igreja. Papai está no pódio, com uma aparência sombria. Agentes do FBI, funcionários do condado, seus policiais e um representante do Centro Nacional para Crianças Desaparecidas e Exploradas estão atrás dele.

Afundo no chão e assisto.

A câmera foca quando meu pai começa a falar:

> Agora suspeitamos de um crime no desaparecimento de Violet Sandoval. Evidências coletadas na casa de sua avó no dia 2 de agosto foram analisadas e processadas no laboratório criminal do Departamento de Justiça em Fresno, Califórnia.

Ele faz uma pausa antes de continuar:

> Unhas quebradas e gotas de sangue foram identificadas como correspondendo ao DNA de Violet Sandoval. Uma janela no terceiro andar da casa da família mostra sinais de entrada forçada, e dinheiro foi roubado de sua bolsa. As impressões digitais extraídas da janela estão sendo analisadas pelo Sistema Automatizado de Impressão Latente para serem comparadas a possíveis criminosos conhecidos.

Meu pai engole em seco e olha para o pódio.

> Por fim, e o mais perturbador, os detetives descobriram traços de sêmen fresco no sótão da família Sandoval. A amostra tinha apenas horas no momento da coleta e não estamos descartando agressão sexual.

Há uma reação agitada da imprensa.

Minha mão voa para minha boca. Unhas quebradas? Sangue? Sêmen? O que aconteceu naquele sótão? Agarro minha manga e a puxo para baixo, escondendo as marcas profundas de meia-lua em meus braços. Preciso me lembrar.

Meu pai continua quando os repórteres se calam:

> Estamos investigando a possibilidade de que Violet tenha sido retirada de sua casa à força, possivelmente por mais de um suspeito. Pedimos a ajuda da comunidade para resolver este caso.

Ele prossegue solicitando que as pessoas relatem qualquer comportamento estranho que possam ter testemunhado na noite em que Violet desapareceu ou nos dias anteriores — ruídos vindos do porta-malas de um carro, qualquer pessoa comprando corda, facas ou braçadeiras de plástico, veículos suspeitos na área, sinais de novos acampamentos na floresta perto da casa Sandoval. Ele responde a algumas perguntas.

— *Xerife Warner, houve algum pedido de resgate?*

Ele nega com a cabeça.

— *Não houve comunicação ou pedido de dinheiro.*

A jornalista tem uma pergunta complementar.

— *O sequestro foi descartado neste caso?*

— *Nada foi descartado.*

Um repórter pergunta:

— *O sêmen foi comparado a algum ofensor conhecido?*

— *A amostra está sendo cruzada com o Codis, a base de DNA criada e mantida pelo FBI, e com bancos voluntários de dados de genealogia — ele responde. — Isso pode nos ajudar a desenvolver uma lista de suspeitos por meio de árvores genealógicas. No momento, não identificamos um suspeito específico relacionado ao DNA.*

— *Os bancos de dados de genealogia aos quais o senhor está se referindo pertencem a empresas?*

— *Sim, senhor.*

Uma repórter deixa escapar:

— *O acesso a esse DNA é legal, xerife Warner?*

— *Sim, senhora.*

Outra pergunta de alguém no fundo:

— *Xerife Warner, o senhor acredita que Violet Sandoval está viva?*

— *Não vou especular sobre sua condição. Isso é tudo por ora. Precisa-mos voltar a tentar encontrá-la.*

Ele se afasta, seguido por sua força-tarefa, e o número da linha de informações do FBI pisca na tela.

Arrepios irrompem em meus braços e sinto como se tivesse levado um soco no estômago, mas também estou muito orgulhosa do meu pai.

Meu celular toca mais uma vez. Desta vez é Mo.

— Você assistiu à coletiva de imprensa?

— Sim, não consigo acreditar.

— Talvez o desaparecimento de Violet não tenha nada a ver com o incêndio ou conosco — Mo fala. — Talvez ela tenha sido sequestrada!

— Mas o momento é suspeito, Mo. Você realmente acredita que homens estranhos a sequestraram aleatoriamente na mesma noite em que ela ameaçou nos dedurar?

Ela engole em seco.

— Bem, nós não fizemos isso! Jesus, Han.

O rosto de Drummer aparece na minha cabeça. *Eu não matei ela*, ele disse no hospital, mas ninguém sabe ao certo se ela está morta.

— Claro que não — murmuro.

— Existem grupos de busca se reunindo todos os dias. Você quer se juntar a um quando se sentir melhor?

Meu couro cabeludo formiga.

— Claro, acho que sim.

— Eles vão encontrar Violet, Han; eles precisam. Ela não pode ter sumido. Tenho que ir. Descanse um pouco, o.k.? Você parece cansada.

— Tchau, Mo.

Olho para os arranhões em meu braço que parecem marcas de unhas e rapidamente os cubro de novo. Os detetives encontraram unhas quebradas em seu sótão, o que significa que a pele de alguém está sob as unhas de Violet. Eu estava lá, tenho certeza disso, e meu estômago queima quando um novo pensamento surge: *Talvez eu tenha tentado aju-dar Violet, e se eu vi quem a levou, talvez eu também esteja em perigo.*

25

**10 DE AGOSTO
DIAS DESDE QUE VIOLET DESAPARECEU: 8
13H45**

Cada dia que passa sem encontrarem Violet parece surreal. Nossa expectativa é que ela apareça a qualquer momento. Estou preparada para sentir alívio e em seguida estrangulá-la por nos preocupar, mas a cada dia fica mais difícil imaginar uma explicação plausível para a sua ausência. Eu descanso e tomo meus analgésicos a cada quatro horas. A morte de Matilda e o desaparecimento da minha amiga me rasgaram em pedaços.

Os pais de Violet, que estiveram em contato de sua viagem particular em um iate de São Francisco à Austrália, finalmente chegam a Gap Mountain, recebidos pelo flash de muitas câmeras. Eles ficam com Lulu Sandoval na casa e fazem apelos públicos pelo retorno seguro de sua filha.

Ligo repetidamente para Drummer e Luke nos celulares descartáveis, mas nenhum dos dois atende. Um de nós está desaparecido e ninguém quer conversar. É como se todo mundo estivesse se escondendo, ou escondendo alguma coisa. Estou com medo pelos monstros.

Quando durmo, tenho pesadelos com um urso estourando a minha cabeça como um balão. Vejo o vermelho do sangue pingando no tapete branco. A meia-lua fora da minha janela se torna a unha de Violet, cavando na minha pele (*perfurando* a minha pele). Quero saber se estive no sótão. Quero saber a quem pertencem as vozes zangadas. Será que ouvi Drummer e Violet discutindo? Luke estava lá? Sêmen e dinheiro faltando são informações perturbadoras de se absorver.

Estranhamente, a vida continua. Meu pai me ajuda a cuidar dos cavalos todos os dias, conversa com os médicos e cuida da correspondência com a Universidade Estadual de San Diego sobre a minha insignificante ajuda financeira. A investigação do incêndio para enquanto a advogada de Luke discute com o promotor sobre o uso de dados de GPS pelo meu pai como prova no caso do incêndio criminoso do seu cliente.

Enquanto isso, o caso de Violet cresce. Centenas de pistas sobre ela foram dadas por telefonemas, enviando policiais em perseguições inúteis pela Califórnia e em todo o país.

Uma testemunha relatou ter visto dois homens estranhos em um posto de gasolina nos arredores da cidade no dia em que Violet desapareceu. Eles dirigiam uma van azul empoeirada e, depois de abastecer o tanque, encheram duas latas de gasolina extras. Um alerta foi lançado sobre a marca e o modelo da van. Imagens desfocadas dos homens retiradas do circuito de segurança interno do posto circulam nos noticiários.

Ainda não houve pedido de resgate.

Quando o esqueleto de uma mulher é encontrado a cinco quilômetros de Gap Mountain, os repórteres se aglomeram, mas, assim que o legista do condado afirma que o corpo pertence a uma mulher na casa dos cinquenta ou sessenta anos, o clima empolgado esfria rapidamente. Meu pai acredita que são os restos mortais de uma residente com demência que saiu de casa e ficou vagando por aí há cinco anos. O DNA do corpo é enviado a um laboratório criminal para identificação positiva, mas não há possibilidade de que seja Violet.

Assusta-me que a minha cidade esteja tão ansiosa para aceitar um corpo no lugar da minha amiga. As pessoas diriam: *O sofrimento dela acabou. Ela era tão brilhante, tão bonita. É uma pena.* Seria triste, uma tragédia, mas Violet seria *reconhecida*. Acho que estar morta é melhor do que estar *em lugar nenhum.*

Meu pai vem para casa apenas para fazer a barba, dormir algumas horas e voltar ao trabalho. Parece que ele está mais ocupado agora do que quando estava lidando com o incêndio. Tudo o que descubro sobre o caso de Violet fico sabendo pela televisão. A nação está aguardando ansiosamente os resultados do Codis sobre a amostra de sêmen e o relatório do ALPS sobre as impressões digitais coletadas no sótão, porque essa evidência pode produzir o primeiro suspeito ou suspeitos viáveis do caso. Até agora, não há nenhum.

Meu gerente na locadora me deu folga para me tratar, mas, além de casa, não há realmente nenhum lugar para ir. Mo me disse que repórteres estão acampados em frente à casa dos Sandoval e do escritório do xerife, e frequentemente são vistos comprando comida no Café Flor Silvestre, apenas esperando por novidades.

Os repórteres descrevem Violet como *solteira*, mas eu sei que ela não é.

Mando uma mensagem para o celular descartável de Drummer, torcendo por uma resposta: **ALGUÉM SABE QUE VOCÊ E VIOLET ESTAVAM NAMORANDO?**

Pontos cinza aparecem, significando que ele leu a mensagem, mas não respondeu; em vez disso, ele liga:

— Por que você está me perguntando isso? Aconteceu alguma coisa?

— Não.

Drummer exala.

— Seu pai está aí? Ele está nos ouvindo?

— Claro que não! Estou tentando te ajudar. Por que você não retornou as minhas ligações?

Sua voz falha.

— Porque a minha namorada está desaparecida, porque estou com medo pra caralho. — Ele soluça, e imagino que esteja frágil como vidro agora. — Eu amava a Violet, Hannah.

Minha espinha se contrai.

— Amava?

— Não, quero dizer, amo, eu a *amo*. Porra. — Ele inspira profundamente. — Nunca a machucaria, não de propósito, você tem que acreditar em mim.

— Eu sei, acredito em você. — Mas a minha mente tropeça em sua qualificação: nunca a machucaria, *não de propósito*.

Ele fica quieto.

— Drummer?

Sua voz treme como se ele estivesse mastigando cascalho.

— Não sei, Han, nada deu certo desde o incêndio, você sabe, nada exceto me apaixonar por Violet. Eu estava tão ligado a ela que não estava prestando atenção em mais nada. Estou totalmente fodido...

— Por quê, Drummer? O que você não está me contando?

Ele muda a conversa.

— Violet estava saindo com outro cara?

— Não que eu saiba. Você acha que ela estava?

— Não, claro que não, mas se ela não estava, aquela amostra — sua voz chia com a palavra — pode ser minha.

Eu estava andando de um lado para o outro, mas com isso caio no sofá.

— Você está falando sobre o *sêmen*?

— Caramba, não fale desse jeito — ele murmura. — Violet e eu fizemos sexo no sótão dela naquela noite. Eu posso ter, você sabe, deixado algo para trás.

— Pensei que vocês tivessem brigado.

— Sim, nós brigamos. Sexo e uma briga. — Ele ri fracamente.

Esfrego minha testa; a dor de cabeça dos últimos dias retorna com um estrondo.

— Achei que você usasse camisinha.

— Eu uso, mas, hã... Ela começou a tomar anticoncepcional. Merda, você não deve querer ouvir nada sobre isso.

— Eu fiz sexo — deixo escapar.

Ele inala profundamente.

— Quando? Com *quem*?

Não há como voltar atrás agora, então falo de uma vez:

— Com o cara que me levou até Bishop no dia do incêndio.

— Tipo, a caminho do hotel? — ele pergunta, confuso.

— Não seja idiota. Tivemos um encontro há duas semanas. Lembra da noite na pista de boliche, quando eu estava toda arrumada?

— Sim. — Ele geme. — Então você dormiu com ele no primeiro encontro?

— Vai se foder. — Me desmancho em lágrimas. — Foi especial. — Não foi especial, de forma nenhuma, e choro ainda mais.

Ele engole em seco várias vezes, como se algo estivesse preso em sua garganta. Sua voz é suave quando ele fala de novo.

— Me desculpe. Só estou surpreso que você não tenha me contado.

— Você não me contou sobre Violet.

Há uma longa pausa.

— Você tem razão. Não deveríamos guardar segredos.

É tarde demais para isso, penso.

Drummer muda a conversa de volta para si mesmo.

— Se o laboratório ligar essa amostra a mim...

— Ei, relaxe — digo. — Você não tem DNA no sistema. Eles não podem combinar aleatoriamente uma amostra de sêmen com você. Você tem que estar no banco de dados ou ser examinado com um cotonete como suspeito. Você está seguro, Drummer. Exceto...

Sua respiração falha e eu o imagino piscando furiosamente.

— Exceto o quê?

Fecho os olhos, persigo minhas memórias, mas elas fogem como coelhos. Há uma nova, um flash rápido de Drummer puxando o braço de Violet. Também há o sangue no tapete e a pessoa na janela, mas as imagens são como miragens que desaparecem quando chego muito perto.

— Exceto que você deveria contar ao meu pai que você e a V estavam juntos. Se ele descobrir sozinho, não vai parecer uma boa coisa.

— Não, Han, de jeito nenhum.

— Isso vai explicar o... a amostra que você deixou — acrescento.

Penso em Drummer e Violet fazendo sexo no sótão — o nosso sótão, o lugar em que todos nós passamos um tempo juntos. Eu os vejo se abraçando, se beijando e... É como ser golpeada por um remo. De repente, o chão rola debaixo de mim e sangue sobe às minhas orelhas. — Por que você não conta a ele? — sussurro.

Drummer fica em silêncio mortal por um minuto inteiro. Então ele desliga na minha cara.

26

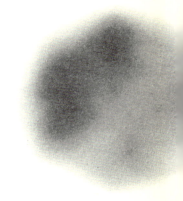

10 de agosto
Dias desde que Violet desapareceu: 8
14H20

Enfio o celular descartável debaixo do colchão e ando de um lado para o outro no meu quarto. Como Drummer pode ser tão descuidado? Ele deixou seu DNA na cena do crime e acredita que pode ignorar isso, assim como ignorou sua namorada grávida dois anos atrás, seu cachorro com câncer até que fosse tarde demais e as ameaças de Violet. Agora tenho que limpar a bagunça dele, a boa e velha Hannah Banana.

Ele disse que está no trabalho; bom. Engulo um analgésico, pego as chaves do meu carro e então lembro que o urso o destruiu. Solto um suspiro e em vez disso pego as chaves da picape do meu pai. Na verdade, o carro é melhor para o que estou prestes a fazer, menos chamativo.

Quando chego ao bairro de Drummer, estaciono à sombra de uma velha figueira em uma rua atrás da sua casa. Corto pelo bosque, me aproximo da sua janela lateral e abro a vidraça. Espiando ao redor, não vejo ninguém observando. A maioria das pessoas está trabalhando ou se escondendo do sol escaldante em suas casas a esta hora do dia, o que é bom para mim.

Rastejo para dentro do seu quarto e inalo o cheiro do seu sabonete líquido barato enquanto um arrepio passa por mim. Como ele pode me afetar assim, quando nem mesmo está aqui? Olho avidamente para a cama desarrumada, para a marca do seu corpo no colchão. É a cama da sua infância, e me lembro de Drummer quando era pequeno: loiro, com dentes grandes. Brincamos todos os dias no verão, mas nem sempre era divertido. Ele jogava a bola com muita força, me massacrava nos videogames, e, se não conseguisse me encontrar imediatamente quando brincávamos de esconde-esconde, ele desistia e ia para casa, me deixando sozinha e esperando.

Mas um dia, quando tínhamos doze anos, ele não quis mais brincar; queria "passar um tempo juntos". Ele jogou o braço em volta de mim e me convidou para assistir a um filme. Sua voz estava mais grave e pensei que talvez ele estivesse doente, mas não aparentava. Parecia maior, mais bronzeado, mais alto e mais bonito. Ele cheirava bem. Assistimos a um filme no escuro e ele me tocou em todos os lugares. Eu não conseguia respirar, não conseguia pensar. Depois, ele sussurrou no meu ouvido:

— Não conte a ninguém que fizemos isso.

Concordei porque era o nosso segredo especial. Mas isso nunca aconteceu novamente, e nunca falamos sobre isso. Era como se *nunca* tivesse acontecido.

Meu coração incha, palpitando triste. Ainda tenho doze anos, ainda estou esperando para assistir a um filme no escuro, ainda quero toda a atenção de Drummer em mim.

Meu Deus, Hannah, você está aqui por um motivo, e não é para ficar se entregando a reminiscências.

Eu me forço a me mover. Ele diz que não machucou Violet, *não de propósito*, mas o que isso significa? Acho que significa que ele a machucou. Meu Deus, pensei que o relacionamento deles terminaria em desastre, mas nunca imaginei isso. Violet não deveria tê-lo ameaçado. Monstros não deduram monstros, monstros não namoram monstros — fizemos esses pactos para nos mantermos juntos, e agora estamos desmoronando.

Depois de abrir a porta do armário, agacho e mexo nas suas porcarias: botas de caça, roupa suja, deveres de casa velhos, embalagens de chiclete, cartuchos de bala, equipamento de pesca — não tenho certeza do que estou procurando. Quando meus dedos tocam uma das suas camisetas de shows, meu estômago embrulha. Há sangue escuro respingado na bainha.

Uma visão me atinge da noite em que Violet desapareceu: Drummer agarrando o braço dela no sótão e gritando: *Retire isso!* Ele está vestindo essa camiseta e eu estou observando-os através de um buraco de fechadura na porta do sótão. A tontura sobrecarrega meu equilíbrio e desmorono. Ai, meu Deus, eu definitivamente estava lá, mas estava me escondendo. Sou uma *testemunha*!

Fecho os olhos, visualizo o sótão e tento seguir as vozes, a discussão, o ataque. As imagens surgem — as lágrimas de Violet, os dentes cerrados de Drummer e o toque brusco de carne — mas as imagens na minha cabeça se expandem e estouram como balões. Drummer me viu? Acho que não. Agarro a camiseta e sinto o perfume de Violet.

— Drummer, o que você fez?

Nesse momento, a porta da frente de sua casa se abre e passos estalam no chão de ladrilhos. Alguém joga sacolas de compras no balcão da cozinha. A mãe ou o pai dele estão em casa!

Termino minha busca rápida e silenciosa em seu quarto. As outras roupas que Drummer usou naquela noite estão frescas na minha memória, e em segundos recupero sua calça preta, seu velho tênis xadrez da escola e a camiseta do show ensanguentada.

Verifico as roupas ao redor para ver se há gotas de sangue ou longos cabelos escuros. Vasculho seus bolsos e gavetas em busca do dinheiro perdido de Violet e examino todos os pedaços de papel, procurando qualquer registro escrito de seus planos naquela noite. Aprendi muito morando com meu pai, e Drummer deveria me agradecer. Coloco a "evidência" em uma velha sacola de compras e deixo todo o resto do jeito que estava.

Subo em sua cadeira, rastejo para fora da janela aberta e corro para o carro do meu pai. Ligando o motor, me encolho com o rugido maçante e, em seguida, me afasto do meio-fio, minhas mãos tremendo. A sacola de roupas está no assento ao meu lado, pulsando à luz da tarde como a caixa de Pandora. Essa roupa sangrenta guarda segredos. Ela sabe o que aconteceu com Violet e, talvez, eu também.

Amanhã vou ligar para o psicólogo. Não posso ajudar Violet ou proteger Drummer até saber exatamente o que aconteceu. Enquanto saio da vizinhança, um pensamento ressoa mais alto do que todos os outros: *queimar a merda das roupas*.

27

10 DE AGOSTO
DIAS DESDE QUE VIOLET DESAPARECEU: 8
15H45

Mo me manda uma mensagem assim que entro na rua Pine, no centro de Gap Mountain: **VOCÊ PODE VIR AQUI?**

Olho para a sacola de roupas de Drummer e a coloco embaixo do assento. **CLARO. A CAMINHO.**

Seu pai atende a porta quando chego à pequena casa alugada.

— Oi, Hannah. Ela está no quarto — ele avisa, voltando para a cozinha.

As vozes baixas da mãe e do irmão de Mo chegam até mim através do barulho das panelas e do chiar de carne sendo preparada quando passo pela cozinha. Eles parecem manequins de loja de departamento em suas roupas novas, outro lembrete de que perderam no incêndio tudo o que possuíam.

Caminho pelo corredor.

— Mo? — chamo do lado de fora da sua porta fechada.

— Entra.

Ela se recosta na cama, celular na mão, também vestindo um conjunto novo: moletom rosa, uma camiseta regata, tênis branco e um elástico de cabelo preto em volta do pulso. Seu rosto está recém-lavado e sem maquiagem, e ela está mastigando um alcaçuz. Quando eu estava no hospital, meu pai me disse que ela tinha largado o emprego no armazém.

Todos em Gap Mountain sabem que meu pai a prendeu por mentir para a polícia sobre onde ela estava quando o incêndio começou, e os clientes estavam sendo rudes. Eu me sento ao lado dela.

— Qual o problema?

Seus dedos deslizam pela tela do celular enquanto ela balança a cabeça.

— A data do meu julgamento foi marcada e ela cai bem no meio das aulas do primeiro semestre. Não sei como isso vai funcionar. — Ela pisca para conter as lágrimas. — Ir pra faculdade deveria ser divertido.

Subo mais em sua cama e me deito ao lado dela.

— Sinto muito, Mo.

Ela me entrega um pedaço de alcaçuz.

— É provável que eu tenha que desistir de qualquer maneira.

— O que você quer dizer? Por quê?

— Minha poupança para a faculdade está indo para o meu advogado, e nem tenho certeza se ele vale a pena. — Ela passa o elástico de cabelo de um pulso para o outro. — A advogada de Luke, a Pit Bull, é muito mais impetuosa. Ela liga para ele todos os dias, faz hora extra e luta muito por ele, e ele não precisa pagar um centavo a ela. O meu arquiva uma grande quantidade de papelada, direciona nossas ligações para seu assistente e cobra quatrocentos dólares por hora.

— Ele provavelmente é muito inteligente — asseguro a ela.

Ela levanta um ombro.

— O advogado que Lulu recomendou custa novecentos dólares a hora.

— Isso não significa que ele seja melhor.

— Acho que significa sim — Mo argumenta. — Como isso pode ser justo?

A culpa cresce dentro de mim.

— Sinto muito.

Ela levanta a mão.

— Não sinta. Meu advogado não acredita que vou cumprir pena, porque tenho uma ficha limpa, boas notas e ótimas testemunhas de caráter. Além disso, minhas acusações não são tão sérias quanto as de Luke. É com a faculdade que estou preocupada. Não sei como vou pagar as mensalidades, alojamento e livros.

— Você pode trabalhar durante a faculdade ou solicitar empréstimos.

Ela revira os olhos.

— Tanto faz. Pelo menos não vou pra prisão. O promotor está pressionando muito Luke. Se ele não confessar com todos os detalhes, eles seguirão com as acusações de incêndio criminoso e pedirão uma sentença de nove anos, mais uma multa de vinte milhões de dólares. Você consegue acreditar nessa porra?

Merda, eu não tinha ideia.

— O que ele vai fazer?

— Não sei. Se ele confessar, eles vão reduzir as acusações e a sentença, mas, pelo que ouvi, ele vai se declarar inocente e se arriscar. Ele disse que acredita na Pit Bull.

Eu solto uma risada.

— Parece que ela também acredita nele.

— Sim. Ninguém nunca lutou por ele antes. — Mo pisca e duas lágrimas perfeitas escorrem pelo seu rosto. — Luke levou o cachimbo e os fósforos, mas ele não merece nove anos de prisão.

— Eu sei — respondo, mas duvido que as famílias dos mortos concordem.

— Você leu o jornal nacional hoje de manhã?

Nego com a cabeça.

— Outro artigo sobre Violet?

— Não, é sobre Luke e eu.

Mo folheia os jornais empilhados no final da cama e me entrega o de hoje.

A manchete diz: **INCENDIÁRIOS SUSPEITOS DE GAP MOUNTAIN SÃO SOLTOS SOB FIANÇA.**

— Não é possível que eles estejam chamando vocês de incendiários! — grito. — A mídia já condenou vocês dois.

— É.

Examino o artigo, que pinta Luke como um adolescente raivoso de dezessete anos de uma família desestruturada (o.k., isso é verdade) e Mo como uma adolescente promissora que cometeu um erro terrível (também é verdade). Antes de nós começarmos o incêndio florestal e arruinar o verão, Luke falou em fazer um curso de paramédico e se candidatar ao corpo de bombeiros (ironia das ironias!), e a família de Mo economizou dinheiro suficiente para ela se tornar enfermeira sem precisar contrair empréstimos estudantis. De repente, fico dominada pelo descontentamento por meus amigos estarem sofrendo o golpe pelo que fizemos.

Mo e eu passamos um tempo juntas até que o pai dela nos chama para jantar e me convida para ficar.

— Obrigada — respondo ignorando o nó duro na minha garganta. Meu pai prendeu a filha deles e eles estão me *alimentando*. Meu Deus.

Depois do jantar, nos sentamos ao redor da mesa e especulamos sobre Violet.

— Não há nada pior do que uma mãe perder um filho — a mãe de Mo declara. — Nada no mundo.

Sem pensar, acrescento:

— Exceto, talvez, uma criança perder a mãe.

Todos na mesa prendem a respiração, incluindo o irmão mais velho de Mo, e meu rosto fica quente.

— Desculpa — murmuro.

— Não, querida, me desculpe! — A mãe de Mo se levanta, me abraça apertado, e seu calor me envolve.

Será que todas as mães são tão moles e amorosas? A mãe de Luke não é. E a minha não cuidou de mim. Mas se eu não pudesse ter uma mãe como a de Mo, prefiro não ter nenhuma. Aposto que Luke concordaria comigo nisso.

Quando chego em casa, está escuro e meu pai não está lá. Pego a sacola cheia de "evidências" que coletei na casa de Drummer e decido adicionar à pilha as roupas que usei naquela noite. Se eu fui uma testemunha, não quero acabar como suspeita também.

Depois de tirar as roupas do meu quarto, caminho para o lado de fora e jogo as nossas roupas em um cocho de metal, encharco-as com fluido de isqueiro e boto fogo.

28

11 de agosto
dias desde que violet desapareceu: 9
10H20

No dia seguinte, acordo me sentindo inquieta, vou até a cozinha e preparo uma xícara de café em nossa nova cafeteira. Depois que a cafeína atinge meu sistema, ligo para a psicóloga, que marca uma consulta para mim amanhã. Ela acredita que devemos "agir rápido", já que minha perda de memória foi causada por um trauma agudo.

Depois disso, limpo as baias dos cavalos e jogo as cinzas da fogueira das roupas no lixo. Liguei para Drummer três vezes desde a busca em seu quarto na noite passada, mas ele não atendeu. Idiota. Ainda não consigo acreditar que ele ia deixar aquela camisa ensanguentada no fundo do armário para os agentes especiais encontrarem.

Meu pai afirma que os agentes do FBI estão ajudando seu departamento, mas, na verdade, eles estão comandando o show. Não vi os agentes ainda, mas ouvi que eles dirigem um SUV preto e usam ternos, assim como na TV. Um arrepio percorre meu corpo a esse pensamento, e me pergunto se poderia trabalhar para o FBI em vez de me tornar policial, como meu pai. Assim não ia precisar me preocupar com o policiamento da comunidade onde moro e com a possibilidade de prender meus amigos, meus vizinhos ou amigos dos meus futuros filhos.

Mas primeiro as coisas mais importantes: preciso descobrir o que aconteceu com Violet. Mando uma mensagem para Mo: **TÔ ME SENTINDO BEM HOJE. VAMOS NOS JUNTAR A UM DESSES GRUPOS DE BUSCA.**

Mo: **TEM CERTEZA DE QUE ESTÁ PRONTA PARA ISSO?**

Eu: **ESTOU BEM. VOCÊ DIRIGE?**

Ela concorda, então mando uma mensagem para o meu pai, e ele me envia informações sobre uma reunião do grupo de busca no início da trilha do lago Gap às 11 horas da manhã.

Meu estômago embrulha à menção ao lago. Se o corpo de Violet está no Gap, ela nunca será encontrada. O peixe enorme que fica no fundo vai mastigar sua carne. A água fria evitará que seu corpo vá para a superfície. O tempo transformará seus ossos em areia.

Mo chega em seu carro vinte minutos depois, com o som da música e o ar-condicionado no máximo.

— Entre, sua besta!

Um sorriso se espalha pelo meu rosto ao ver Mo usando grandes óculos escuros, mascando chiclete e enrolando seu cabelo ruivo escuro em um dedo, e por um segundo maravilhoso esqueço que não é um dia normal de verão.

A viagem até o início da trilha do lago Gap esfria o clima enquanto refazemos nossos passos fatídicos do dia em que começamos o incêndio. As pessoas estão reunidas no estacionamento quando chegamos — adolescentes do ensino médio, pais, avós e voluntários da Organização Encontre Violet, que Lulu fundou. Eles estão usando coletes laranja e bebendo café enquanto esperam para ser organizados em grupos.

Os voluntários curiosos olham para mim e para Mo. A maioria deles sabe que somos as melhores amigas de Violet — junto com os meninos, mas eles não estão aqui. Sinto a ausência deles da mesma forma que as pessoas sentem um membro fantasma.

— Não acredito que estamos procurando por um *corpo* — Mo sussurra enquanto prende o cabelo em um coque. Sua pele sardenta já ficou rosa com o calor. — Violet não pode estar... morta.

— Eu sei. Isso tudo é tão confuso. Mas, se Violet não está morta, onde ela *está*?

— Não consigo pensar nisso, Han.

Um oficial vestindo uma camiseta da Encontre Violet nos direciona para uma mesa dobrável. A mesa está arrumada com folhas de inscrição e garrafas de água com rótulos que exibem a foto de Violet no último ano do ensino médio. Mo e eu escrevemos nossos nomes e registramos os números da nossa carteira de motorista. Quando Mo escreve as informações em uma letra grande e desajeitada, ela questiona:

— Por que eles querem os nossos documentos de identidade?

Respondo em um sussurro:

— Às vezes, o suspeito volta para a cena do crime. Os detetives vão verificar todos os voluntários hoje.

Ela sopra sua longa franja para trás.

— Sério? Eles vão *me* verificar.

— Isso.

— Como? Tipo, eles vão me interrogar?

Termino de anotar o número da minha identidade e saímos do caminho para que outros possam fazer o mesmo.

— Provavelmente não. Eles vão nos comparar com o perfil do suspeito e fazer uma lista de com quem eles querem falar primeiro.

Vozes zangadas, uma figura curvada na janela, sangue no tapete branco, Drummer gritando: Retire isso! — as memórias passam pela minha mente, e a floresta encolhe.

— Não se preocupe — acrescento —, não nos encaixamos no perfil.

Mo levanta uma sobrancelha.

— Deixa eu adivinhar: homem branco, de vinte e cinco a trinta anos que mora com a mãe?

Isso me arranca uma risada.

— Não exatamente.

— Mas quase isso?

— Pode ser. Ele é homem com certeza.

Mo revira os olhos.

— Obviamente.

Voluntários distribuem coletes laranja, apitos e botas de plástico para cobrir nossos sapatos a fim de que não deixemos marcas de pisadas, e então um homem baixo com um megafone nos organiza em equipes de oito pessoas. O líder de cada grupo segura um mapa com uma área codificada por cores.

Nossa líder é Jeannie, a chefe dos garçons do Café Flor Silvestre. Depois de se apresentar ao nosso grupo, ela mostra dois frascos de spray.

— Repelente de insetos? Protetor solar? Alguém quer?

Algumas pessoas aceitam a oferta e pulverizam a pele exposta.

Só então percebo que não estou vestida para encontrar um corpo. Estou usando um short e uma regata branca fina. Os mosquitos vão sugar todo o meu sangue e meus tênis novos vão para o lixo. Estou vestida para o verão, não para rastejar na floresta em busca de uma das minhas melhores amigas com um bando de voluntários que beberam café demais.

Ao contrário de mim, Jeannie *está* vestida para encontrar um corpo. Ela está usando botas de caminhada, um chapéu de aba larga e uma mochila, e está coberta de protetor solar gorduroso e de repelente de insetos. Ela assume rapidamente o controle do nosso grupo.

— Juntem-se — ela chama.

Sete de nós nos juntamos ao redor de Jeannie enquanto ela nos mostra o mapa e aponta a nossa área.

— Quando chegarmos lá, vamos nos espalhar. Vão devagar, marquem qualquer coisa incomum: uma pegada de sapato, uma embalagem de doce, galhos quebrados, e, claro, coisas óbvias como roupas ou sangue.

Ela entrega uma fita fluorescente laranja para usar na marcação. O suor escorre pela minha testa enquanto pego a fita.

Jeannie mexe em sua mochila.

— Tenho um kit de primeiros socorros e barras de granola, então me procurem se precisarem de alguma coisa. Usem estes gravetos para espetar gramas compridas e arbustos grossos, mas fiquem atentos às cascavéis.

Jeannie pega sete bastões encostados na cerca do estacionamento atrás dela e os distribui um por um. Meu corpo ainda está dolorido de ser sacudido por um urso, e uso meu bastão como bengala. Provavelmente não deveria ter vindo, mas não posso voltar agora.

À medida que subimos a trilha familiar, lembro-me de todas as vezes que passamos por aqui antes — Violet, Luke, Mo, Drummer e eu — com nossos pais quando éramos mais novos e tínhamos que usar coletes salva-vidas, por conta própria no ensino fundamental, quando nos esgueiramos para cá sem avisar as nossas famílias, e, então, como adolescentes, quando dirigimos para cá com caixas térmicas cheias de cerveja.

Depois que Violet fez treze anos, ela tentou atravessar o Gap a nado sem colete salva-vidas. Luke surtou e insistiu em segui-la em sua boia de pneu. E foi uma coisa boa, porque ela se cansou no meio do caminho e começou a entrar em pânico. Ele a resgatou e eles flutuaram no centro do lago, as pernas entrelaçadas, enquanto o sol fazia a água brilhar.

A profundidade do Gap fascinou Violet, especialmente depois que o Corpo do Exército descobriu que era mais profundo do que o lago Tahoe e nossa cidade virou manchete nacional. *Talvez o lago leve a outro mundo*, ela especulou. *Talvez o Gap seja um espelho e cópias de nós vivam do outro lado, levando vidas opostas. Nesse mundo, vocês quatro me visitam em Santa Bárbara, e eu não sou a intrusa.*

Você não é uma intrusa, Mo rebateu.

O olhar de Violet voltou tristemente para a água.

Não entendi naquele momento, mas Violet estava certa. Gap Mountain pode ser uma parte dela, mas ela não é uma parte de Gap Mountain. Apesar disso, sua memória traz um sorriso, enquanto levanto um galho pesado e olho sob ele. Só Violet conseguiria imaginar algo excitante, talvez maravilhoso, naquele abismo de água antigo.

Eu, por outro lado, imagino uma escuridão congelante, assassina, um covil para leviatãs e monstros marinhos. A verdade é que, enquanto a superfície do Gap me tranquiliza — sua calma absoluta em face das placas tectônicas salientes e uma terra quente —, seu fundo me apavora, porque sei o que se esconde lá. É um cemitério de segredos, de objetos perdidos e de esqueletos. Foi onde joguei o celular de Mo. É onde você coloca as coisas que deseja que desapareçam.

Será que Drummer seria capaz de arrastar Violet até aqui depois da briga? Será que eu tentei impedi-lo? As marcas das unhas no meu braço são dela ou *dele*? Minha cabeça dói enquanto imagino Violet afundando cada vez mais na escuridão, seu corpo parando suavemente no lodo escuro, seus olhos abertos, olhando para a superfície, percebendo tarde demais que o outro mundo que ela imaginou não é uma realidade alternativa, e sim a morte.

Mo toca o meu braço.

— Hannah? Você está bem?

Chegamos ao lago e fico olhando para ele, congelada.

— Hannah? — Ela me sacode com suavidade. — Você está me assustando.

— Não me sinto bem — admito para ela.

— Vamos voltar.

Balanço minha cabeça.

— Estamos aqui. Temos que ajudar.

Jeannie percebe que não estou me mexendo e franze a testa. Forço um sorriso, pego minha bengala e me espalho como os outros fizeram, acenando para ela e mostrando que estou bem. Meu braço está enfaixado e em uma tipoia, e as feridas em minha bochecha e testa estão cobertas de gaze. Duvido que eu inspire confiança, mas quando Jeannie me vê procurando, ela volta ao que estava fazendo.

Mo e eu estamos a cerca de três metros de distância, cutucando delicadamente os arbustos.

— Violet não viria aqui sozinha — Mo sussurra à distância. Desde o incêndio, nenhum de nós quis voltar ao lago Gap.

Olhamos além da "praia" para a área queimada na floresta onde começamos o incêndio. A área de origem não é mais delimitada ou protegida. Os investigadores do incêndio conseguiram tudo de que precisavam: fotografias da área, pegadas de sapatos (se houver), a garrafa de cerveja chamuscada, a caixa de fósforos e o cachimbo de Luke. Ainda estamos esperando relatórios de impressões digitais e saliva no cachimbo danificado. Embora minha mente tenha se virado para Violet, não posso esquecer que a investigação do incêndio ainda não acabou.

Mo faz uma pausa para refazer o coque e enxugar a testa.

— Eles deveriam trazer cães de busca.

À menção de cães, penso em Matilda. Minha cachorra de caça tinha um nariz fabuloso. Se ela estivesse viva, eu a teria trazido para ajudar a encontrar Violet.

— Aposto que meu pai vai pedir do condado de Kern, se já não fez isso. — A ideia de cães farejando a floresta em busca do corpo de Violet me faz estremecer.

Nosso intervalo de tempo é de duas horas, e depois de uma hora e meia estou exausta, tonta e com a boca seca. Paro para beber água, mas, na verdade, é apenas uma desculpa para descansar.

Mo vem até mim.

— Vamos encerrar o dia.

— Não, posso terminar.

— Mas não deveria. Jeannie está ocupada, então vamos.

Jeannie está de quatro, puxando algo. A pele dela está vermelha apesar do protetor solar, e as costas da camisa estão molhadas de suor, como as de todos nós.

— Tudo bem, vamos.

Mo e eu damos meia-volta e começamos a andar pelo caminho em que viemos. Nenhuma de nós acredita que Violet esteja aqui, não a *nossa* Violet. Nossa Violet está em um hotel quatro estrelas, mergulhada em bombas de banho, alheia ao susto que causou. A qualquer momento, ela ligará o celular, lerá que foi dada como desaparecida e enviará uma mensagem de texto em grupo: UMA GAROTA NÃO PODE TIRAR UM TEMPO PARA SI MESMA SEM VOCÊS ALERTAREM A GUARDA NACIONAL?

Vamos rir disso e depois importuná-la sobre "aquela vez em que ela desapareceu" para o resto de sua vida.

O sopro forte de um apito perfura meus pensamentos, as notas estridentes saltando através do lago. Pássaros voam para fora das árvores em um zumbido de bater de asas.

— Puta merda, o que é isso? — Mo cobre os ouvidos.

Viramos e vemos Jeannie soprando seu apito como se fosse Kate Winslet naquele filme do *Titanic*.

Os voluntários abandonam suas áreas e vêm correndo. Gelo sobe pela minha espinha. Nos disseram para apitar apenas se encontrássemos evidências ou um urso. Jeannie se levanta na margem íngreme do Gap com uma expressão triunfante estampada no rosto. Não há nenhum urso à vista.

Nós nos aglomeramos o mais perto que podemos, mas instintivamente deixamos um semicírculo de espaço aberto ao redor dela.

— O que você achou? — o principal organizador pergunta.

Jeannie aponta para o chão.

— Uma echarpe, uma echarpe de mulher!

Ela marcou a área com fita fluorescente laranja.

Meus olhos caem para o tecido de seda que está meio coberto por um arbusto, e imediatamente reconheço o padrão da moda. É um Louis Vuitton, e a primeira vez que vi Violet enrolá-lo na cabeça disse a ela que parecia um pirata. Mais tarde, pesquisei a echarpe on-line e vi que ela é vendida por cerca de seiscentos dólares.

Nenhum adolescente de Gap Mountain usa echarpes assim, exceto Violet Sandoval, e todo mundo sabe disso. Além do mais, a echarpe está listada na descrição do que ela foi vista usando pela última vez: camisa branca, minissaia de tweed, coturno Gucci, colar de pingente Tiffany gravado com a letra V e uma echarpe transparente Louis Vuitton. Há uma mancha vermelho-escura no tecido de seda que pode ser sangue, e um silêncio recai sobre nós. Mo cobre a boca.

— Isso é dela — afirmo, e cada par de olhos se volta para mim. — Esta é a echarpe de Violet. — E então meu estômago embrulha e eu vomito, espirrando bile nas ervas daninhas.

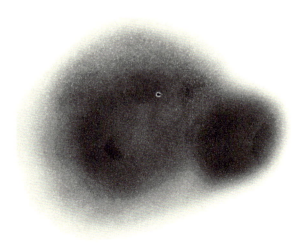

29

**13 de agosto
Dias desde que Violet desapareceu: 11
0H45**

Os detetives enviaram a echarpe Louis Vuitton manchada imediatamente para o laboratório criminal do Departamento de Justiça na Universidade Estadual de Fresno. A força-tarefa do meu pai não confirmou nem negou que pertence a Violet.

A atenção da mídia explodiu mais uma vez. Por causa da echarpe ensanguentada, Violet foi dada como morta — afogada ou jogada no lago —, e turistas voyeuristas vieram para Gap Mountain. Somos o orgulhoso lar do lago mais profundo do estado, o ponto de partida do devastador Incêndio Gap e, agora, o local de despejo de uma herdeira adolescente desaparecida.

Cães farejadores de cadáveres chegaram ontem à noite, apenas para o caso de Violet não estar no lago, e a área foi isolada e fechada ao público. Não há mais grupos de busca voluntários.

Um jornalista itinerante tirou uma foto do lago Gap ao pôr do sol, e a bela foto, sinistra neste contexto, se tornou viral. Os apresentadores a exibem junto com a foto de Violet no último ano da escola sempre que falam sobre o caso dela. Odeio a foto do jornalista, que mostra a luz do sol vermelho-sangue riscando o centro do lago, mas não consigo parar de olhar para ela. Será que Violet está naquele poço tão, tão profundo?

Ontem, encontrei-me com a psicóloga em Bishop. Não fomos muito longe em nossa primeira consulta. Nós "construímos confiança" e "passamos a nos conhecer", todas as besteiras que precedem a obtenção real de ajuda. Ela disse que vai usar hipnose, e isso me deixa nervosa. E se eu deixar escapar algo incriminador, como *acho que Drummer matou Violet*? Quero saber o que aconteceu, mas não quero que *ela* saiba. Nossas sessões podem ser confidenciais, mas não tenho certeza se continuarão assim se eu revelar informações sobre um assassinato.

Enquanto estava em Bishop, pensei em Justin. Ele me mandou uma mensagem ontem à noite para perguntar como estou me sentindo. Quando disse a ele que estou me curando, ele respondeu: ÓTIMO. Apenas isso. Sem pressão. Ele não pediu por um encontro. Ele ainda está rodeando.

Agora, enquanto Gap Mountain prende a respiração por notícias sobre Violet, mando uma mensagem para os monstros: VAMOS PARA A PONTE.

Cada monstro responde, e concordamos em nos encontrar às 14h30.

Mando uma mensagem para o meu pai: INDO PARA A PONTE PARA ENCONTRAR MEUS AMIGOS.

QUAIS AMIGOS? Papai exige que eu dê informações do meu paradeiro agora que pode haver um assassino ou sequestrador solto nas montanhas.

DRUMMER, MO E LUKE, respondo. Quem mais poderia ser? Desde o incêndio, não saio com mais ninguém.

Os monstros e eu chegamos ao mesmo tempo, e derrapamos pela trilha íngreme até a costa. Os jovens da cidade se espalham em grupos para cima e para baixo na praia de cada lado do rio. Música, risos e o chiado de latas de cerveja se abrindo enchem o ar.

Pegamos um lugar vazio perto da água. É rochoso e muito sombrio, mas privado. Os outros adolescentes nos observam, e algumas garotas sorriem para Drummer, mas ficam longe. Luke e Mo são suspeitos de incêndio criminoso, eu pareço o Frankenstein e somos os melhores amigos da garota desaparecida. Apenas Omar do Café Flor Silvestre nos reconhece com um aceno. Vejo Amanda do trabalho usando o menor biquíni que já vi, mas ela evita o meu olhar.

Luke tira a camiseta e encara os outros adolescentes.

— Fodam-se esses idiotas — ele rosna.

Uma imagem repentina de Luke e eu caçando lagostim quando éramos crianças enche a minha mente. Costumávamos ficar aqui o tempo todo, rindo, brincando, subindo em árvores e nadando. *Tanta coisa mudou*, penso.

— Eles estão apenas curiosos — Mo contemporiza.

Ela distribui sanduíches, para os quais olhamos sem entusiasmo. Drummer atualiza a tela do celular a cada poucos segundos e lê para nós comentários e notícias sobre Violet por meio da hashtag #EncontreViolet.

— Alguma novidade? — pergunto. Não nos falamos desde que ele desligou na minha cara.

— Nada de novo — ele responde sem levantar os olhos.

Luke anda à beira da água, sua expressão sombria, os olhos pétreos. Ele pula sobre uma pedra lisa do rio.

— Pelo menos ninguém está falando sobre a porra do incêndio. Mo bufa.

Drummer levanta os olhos da tela.

— Por que ninguém encontra Violet? — ele questiona.

Inclino a cabeça, estudando-o. Drummer é um ator terrível, o que significa que ele realmente não sabe onde ela está, mas como pode ser assim? De quem era o sangue em suas roupas, senão o de Violet? Mas se Drummer não a machucou e a levou a algum lugar, então quem fez isso?

Mo tenta aliviar o clima.

— Lembram a vez que Violet levou os poodles ao cinema e disse ao gerente que eles eram cães consoladores?

— Não faça isso — Drummer estoura. — Sem memórias de Violet. Ela está desaparecida, ela não *morreu*.

Mo começa a chorar, e todos nós encaramos Drummer sem palavras.

Ele passa o dedo no celular repetidamente, atualizando o feed que transmite as notícias mais rápido do que a televisão.

— Isso... Isso não é real.

Ele se encolhe e abaixa a cabeça entre as mãos. Luke anda, impotente, e Mo e eu observamos os meninos, sem saber o que fazer.

Por alguma conexão não dita, nós quatro voltamos a ficar juntos, atraídos como ímãs, e nos sentamos com nossas cabeças se tocando.

Costumávamos criar círculos da verdade como esse quando éramos crianças. Dávamos as mãos, tocávamos as cabeças e fechávamos os olhos. Tudo o que disséssemos, confessássemos ou admitíssemos tinha de ser verdade e ninguém tinha permissão para reagir. Foi assim que descobrimos que a mãe de Luke usa drogas.

Pouco a pouco, nossas mãos se unem. Mo fala primeiro:

— Tenho pensado muito sobre o que Hannah disse. O momento do desaparecimento de Violet é suspeito. Isso nos torna todos suspeitos.

Nós nos encolhemos coletivamente, mas ninguém ataca, ninguém vai embora. Uma vez fomos unidos por nosso amor; agora estamos unidos por nossos segredos, e temos que enfrentá-los.

— Mas todos nós amamos a Violet — Mo continua. — Então, tem que ser estranhos, perseguidores ou ladrões, não é?

— Ladrões? — Drummer bufa. — Dinheiro foi roubado, sim, mas eles deixaram para trás toda a merda de valor.

— Eles roubaram *Violet*! — Mo chora.

Ele prende a respiração e o círculo se fecha.

— Alguém estava perseguindo ela? — Luke me pergunta. — Algum estranho seguindo as redes sociais dela?

Dou de ombros.

— Não, elas são todas privadas. Seus pais colocaram isso na cabeça dela desde que era criança.

— Eles devem querer mais dinheiro — Mo fala. — Eles a levaram para pedir resgate.

— Mas ninguém pediu dinheiro — Luke rebate. Ele limpa a garganta. — E você, Hannah? Já recuperou a sua memória?

— Não. — Algo em seu tom é hostil.

Luke balança a cabeça, como se tivesse obtido a resposta que queria.

— É meio conveniente que você não consiga se lembrar. — Seus olhos escuros encontram os meus.

Não falo nada porque me lembro sim de algumas coisas, coisas muito ruins.

— Pare com isso — Mo responde. — Se vamos discutir isso, todos nós precisamos ser honestos. É hora de admitir, Drummer. Você e Violet estão namorando, não é?

A tensão chicoteia o círculo e Drummer se afasta, rompendo-o. Ele me encara e eu balanço a cabeça, porque nunca contei a Mo sobre sua confissão. Ela e eu apenas especulamos juntas.

Drummer se afasta do círculo da verdade, com os olhos arregalados.

— Eu não a matei.

Os lábios de Mo se abrem.

— Caramba, não disse que você fez isso.

Luke se separa. Seus olhos se arregalam, sua mandíbula aperta.

— Você está namorando Violet e não nos contou, porra?

O rosto de Drummer se contrai.

— Não queríamos que as pessoas soubessem.

A respiração de Luke acelera; suas bochechas coram. Ele faz um movimento circular com o dedo.

— Nós não somos "as pessoas". Ela está desaparecida há quase duas semanas. Como pôde esconder isso?

O lindo rosto de Drummer se contorce; seus olhos azuis brilham com lágrimas.

— Sinto muito.

Luke o encara. Com a cabeça raspada e traços esculpidos e furiosos, ele parece um estranho.

— Você estava lá, não estava? Você levou Violet.

— Não! Meu Deus, não! — Drummer olha para mim, apavorado, e então decide contar a verdade. — Quer dizer, sim, eu estava lá, mas quando saí ela... ela... — Ele não consegue terminar.

Mo abraça a si mesma.

— Meu Deus, Drummer!

Luke aperta a pele entre os olhos.

— Você estava... você sabe, *com* ela?

Nós entendemos aonde ele quer chegar: será que a amostra de sêmen pertence a Drummer?

Já sei a resposta para isso e vejo meu melhor amigo lutar para falar. Luke agarra Drummer e o sacode, fazendo seus dentes baterem. Mas conheço Drummer. Se ele não luta quando é inocente, certamente não lutará quando for culpado.

— Sim, eu estava *com* ela — ele admite.

Meu estômago afunda.

— E você não contou para a polícia! — Mo grita.

Drummer levanta as mãos para o alto e tenta recuar.

— Já disse pra vocês, eu não matei Violet.

— *O que* você fez com ela?

Lágrimas escorrem pelo rosto de Drummer. Ele limpa o nariz e se atrapalha com as palavras.

— Nada. Tivemos uma briga. Só isso.

Luke o empurra.

— Eles encontraram sangue no sótão. Você machucou ela?

Ele está tentando manter a voz baixa para que os jovens na praia, que estão nos encarando com mais atenção agora, não nos ouçam.

— Talvez um pouco — Drummer chora.

— Ai, meu Deus! — Mo exclama ofegante.

Luke se atira para cima de Drummer, levanta-o do chão e o joga de costas.

— Seu filho da mãe! Ela é a nossa amiga e você nos deixou acreditar que alguns malucos a estupraram e mataram quando o tempo todo era *você*!

Ele dá um soco no rosto de Drummer.

— Parem! — Mo berra.

Os adolescentes se aglomeram ao nosso redor, segurando celulares.

Pulo nas costas de Luke e ele me empurra para longe. Caio no rio raso, minha cabeça bate contra uma rocha e uma dor lancinante ruge em meu crânio. Mo corre para o meu lado e me ajuda a levantar. Nos jogamos na encosta da praia. Bati minha orelha também, e ela está dormente e zumbindo.

— Eu não... eu não sei o que aconteceu com ela depois que saí!

Drummer dobra o corpo e cobre a cabeça enquanto Luke o esmurra. Seu sangue respinga na camisa e no rosto de Luke.

— Pare, Luke! Você vai matar ele! — Mo se vira para mim. — O que nós fazemos?

Ela enfia a mão na bolsa em busca do inalador e dá duas inspirações profundas.

Mas Luke perde o ritmo quando percebe que Drummer não vai revidar. Ele arrasta o torso de Drummer do chão.

— Você é um saco de merda mentiroso.

Ele o joga vários metros abaixo da costa.

Mo respira fundo ao meu lado e eu recobro os sentidos.

— Vamos sair daqui — Luke grita para nós.

Todos nós nos distraímos quando uma viatura policial entra em alta velocidade no estacionamento.

— E agora? — Mo murmura.

Dois dos policiais do meu pai, Vargas e Chen, surgem e marcham em nossa direção. Drummer está na praia com sangue escorrendo do nariz, os ombros curvados.

— Recebemos uma ligação sobre uma briga — a policial Chen começa, acenando com a cabeça em direção ao rosto ensanguentado de Drummer.

— Ele caiu — Luke mente.

Nosso público adolescente recua com rapidez e Vargas suspira. Chen balança a cabeça para mim.

— Está tudo bem aqui, Hannah?

Antes que eu possa responder, Luke aponta duramente para Drummer.

Não faça isso, minha mente grita.

— Ele é o namorado de Violet — Luke declara com a voz rouca.

Chen fica tensa e muda seu olhar para Drummer.

— Você está namorando Violet Sandoval?

Luke não consegue calar a boca.

— Ele estava lá na noite em que ela desapareceu. Ele disse que a machucou. Ele acabou de admitir.

Mo balança a cabeça; seus lábios se abrem e tremem. Meus pés afundam ainda mais na lama do rio, e não posso acreditar que isso esteja acontecendo. Nosso círculo de proteção foi perfurado. Não somos mais cinco melhores amigos.

Chen balança de um pé para o outro e cutuca Drummer:

— Isso é verdade?

Drummer fecha os olhos com força, e sua pulsação aparece na garganta.

Vargas e Chen trocam olhares e, em seguida, Chen diz:

— Vamos precisar de mais informações. Venha para a delegacia conosco. Vamos lá.

Chen conhece Drummer desde que ele era criança e espera obediência enquanto se vira em direção à viatura estacionada.

Sob sua camisa molhada, o peito de Drummer sobe e desce rápido demais. Seus olhos ficam vidrados e seus músculos flexionam. Então ele faz um som de animal e corre.

— Drummer, não! — grito.

Chen grita por ajuda e sai atrás dele. O policial Vargas pula para se juntar a ela, mas Drummer é rápido, muito rápido. E está apavorado. Ele corre rio abaixo e atravessa para o outro lado, saltando sobre arbustos e pedregulhos, e então entra na floresta.

Ele tem uma vantagem inicial, e eu sei que os policiais não vão pegá-lo, não imediatamente — *vou morrer se eles me colocarem em uma jaula.* Ai, Drummer, exalo, pensando, você pode fugir de Vargas e Chen, mas não vai fugir da lei.

30

13 de agosto
Dias desde que Violet desapareceu: 11
15h

Mo e eu nos viramos para Luke.

— Por que diabos você fez isso? — ela questiona.

— Porque ele mentiu para nós, porra — ele responde, cuspindo no chão.

Monstros não deduram monstros é um dos nossos pactos, mas *monstros não mentem para monstros* também é. Nossa amizade foi destruída por segredos, mentiras e fogo. Começo a chorar, porque estou preocupada com Drummer e com a possibilidade de que ele leve um tiro na floresta. Luke se afasta, as mãos fechadas em punhos.

Limpo minha testa e meus dedos saem ensanguentados de onde bati minha cabeça na pedra. A visão do líquido vermelho me faz cambalear.

— Tenho que ir.

— Posso levar você? — Mo pergunta.

— Não, estou bem.

— Você não está bem, Hannah. — Ignoro Mo e subo o caminho em direção à caminhonete do meu pai. A voz de Mo me segue: — Ligue se ficar sabendo de alguma coisa sobre Drummer!

— Ligarei.

Meu celular toca logo depois que chego em casa. É meu pai, parecendo preocupado.

— Você viu Drummer? Ele está aí?

— Não, ele não está aqui.

226

Ele abaixa a voz.

— Quando perguntei se Violet estava saindo com alguém, você disse que não.

Meu peito se aperta.

— Drummer mentiu pra mim, pai. Eu não sabia. — Isso é verdade, a maior parte.

— Ele mentiu para nós também, filhota, e agora temos motivos para coletar o DNA dele. Se corresponder à amostra que coletamos, ele pode ser o agressor dela. Tranque as portas. Não o deixe entrar.

Pulo da cadeira reclinável do meu pai.

— Isso é loucura, pai. Só porque eles estavam namorando não significa que ele a matou. — *Não de propósito*, acrescento na minha cabeça.

Ele solta um longo suspiro do outro lado da linha.

— Ainda estamos investigando, mas você deve se preparar.

— Você está jogando verde... por quê? — Fecho a boca assim que falo isso, porque sei a resposta. Violet planejou nos denunciar.

— Drummer estava na foto de Mo no lago Gap e ela mentiu para nós sobre estar lá no dia sete, o que torna Drummer outro suspeito no caso de incêndio criminoso — ele responde. — Os agentes do FBI acreditam que os dois casos estão relacionados de alguma forma, o que explica por que não houve pedido de resgate.

Caralho. Os agentes estão traçando as linhas, seguindo as pistas, conectando os pontos. Mas eles sabem sobre a mensagem condenatória final de Violet? Acho que não, ainda não.

— Olha — ele fala, parecendo cansado. — Liguei porque os agentes especiais querem conversar com Drummer para descartá-lo como suspeito. Você sabe onde ele está?

Descartá-lo? Nós dois sabemos que isso é besteira. A esperança de um investigador nunca é *descartar* ninguém. Não, o FBI quer acertar o possível suspeito que machucou Violet e está de olho em Drummer. Nada que eu diga vai mudar isso.

Minha frequência cardíaca dispara.

— Nã... não, não sei, mas ele nunca machucaria Violet.

Vejo Drummer chorando na minha mente, sua confissão de que arrancou sangue, que a machucou *um pouco*, mas não posso revelar nada até entender como estou envolvida. Se eu testemunhasse um assassinato ou agressão, poderia estar em perigo, e se não fizesse nada para impedir Drummer poderia ser considerada cúmplice. Agora, mais do que nunca, preciso saber o que aconteceu naquele sótão.

— Tenho que ir — papai avisa. — Ligue se tiver notícias dele. — Ele desliga.

Entro na picape do meu pai e passo horas dirigindo por Gap Mountain, procurando Drummer como as pessoas procuram por cachorros perdidos. Quando volto para casa, abro um refrigerante e o bebo na varanda da frente, pensando. Acredito que Drummer está falando a verdade sobre não saber o que aconteceu com Violet depois que ele a atacou. É típico dele cometer um erro e depois fugir. E é típico de mim correr para protegê-lo.

— Ah, não! — Meu estômago embrulha e se contorce. Pulo para a frente e vomito refrigerante no gramado do jardim. E se vi Drummer matá-la e depois *eu* movi o seu corpo? — Por favor, não — sussurro para mim mesma. — Não, não, não.

Com as mãos tremendo, olho para o local vazio na garagem onde meu jipe normalmente estaria estacionado. A hipnoterapia pode demorar um pouco para funcionar e preciso de respostas agora. Limpo meus lábios, pego o celular e ligo para o meu pai.

— Estou pronta para ver o meu carro — falo de uma vez só.

— Hannah, estou ocupado.

Balanço a minha cabeça.

— A psicóloga recomendou que eu desse uma olhada. Ela disse que poderia me ajudar a recuperar minha memória. Por favor. Onde ele está?

Ele concorda, mas insiste em ir comigo. Vinte minutos depois, ele entra pela porta da cozinha.

— Não tenho muito tempo.

— Tudo bem.

— Aqui — ele fala, entregando-me uma pequena caixa de cedro. — O veterinário entregou isto na delegacia esta manhã. São as cinzas de Matilda.

Meu corpo oscila, e nós dois começamos a chorar.

— Obrigada — sussurro. — Onde devemos colocá-la?

— Acho que sobre a lareira.

Outros cachorros foram enterrados na propriedade, mas Matilda morreu salvando a minha vida, então acho que ela deve ficar dentro de casa.

— O.k.

Abro a caixa e vejo o que sobrou da minha amada cachorra: um saco plástico cheio de cinzas. Fecho a tampa, beijo a caixa e a coloco delicadamente sobre o console de madeira. Então calço os sapatos, pego minha bolsa e subimos na caminhonete do meu pai.

Um jovem animado nos encontra na oficina e nos leva até o meu carro. Ele não consegue esconder os olhares, notando a minha tipoia, as bandagens e meu rosto cheio de cicatrizes, e sinto minhas boche-chas corarem. Pareço uma aberração. Pelo menos esse cara sabe o que aconteceu comigo, mas os garotos da faculdade não terão ideia.

— O urso te pegou de jeito — ele observa. — O que você tinha naquele banco de trás, uma caça fresca?

— O quê? — pergunto de maneira brusca.

Ele recua, olha furtivamente para o meu pai andando à nossa frente e abaixa a voz:

— A última vez que vi estragos assim foi quando essas pessoas de fora da cidade ensacaram um veado recém-morto e colocaram a car-caça na traseira do carro. O sangue e a carne funcionaram como o sino do jantar para um urso-preto. — Ele estala a língua, tipo *o que você vai fazer*?

— Eu tinha sobras de ensopado de carne no banco de trás — respondo.

Ele me olha, porque nós dois sabemos que deixar sobras em um carro é tão idiota — se não ainda mais idiota — quanto deixar uma carcaça de cervo ensanguentada.

— Você tem sorte de estar viva — ele acrescenta em tom concilia-dor. — Aquele animal destruiu seu carro, tipo totalmente. — Ele faz um barulho de explosão e aponta à minha frente. — Aí está.

Paro e recupero o fôlego. As primeiras coisas que noto são qua-tro marcas profundas de garras cortando a tinta vermelha.

Papai faz uma pausa e se vira para mim.

— Hannah, você está bem?

— Estou.

Eu me inclino para a frente, como se o urso ainda estivesse preso dentro do carro. A capota preta macia está rasgada e dobrada em torno da barra de segurança. Uma onda de náusea toma conta de mim, mas sigo em frente e dou uma espiada dentro do carro.

— Ah!

O forro interno e a espuma estão em frangalhos. O banco do passageiro está em más condições, os encostos de cabeça estão arrancados e o banco de trás está preso a tiras. Sujeira e manchas de saliva seca mancham o tecido. Tufos de pelo preto cobrem tudo. Há marcas de dentes no volante.

Minha respiração acelera quando me lembro do rosnado, da força de ser derrubada, arrastada, e da fúria do urso.

— Por que ele simplesmente não pegou a comida e foi embora? — sussurro.

O urso atacou o interior do meu carro como se fosse um inimigo.

Papai esfrega o queixo.

— O controle de animais acredita que o recipiente da comida quebrou e espirrou no banco de trás. Enquanto o urso procurava os restos, a porta do carro deve ter se fechado, prendendo ele lá dentro. A maior parte desse dano é ele tentando *sair*, não entrar. Até que por fim a porta se abriu e ele escapou. Não temos certeza se você foi atacada antes ou depois disso. A autópsia mostrou que o urso estava morrendo de fome.

— Autópsia? — O jovem questiona, claramente impressionado, e nós dois olhamos para ele como *Você ainda está aqui?* Ele entende a indireta e nos deixa examinar o carro sozinhos.

— Aquele cara está certo. Tenho sorte de estar viva.

— Você foi inteligente ao subir na lata de lixo à prova de ursos — papai comenta. — Você se salvou.

— Estou meio feliz por não me lembrar.

Ele respira fundo e coloca o braço em volta de mim enquanto olhamos para o carro.

— Por que você não bisbilhota e se certifica de que pegou todas as suas coisas antes que eles reboquem o carro? — ele sugere. — Vou falar com as pessoas que estão lá dentro, informar que podem transportá-lo para a pilha de sucata amanhã.

— O.k.

Ele sai e eu vou para o lado do passageiro para abrir o porta-luvas. Dentro estão meus óculos de sol, meu registro, alguns tampões e papéis velhos. Pego os óculos escuros e deixo o resto. Verificando sob os bancos da frente, encontro algumas moedas e embalagens de canudo. Quando chego ao fundo, tropeço me lembrando de quando coloquei a comida no banco de trás.

Inclinando-me mais para dentro do carro, tento me lembrar mais. Ensopado de carne mancha o carpete e algumas gotas vermelhas borrifam o banco de trás. É sangue de urso? Minha pulsação acelera e meu peito aperta de maneira desconfortável. Algo brilhante cintila sob o banco de trás. Forço o banco do passageiro para a frente para que possa me inclinar mais para dentro, minha mão tentando alcançar, tentando...

Meus dedos pousam em um pequeno objeto que é duro e frio ao toque. Eu me estico mais e meu braço longo me ajuda a agarrá-lo e puxá-lo dali. Quando vejo o que é, sufoco um grito e o solto. Ele se espalha no asfalto, brilhando ao sol da tarde.

Olho em volta procurando meu pai, mas ele está dentro da loja e não presta atenção.

Ninguém está me vigiando. Ninguém vê o que encontrei no meu carro. Eu me curvo, pego e estudo o objeto mais de perto. Sim, é o que eu acho que é, e uma luz branca passa pelos meus olhos, cegando--me por um momento. Coloco o metal elegante no bolso e respiro lentamente.

É o colar Tiffany de Violet, a corrente de elos e o pingente circular com a letra *V* gravada. Esse colar está listado como um dos itens que ela foi vista usando pela última vez. É sua joia favorita, e ela nunca a tira.

Como isso foi parar no meu carro?

31

**15 DE AGOSTO
DIAS DESDE QUE VIOLET DESAPARECEU: 13
18H30**

Dois dias depois, permaneço em um estado maníaco por causa do colar, porque ele confirma minha teoria crescente: a de que testemunhei o assassinato de Violet e, em seguida, movi seu corpo para proteger Drummer de ser pego. Sou uma amiga muito boa ou muito fodida, e o fato de não ter certeza de quem sou é confuso pra cacete. Eu me pergunto se o sangue no meu banco traseiro também é de Violet. Deus! Esfrego os olhos, exausta. Deveria entregar o colar, sei disso, mas não posso; não até ter certeza do que Drummer fez com ela.

Papai está trabalhando até tarde de novo esta noite, então me sento no sofá com o colar de platina de Violet enrolado em meus dedos. Lágrimas ardem em meus olhos enquanto acaricio a letra V e penso em palavras bonitas que começam com V, como *valente*, *vivaz* e *vitoriosa*, e palavras terríveis como *vingativa*, *violenta* e *vanecer*. Eu o mantenho na minha gaveta de cima, mas preciso de um lugar melhor para escondê-lo.

Olhando ao redor da sala de estar, meus olhos pousam na caixa de cinzas de Matilda. Ninguém jamais procuraria ali, e como amo as duas, abro a caixa de cedro e coloco o colar dentro, juntando a minha cachorra a uma das minhas melhores amigas. Elas farão companhia uma à outra. Sinto frio ao fazer isso, e horror. Enterrar esse colar é como enterrar Violet — sei que é errado, que estou escondendo evidências —, mas faço isso, fecho a caixa e, em seguida, corro de volta para o sofá. Meu coração galopa como se eu tivesse acabado de correr um quilômetro.

Está feito. Posso retirá-lo dali a qualquer instante.

Faço uma xícara de café fumegante e me sento para assistir à televisão, porque deve haver notícias de última hora sobre o caso de Violet. Eu me pergunto se eles encontraram Drummer. Ele está desaparecido há *dois dias*!

Uma apresentadora abre o programa com as novidades:

> O Sistema Automatizado de Impressão Latente da Califórnia, conhecido pelas autoridades policiais como ALPS, identificou as impressões digitais coletadas da janela do sótão de Violet Sandoval na manhã de hoje.

Eu me inclino para a frente e lambo os lábios. É isso: eles vão mencionar Drummer.

> As impressões corresponderam positivamente a Lucas O'Malley, um amigo próximo da garota desaparecida. A força-tarefa especial liderada pelo xerife Robert Warner fez uma declaração no final desta tarde.

Meu coração falha. Luke?

A tela corta para um clipe do meu pai falando sobre as evidências. Aumento o volume.

> Questionamos e liberamos Lucas O'Malley hoje como uma pessoa de interesse no caso de Violet Sandoval, e executamos mandados de busca e apreensão em seu local de residência. Posso confirmar um segundo suspeito, Nathaniel Drummer, que permanece foragido esta noite. Acreditamos que o líquido seminal coletado no sótão corresponderá positivamente ao de um desses homens. Se você tem conhecimento do paradeiro de Nathaniel, ligue para o número na tela.

A bela imagem de Drummer pisca na tela junto com o número.

Após o anúncio do meu pai, os apresentadores entrevistaram uma advogada, que explica por que não houve nenhuma prisão oficial no caso de Violet:

— É simples — ela explica. — Não há nenhum corpo. Nenhuma vítima. Nenhuma maneira de provar que um assassinato foi cometido.

Abaixo o volume da televisão, agarro a minha cabeça e balanço para a frente e para trás. Luke não se encaixa na minha teoria de forma alguma. Do que não estou me lembrando daquela noite? Drummer admitiu que estava lá e que machucou Violet o suficiente para tirar sangue, e eu sei que ela acabou no meu carro. Mas talvez ele não a tenha matado. Talvez Luke tenha. Se ele fez isso, como estou envolvida? Não consigo explicar nada disso.

Ligo para o telefone fixo de Luke, e seu irmão mais novo atende:

— Alô?

A televisão deles murmura ao fundo e, em algum lugar fora do trailer, uma criança grita e chora.

— Oi, Aiden, o Luke está em casa? É a Hannah.

— Oi, Hannah! — Deixei Aiden ir comigo na viatura policial durante o desfile de 4 de julho em Gap Mountain neste verão, e desde então passei a ser sua pessoa favorita. — Espere um pouco. *Luke, telefone!*

A voz de Luke estala ao fundo:

— Que porra é essa, Aiden, não diga a ninguém que estou aqui.

— Mas é a Hannah.

Luke expira e então sua voz raivosa soa na linha:

— Você está ligando porque se lembra?

— Lembra do quê?

— Caralho — ele sussurra.

— Lembra do quê, Luke? Por que você invadiu o sótão? Eles te prenderam?

— Ainda não. Olha, vou dizer isso uma vez: quando você finalmente se lembrar do que viu, não diga porra nenhuma. Você entendeu? Não conte a ninguém.

— O que eu vi? — Estou tão frustrada que quero gritar.

— Quando se lembrar, você entenderá.

— Luke, por favor, estou muito confusa. Posso nunca mais ter a minha memória de volta. Por que você não me conta?

Luke fica quieto e todo o seu tom muda.

— Esta linha pode estar grampeada.

Suas palavras me pegam desprevenida.

— O que você quer dizer com isso?

— Quero dizer que a porra do FBI pode ter um mandado para ouvir as minhas ligações. Eles estão construindo um caso, Han. Tenho que ir. Não me ligue de novo. Tipo, nunca. — Ele bate o telefone fixo.

Nunca? Coloco meu celular no bolso, o coração batendo forte. Meu Deus, Luke estava lá também, com Drummer? Imagino os meninos enfrentando Violet, a teimosia dela e o temperamento de Luke. Puta merda! O que eles fizeram com ela?

Ligo para Drummer, mas ele ainda está "foragido" e a chamada cai direto na caixa postal. Helicópteros estão sobrevoando a floresta há dois dias, há um alerta geral para ele e os policiais estão usando cães para farejá-lo. É apenas uma questão de tempo até que seja pego.

Fico olhando para a TV, paralisada enquanto a cobertura de imprensa mostra detetives invadindo o trailer de Luke e a casa de Drummer hoje cedo, retirando sacos lacrados de evidências. Drummer não tem ideia da sorte que ele teve por eu ter queimado as suas roupas.

Meu pai colocou um policial fora de sua casa 24 horas por dia, sete dias por semana, para o caso de Drummer tentar voltar. Repórteres assediam sua família e *sete* ex-namoradas se apresentaram para falar à imprensa. Embora elas admitam que Drummer nunca as machucou fisicamente, surge a imagem de um adolescente bonito e imprudente que usava garotas para o prazer sexual e depois as largava. Não posso exatamente negar a precisão disso.

A imprensa, junto com os investigadores, começa a examinar a família Sandoval de maneira minuciosa, como se sua riqueza os tornasse de alguma forma culpados pelo desaparecimento de Violet. Seus pais se retiram em isolamento enquanto as imagens de seu estilo de vida luxuoso tomam um rumo sombrio. Em vez de mostrarem Violet como uma garota comum, com atividades como andar a cavalo, passam a exibir fotos de seus pais tomando coquetéis em locais exóticos, entrando e saindo de limusines e jatos particulares, e parecendo poderosos, com seus óculos escuros de grife e um profundo bronzeado caribenho, enquanto viajam pelo mundo *sem* Violet, deixando-a em uma cidade em mau estado, com uma avó excêntrica e crianças locais questionáveis.

Lulu Sandoval não se esquiva da imprensa. Ela faz declarações em sua varanda enquanto repórteres a cercam, e declara com veemência que a força-tarefa especial buscando Violet não passa de "um grupo de idiotas incompetentes".

Supostamente, devo ir para a faculdade em menos de duas semanas, mas é a última coisa na minha mente. Tudo o que quero é lembrar o que aconteceu naquela noite.

O noticiário corta para outros programas, e então alguém bate na minha porta. Não estou vestida para receber companhia, usando um short jeans, uma camiseta do lago Gap enorme e sem sutiã. Achando que deve ser Mo, abro a porta sem olhar primeiro pela janela lateral. Dois estranhos bem-arrumados estão na minha varanda, e, mesmo sem uma apresentação, sei quem são.

São os agentes especiais do FBI.

32

15 DE AGOSTO
DIAS DESDE QUE VIOLET DESAPARECEU: 13
19H05

— Hannah Warner, sou o agente especial Hatch e este é o agente especial Patel — o mais alto dos dois homens se apresenta. Ele mostra seu distintivo. — Podemos fazer algumas perguntas?

Fico olhando por um segundo enquanto um estremecimento passa pelo meu corpo. *Puta merda, o FBI está na minha casa!*

— Entrem — respondo, convidando-os para a cozinha. — Vocês aceitam um café?

— Não, obrigado — Hatch responde pelos dois.

Eu me pego sorrindo para eles. Pare de sorrir, Hannah. Eles são *agentes especiais*, não princesas da Disney. Sento-me à mesa com eles, meus joelhos balançando. Eu me sinto como se estivesse em um filme.

Hatch olha para a tipoia em meu braço e os cortes no meu rosto.

— Um urso, hein?

Minhas mãos se agitam e tocam as feridas.

— Sim, é parte da vida na floresta. São pragas, como guaxinins, só que maiores. — Minha risada é muito aguda, e eu a interrompo com uma tosse.

Um sorriso surge no rosto de Hatch quando ele abre sua pasta e retira um caderno e uma caneta. O outro agente prepara um gravador.

— Você se importa se gravarmos esta entrevista? — Hatch pergunta.

— Vão em frente. — Meus olhos se voltam para a caixa de cedro no console da lareira, que é visível da mesa da cozinha. O colar de

Violet está lá, misturado com as cinzas de Matilda. Se os agentes soubessem... Eu me viro para Hatch. — Meu pai sabe que vocês estão aqui?

Ele cruza os dedos sob o queixo, fechando o punho.

— Srta. Warner...

— Hannah. Podem me chamar de Hannah.

Ele concorda com a cabeça e continua:

— Hannah, estamos agindo em conjunto com o departamento do xerife de Gap Mountain na busca por sua amiga Violet. Seu pai e seus policiais são pessoalmente familiarizados com todos os envolvidos no caso dela, e essa... subjetividade... pode levar a suposições falsas, cegueira nos casos e erros.

Solto o ar.

— O.k.

— Seu pai nos autorizou a questionar todos os suspeitos e testemunhas em potencial que são pessoalmente conhecidos por ele ou por seus policiais.

Não tenho certeza se Hatch respondeu diretamente à minha pergunta, mas concordo com a cabeça porque quero ouvir mais.

— Podemos começar? — Hatch questiona.

— Claro.

Ele clica sua caneta e a posiciona sobre o papel. O agente Patel aperta o botão Gravar na máquina, e então os olhos escuros de Hatch encontram os meus.

— Estes são os agentes especiais Hatch e Patel conversando com Hannah Warner em sua casa. — Ele recita meu endereço, a data e a hora.

Então ele olha diretamente para mim.

— Quero que saiba que não está presa ou sob suspeita, Hannah, e que está livre para encerrar esta entrevista a qualquer momento. Temos algumas perguntas com as quais você pode nos ajudar, mas que você não tem que responder. Você entende isso?

Começo a ficar inquieta. Assim que alguém diz que você não está presa, você se sente como se estivesse.

— Entendo.

— Você está disposta a falar conosco?

— Sim, o.k.

Percebo que Hatch tem unhas e cutículas imaculadas. Olho para as minhas, vejo que foram roídas até o sabugo e as escondo debaixo das minhas pernas.

Hatch se inclina para a frente, seu rosto sombreado pela luz fraca acima da sua cabeça.

— Recentemente, descobrimos uma mensagem enviada por sua amiga Violet Sandoval no dia dois de agosto, a noite em que ela desapareceu.

Seu pingente aparece na minha mente — *V* de *vanecer* — e meus joelhos param instantaneamente de pular. Minha respiração deixa meu corpo em um pequeno suspiro espontâneo.

Ele continua.

— Os destinatários dessa mensagem são Lucas O'Malley, Nathaniel Drummer, Maureen Russo e você.

— É? — mantenho minha voz firme, meu rosto imóvel. Não posso reagir a isso mais do que já o fiz. Meu cérebro zune com ferocidade.

Hatch continua.

— Este é o conteúdo da mensagem. Você poderia ler em voz alta, por favor?

Ele vira o bloco de papel para mim e aponta a caneta para uma frase. Aperto os olhos, embora possa ver perfeitamente.

— Claro, hã, aqui diz: *amanhã vou contar tudo para a polícia.*

— Este é o seu número de telefone celular? — Ele puxa uma outra folha de papel, um relatório que inclui cinco números de celulares, e aponta para um que reconheço como meu.

Cada músculo do meu corpo formiga. Percebo que esses homens estão caçando e estão atrás de mim.

— Sim — respondo.

— Você recebeu esta mensagem de Violet Sandoval no dia 2 de agosto, aproximadamente às oito e vinte e cinco da noite?

Meu olhar desliza em direção à lareira onde reside o colar de Violet, e eu o arrasto forçosamente de volta para a cozinha. *Fique calma, Hannah. Eles sabem que você recebeu a mensagem, mas não podem provar que você a leu.*

Minha mente se lembra do que consegue sobre aquela noite. Passei com o carro por cima do meu celular logo após a chegada da mensagem e, mais tarde, meu pai o encontrou e jogou fora. Meu celular se foi há muito tempo, enterrado em um aterro sanitário em algum lugar, e as companhias telefônicas não seguram as mensagens apagadas por muito tempo mesmo. Esses agentes podem estar tentando me enganar, então respondo à pergunta com a maior segurança possível.

— Não, quero dizer, não me lembro. Deixei cair meu celular e acidentalmente passei com o carro por cima dele. Não tenho certeza se recebi essa mensagem.

Hatch se recosta na cadeira, me estudando. Patel franze a testa e observa meu rosto, meus ombros e a minha postura.

Respiro. Eles estão jogando a rede, só isso. Ao permanecer em silêncio, eles estão tentando me fazer falar, revelar.

Depois de um minuto inteiro, Hatch quebra o silêncio primeiro. Ele escreve uma nota e muda de rumo.

— Você sabe a que informação Violet estava se referindo em sua mensagem? Você sabe o que ela planejava contar à polícia?

— Não sei — respondo, adicionando um dar de ombros. — E não quero adivinhar.

As sobrancelhas de Hatch se unem.

— Ela é um dos monstros, correto? Um grupo de amigos localmente conhecidos assim formado por Luke, Drummer, Mo e você?

— Isso mesmo. — Este agente fez sua pesquisa.

— Como melhores amigos, vocês cinco compartilhavam segredos?

Minha raiva aumenta quando penso no relacionamento secreto de Violet e Drummer.

— Na verdade, não — respondo.

Hatch parece surpreso.

— Nosso grupo não tinha segredos — explico.

— O que você quer dizer com "não tinha"? — ele questiona. — Algo mudou?

Minha voz chia.

— Não, quero dizer, nós sabemos tudo um sobre o outro.

Perdi minha firmeza, e Hatch sente isso.

— A mensagem de texto de Violet sugere que ela tinha um segredo, um bem grande, algo que interessaria ao departamento do xerife.

— Humm — falo de maneira pensativa.

— Você é a melhor amiga dela e está me dizendo que *não tem ideia* do que era? — Seu rosto está incrédulo.

— *Uma* das suas melhores amigas — eu o corrijo.

Ele se recosta e junta os dedos.

— Você entende que estamos tentando *encontrar* Violet, Hannah? Qualquer coisa que você nos contar pode levar ao seu retorno seguro.

Boa técnica: faça-me pensar que estou ajudando enquanto acabo implicando os meus amigos ou a mim mesma.

— Eu sei; estou tentando ajudar — replico. — Só não tenho ideia do que ela estava falando.

Patel limpa a garganta e me olha com mais atenção. Minha boca fica completamente seca.

Hatch faz outra pergunta.

— Você acredita que Violet tinha informações relacionadas ao Incêndio Gap?

— Ao incêndio? — gaguejo, fingindo surpresa. — Não. Quer dizer, nada que a polícia já não saiba.

— Certo — Hatch prossegue, consultando suas anotações. — Você e Violet estavam cavalgando na floresta quando viram a fumaça, mas não viram como começou. Correto?

Isso é o que eu disse ao meu pai, então concordo.

— Isso mesmo.

— É possível que Violet tenha visto quem começou o incêndio florestal no dia sete de julho?

Minha resposta é imediata:

— Não.

Ele me observa e eu me forço a respirar de um modo estável. Seja quem for que inventou a língua, essa pessoa nos fez um favor ao criar a palavra *não*. É simples, direta e difícil de estragar. É perfeita para mentir.

Hatch pigarreia.

— Sim, você declarou isso em sua entrevista gravada, mas Violet desapareceu na noite anterior a dar seu depoimento oficial. Você acha o momento disso estranho? Ou o fato de que ela mandou uma mensagem para os amigos e disse: *amanhã vou contar tudo para a polícia*? O que você acha disso, Hannah? Você acha que ela tinha informações que algumas pessoas poderiam querer manter em sigilo?

Ele está me bombardeando com perguntas, e seus olhos perfuram os meus enquanto ele espera pacientemente por uma resposta.

O velho relógio do meu pai na parede da cozinha marca o tempo como um batimento cardíaco. Puxo minhas mãos de debaixo das pernas e as entrelaço. O.k, uma pessoa razoável admitiria que o momento do desaparecimento de Violet combinado com a sua mensagem é suspeito.

— Sim, acredito que você pode achar estranho, mas não me lembro de ter visto a mensagem, então esta é a primeira vez que ouço sobre isso. — Suor frio rola lentamente das minhas axilas em pequenos rios. Sinto e cheiro isso.

Hatch dá uma olhada em seu papel.

— A avó de Violet relatou seu desaparecimento quatro horas depois de Violet enviar a mensagem. Três dos destinatários da mensagem são suspeitos de incêndio criminoso no caso do Incêndio Gap, e dois deles são suspeitos do desaparecimento de Violet. Você acredita que isso é uma estranha coincidência? — Ele inclina a cabeça.

— Sim — respondo com voz rouca.

— Não acredito em coincidências, Hannah. Para mim, parece suspeito.

Não respondo e ele não espera, apenas segue em frente.

— Seria razoável concluir que todos que receberam a mensagem estão envolvidos no desaparecimento de Violet, incluindo você?

Ele me encurralou em um canto e, embora eu tenha previsto, me contorço.

— Bem, sim, você poderia tirar essa conclusão, mas não seria verdade. — Fecho a boca. Quanto menos falar a partir deste momento, melhor.

Hatch consulta seu bloco de papel.

— Sua amiga Maureen Russo é a única destinatária da mensagem de texto que tem um álibi para as horas em que Violet desapareceu.

Eu me inclino para trás, esperando por uma pergunta.

Hatch e Patel trocam um olhar.

— Hannah, onde você estava na noite de dois de agosto entre as oito e vinte e cinco e meia-noite, quando seu pai encontrou você escondida na lata de lixo à prova de ursos?

Não esperava que a mesa virasse tão rapidamente.

— Eu... Eu não sei. Não consigo me lembrar.

Hatch solta os dedos e dá uma olhada em suas anotações.

— Nós também não sabemos, Hannah. — Ele dá um sorriso infantil que é incongruente com seus traços de falcão. — Você é uma mulher difícil de rastrear. Seu carro foi rebocado para um ferro-velho, seu celular foi jogado fora e as filmagens do circuito de segurança não revelaram um avistamento do seu veículo em nenhuma das estradas principais de Gap Mountain, e, no entanto, você deve ter ido a algum lugar naquela noite se passou por cima do seu celular.

Pisco rapidamente.

— Isso é uma pergunta?

Ele grunhe baixinho e Patel se inclina para a frente. Eles querem me comer viva, eu sei disso, mas estão pisando devagar. Meu estômago se agita e as minhas pernas se contraem. Puxo uma mecha do meu cabelo.

— Pensei que você tinha dito que não sou uma suspeita.

Hatch sorri outra vez.

— Estamos tentando excluir você, Hannah.

Sorrio de volta. *Claro, vocês estão sim, porra*. Como filha do xerife, sei o jogo que eles estão jogando.

Os agentes especiais me observam por mais um minuto e meus joelhos começam a balançar de novo. Eles estão frustrados, o que é bom, mas também estão muito, muito próximos da verdade. Decido oferecer uma teoria alternativa.

— Talvez Violet tenha se matado.

Ambos os homens se inclinam para a frente, seus olhos intensos. Hatch examina meu rosto.

— Você acredita que Violet está morta?

— Oh, eu... eu não sei. — Merda, o que foi que fiz? Por que abri minha boca grande?!

Patel se intromete.

— Não dissemos nada sobre a vítima estar morta.

— Você acabou de chamá-la de vítima.

Hatch lança um olhar irritado para Patel.

— Por que você acredita que Violet pode ter se matado, Hannah? Ela estava chateada com alguma coisa?

Esfrego meu rosto, sentindo-me derrotada e cansada. Não posso dizer a eles por que Violet estava chateada — que ela não conseguia viver com a culpa. Não posso contar que ela brigou com Drummer.

— Não sei por que falei isso — admito para os agentes. — Só que... tem que ser suicídio ou acidente.

— Você parece ter certeza de que Violet está morta — Patel observa.

— O quê? Não. Quer dizer, ela poderia estar, mas não sei. Acredito que ela está viva. — Estou tropeçando na minha língua, parecendo culpada pra caralho. Esses agentes estão colocando palavras na minha boca!

Hatch fecha seu bloco de notas.

— Operamos com base nas evidências, Hannah, não em crenças.

O sangue sobe para as minhas bochechas. *Sei disso.*

— Isso conclui a nossa entrevista — Hatch avisa, recostando-se. — Obrigado pelo seu tempo, Hannah. Ligue para nós se lembrar-se de algo útil. — Ele enfatiza a palavra *útil* e, em seguida, me entrega seu cartão. — Boa noite.

— Boa noite.

Enfio o cartão no bolso de trás, fecho a porta e respiro fundo. Sinto-me tonta e assustada e não acho que tenha me saído bem. Olho para as cinzas de Matilda que estão escondendo o colar da "vítima". Os agentes do FBI estavam sentados a metros de distância de algumas evidências cruciais e nunca souberam disso. O estremecimento retorna, fazendo meu estômago formigar.

Sei que deveria ter contado a eles sobre o colar — pelo bem de Violet —, mas não posso, não até falar com Drummer, não até entender como o colar foi parar no meu carro.

33

16 DE AGOSTO
DIAS DESDE QUE VIOLET DESAPARECEU: 14
20H

O conteúdo da última mensagem de Violet é divulgado na mídia na manhã seguinte. Os repórteres são rápidos em identificar os quatro destinatários e, como Mo, Luke e Drummer também são suspeitos do Incêndio Gap, a mídia chega à mesma conclusão que o FBI: que estamos envolvidos em um acobertamento. Mesmo que eu não tenha sido oficialmente nomeada como suspeita, um motivo convincente foi estabelecido: *quatro adolescentes desesperados e perigosos assassinaram sua melhor amiga para calar a sua boca.*

Os residentes de Gap Mountain fazem fila para ser entrevistados, e nosso apelido, *os monstros*, toma conta da imaginação do público. Seguem-se manchetes ultrajantes:

GAROTA DESAPARECIDA ASSASSINADA POR "MONSTROS"

HERDEIRA SANDOVAL SEQUESTRADA E ESTUPRADA POR INCENDIÁRIOS

GAROTA DESAPARECIDA DE GAP MOUNTAIN AMEAÇOU CONTAR TUDO

ADOLESCENTES "MONSTROS" MATAM AMIGA RICA PARA EVITAR ACUSAÇÕES DE INCÊNDIO CRIMINOSO

O único problema: não há corpo. Os mergulhadores vasculharam o lago Gap e não encontraram nada, e o lago é muito profundo para dragar.

Fotos nossas aparecem no noticiário — eu, envolta em bandagens como uma múmia; Mo, parecendo frágil e assustada; Drummer, exibindo seu lindo sorriso que agora parece malévolo; e Luke, um rapaz de dezessete anos com hematomas, cabeça raspada, rosto sério e olhos fundos escuros e vazios. Parecemos desesperados, malvados e capazes de matar.

Drummer está desaparecido há três dias. Mando mensagens sem parar: **NÃO SE ESCONDA. SE ENTREGUE. DEIXE QUE EU TE AJUDE.** Ele não responde. Ele provavelmente destruiu o celular.

Mo liga e começa a falar antes que eu possa dizer uma palavra:

— O FBI acabou de sair da minha casa.

— Oi para você também.

— Não posso acreditar nisso — ela continua. — Meus pais estão ficando loucos. As contas do meu advogado estão disparando. Os repórteres estão comendo na minha calçada. Porra.

— Sinto muito.

Minha casa fica no final de um caminho de cascalho de um quilômetro de extensão dentro da floresta. Não tenho certeza se é por isso que os repórteres estão ficando longe, se é porque meu pai é o xerife, por causa dos ursos selvagens agressivos ou porque sou a única monstro (além de Violet) que não foi implicada no Incêndio Gap.

Ouço Mo fechar a porta do quarto.

— Os agentes me perguntaram o que Violet ia contar para a polícia.

— É, eles me perguntaram isso também.

Deito no sofá, cercada por sacos de salgadinhos e latas de refrigerante vazias. Minha dieta foi para o saco desde que tudo isso começou. No console da lareira, a caixa de cinzas de cedro parece vibrar para mim, como se Violet estivesse dentro do recipiente nos ouvindo.

— Merda — reclamo, me debatendo e me levantando. — Espere aí, Mo.

Violet não pode me ouvir, mas isso não significa que ninguém está ouvindo! Rapidamente mando uma mensagem para Mo em seu celular descartável: **NÃO DIGA MAIS UMA PALAVRA. O FBI PODE ESTAR OUVINDO.**

Mo: **MAS QUE PORRA É ESSA? ISSO É LEGAL?**

Eu: **COM UMA ORDEM JUDICIAL, SIM, E VOCÊ É UMA SUSPEITA. VENHA AQUI EM CASA.**

Vinte e cinco minutos depois, o carro dela para na minha garagem. Eu a encontro lá fora.

— Vamos fazer uma caminhada.

Ela sai do carro e me segue por uma trilha que leva à floresta. Está vários graus mais frio aqui. As robustas sempre-verdes se erguem como peças de xadrez antigas, congeladas no lugar, presas em eterno xeque-mate enquanto vagamos entre elas.

— Você falou alguma coisa para os agentes?

Ela franze a testa.

— Não, mas não tenho certeza se nosso silêncio está nos fazendo bem. As coisas estão confusas.

— Elas estariam piores se a polícia soubesse a verdade.

— Acho que sim. Não acredito que ainda não encontraram Drummer. Você acha que ele está bem?

— Drummer tem nove vidas, juro. Eles o encontrarão ou ele vai aparecer logo. Quanto tempo você acha que ele vai durar sem gel de cabelo e uma escova de dentes?

Mo ri baixinho.

— Quando você começa a faculdade? — pergunto, desviando o assunto de Drummer.

— Você não soube? — Mo para perto de alguns abetos e esfrega os braços. — Larguei oficialmente minhas aulas do semestre. Não consigo me concentrar, o deslocamento me mataria, e cada dia tenho menos dinheiro para a faculdade. — Sua voz é gutural e ferida.

— Meu Deus, Mo... — Ela perdeu sua casa e agora isso. Não sei o que dizer. Eu mesma pensei muito pouco sobre a faculdade. Deveria comprar material escolar, não fugir de grampos telefônicos.

Mo suspira.

— É uma merda, mas estou bem. Estou viva, certo?

— É. — Tremo. Este se tornou nosso novo qualificador para um bom dia: a capacidade de respirar.

Mo abaixa a voz.

— Você acha que Violet está realmente morta, Han? Ele poderia... Você acha que Drummer matou Violet?

— Não de propósito — sussurro.

Mo se desfaz em lágrimas silenciosas e se inclina contra mim. Estou triste, mas também estou com medo. Às vezes vejo o corpo de Violet quando fecho os olhos — sua pele exangue, seus olhos vazios, os dedos rígidos enrolados como garras —, mas então minha mente foge dessa imagem e não me mostra o resto. Se testemunhei seu assassinato, acidental ou não, não posso deixar que Drummer ou Luke saibam que suspeito deles, e não posso contar ao meu pai, não sem revelar a verdade sobre o incêndio. Preciso descobrir isso sozinha. *Quando você finalmente se lembrar do que viu, não diga porra nenhuma*, Luke avisou. Meu Deus, eu poderia ser a próxima.

À distância, meus cavalos relincham pelo jantar.

— Vamos voltar, Mo. Preciso alimentar os cavalos.

Dizemos boa-noite na garagem e Mo dirige para casa. Dou uma corridinha para o estábulo, automaticamente segurando a porta aberta para Matilda, mas é claro que ela não vem, e uma nova dor inunda o meu coração. Deixo a porta do estábulo bater e me arrasto em direção ao armazém de feno.

Sunny relincha, sacudindo a cabeça, e Stella levanta as orelhas. Pistol trota de seu curral para sua baia e chuta a parede com a perna de trás.

— O jantar está vindo — resmungo.

Estou com pouco feno e faço uma anotação mental para comprar mais enquanto empurro o carrinho de mão em direção às baias. Os cavalos me observam com atenção, ficando mais animados quanto mais perto eu chego. Sunny gira em círculos.

Alimento-os rapidamente e meus cavalos ficam felizes, mastigando feno, sem compreender o mundo ao redor. Eles não têm ideia de quem é o presidente, que um vírus pode acabar com o mundo ou que Violet está desaparecida, e eu os amo por isso.

Uma sombra se move atrás de mim e eu recuo. Uma mão suja cobre a minha boca. A voz de um homem sussurra em meu ouvido:

— Não grite.

34

16 DE AGOSTO
DIAS DESDE QUE VIOLET DESAPARECEU: 14
21H15

A mão sobre a minha boca é quente e seca, e cobre metade do meu rosto. Tento morder o meu atacante, mas a mão desaparece. Dou meia-volta e fico cara a cara com Drummer.

— Que inferno, Drummer!

— Desculpa — ele murmura.

Eu me curvo ao meio como se tivesse acabado de correr uma maratona.

— Você me assustou.

Lágrimas escorrem de seus olhos, que estão tão dilatados que parecem negros.

— Desculpa — ele repete.

Eu o agarro e o abraço, e ele se apoia pesadamente sobre mim.

— Onde você esteve?

Ele está vestindo a mesma roupa com a qual o vi há três dias. Ele cheira a suor velho e seu cabelo está emaranhado de óleo e sujeira. Sangue seco mancha sua camisa por causa dos socos de Luke. Galhos deixaram marcas em seus braços.

— Tenho me escondido na floresta e em cabanas de caça vazias — ele responde. — Não posso ir para a cadeia, Han. — Seus olhos normalmente semicerrados estão redondos e desesperados.

Aliso seu cabelo e minha mão volta oleosa.

— Sei disso, e você não vai.

Ele se joga em um banco de madeira no corredor do estábulo.

249

— Nós... — Ele cobre o rosto e seu corpo começa a tremer enquanto as palavras saem de sua boca. — Foi um acidente. Violet não estava pensando direito, ela ia nos denunciar, mandar todos nós para a prisão, e então brigamos por sua causa, sobre contar pra você que estávamos namorando.

Pisco para ele, chocada.

— Eu... eu agarrei os pulsos dela e Violet lutou comigo. Olhe.

Ele aponta para os arranhões em seus braços que não estão completamente curados, e percebo que nem todos são de galhos. Alguns são cortes de meia-lua, como os meus, só que mais profundos. Cruzo os braços para esconder meus arranhões que ainda estão se curando e reprimo o tremor horrível que passa por mim.

Ele agarra o estômago e afunda no chão do estábulo.

— Ela vai ter a minha pele sob as unhas e hematomas onde a agarrei. Ela estava achando que eu tinha torcido ou quebrado o pulso dela, e a pior parte... — ele solta um suspiro — eu... ela bateu muito forte com a cabeça. A cabeça dela se abriu; estava sangrando. Ela não parecia bem, Han.

Eu afundo ao lado dele.

— Por que você deixou ela sozinha?

— É, parece ruim, não é? — Ele enxuga os olhos e o nariz com a camiseta suja. — Se soubesse que nunca mais a veria... — Ele se inclina sobre mim, molhando meus braços com suas lágrimas.

Acaricio suas costas.

— Você pegou o dinheiro dela? Luke estava lá?

Ele faz que não com a cabeça.

— Não peguei o dinheiro e não sei sobre Luke, mas... Han?

— O quê?

Novas lágrimas escorrem de seus olhos.

— Onde você estava?

Inalo profundamente.

— Você se livrou dela por mim? — Ele agarra meu corpo e me segura com força. — Você deve ter feito isso. Ninguém mais iria me ajudar, mas você... — ele acaricia o meu cabelo — ...você me ama.

Minha cabeça gira e eu recuo, com o estômago embrulhado.

— Eu te disse, não me lembro.

Ele se afasta e seus olhos procuram os meus.

— Não posso ir para a prisão, o.k.? — Ele cai pesadamente sobre mim, chorando ainda mais.

— O.k. — digo a ele, mas com o que estou concordando? Minha barriga se contorce e grita: *Isso é errado!* — Você não pode se esconder para sempre, Drummer.

Ele concorda.

— Sei disso. Queria que esses arranhões sarassem antes que a polícia visse, mas estou com tanta fome, Han, e fica frio na floresta à noite.

Percebo a tristeza em seu rosto e não posso evitar o pequeno sorriso que curva meus lábios. Se Drummer é alguma coisa, é previsível.

— Venha, vamos pegar algo para você comer. Meu pai não está em casa.

Pego sua mão e o levo para dentro. Ele está fraco e parece tão leve quanto o balão de uma criança enquanto eu o arrasto.

Lá dentro, ele desaba em uma cadeira e descansa a cabeça na mesa da cozinha. Aqueço um prato de carne de veado, purê de batata e uma lata de milho. Meu pai guarda isotônico na geladeira, então entrego a ele um desses também. Drummer bebe a garrafa inteira de um gole só, e eu lhe entrego outra. Então ele ataca a carne de veado.

— Não coma muito rápido — advirto.

— Não me importo se ficar enjoado — ele retruca.

Quando termina, sugiro que tome um banho e ele me deixa levá-lo ao banheiro. Desapareço para buscar uma toalha limpa e, quando volto, Drummer tirou a camisa, a calça e a cueca. Ele ouve meus passos e se vira ligeiramente. Paro e fico encarando, meus olhos viajando por metros de pele bronzeada e firme até o cabelo loiro escuro e a pele clara entre as suas pernas.

Ele me deixa olhar, e sinto seus olhos se fixarem ardentemente no meu rosto. Então ele pega a toalha e se cobre.

— Obrigado.

— Claro.

Eu me viro e saio do cômodo. Minhas bochechas queimam e meu coração bate forte. Ele faz isso de propósito! Ele me dá seu afeto, sua confiança, sua beleza, seus erros... Tudo, exceto o seu amor. Ele me provoca e eu o sigo como um cachorro. É doentio. Sou doente.

251

Eu me jogo na cama e fico roendo as unhas, ouvindo o chuveiro. Drummer se excita ao caçoar de mim, e conforme minha raiva fica mais ardente, pego meu celular e abro a conta de Justin. Ele tem uma nova postagem — uma foto dele montando um cavalo, um malhado de físico poderoso. Drummer não é o único cara gostoso do mundo.

Percorro as minhas mensagens antigas e leio a última que recebi de Justin há alguns dias: VOCÊ ESTÁ BEM? AINDA QUERO ACERTAR AS COISAS COM VOCÊ.

Com um olhar furioso para a porta fechada do banheiro, decido responder a ele. Talvez Justin e eu possamos ter uma coisa real. Mando uma mensagem: ME SINTO MELHOR. VOCÊ ESTÁ LIVRE NESTE FIM DE SEMANA? SINTO A SUA FALTA.

Como antes, ele é rápido em responder: SIM, ADORARIA ISSO. TAMBÉM SINTO A SUA FALTA.

Justin é mais velho, mas é legal o suficiente, acho. FALO COM VC DEPOIS. 😌 🖤 🖤

Assim que coloco meu celular de volta no bolso da calça jeans, me sinto confusa e um pouco arrependida. Estou pronta para corações e beijos com Justin? Então me lembro que menti para ele sobre a minha idade. Merda. Preciso remediar isso imediatamente.

FALANDO NISSO, TENHO QUE TE CONTAR UMA COISA. TENHO DEZOITO ANOS. NÃO MENTI SOBRE A FACULDADE, ESTOU INDO, MAS COMO CALOURA, NÃO COMO ESTUDANTE DO TERCEIRO ANO. DESCULPA.

Uma longa pausa e então sua resposta: 18 ESTÁ O.K.

Meu rosto fica corado e me ocorre mais uma vez que não sei a idade dele. QUANTOS ANOS VC TEM?

26

Todos os fios de cabelo do meu pescoço se arrepiam. Sabia que ele tinha vinte e poucos anos, mas agora que ele confirmou, nada disso parece certo.

Drummer sai do banheiro com uma toalha na cintura. Escondo o celular debaixo da minha perna com rapidez.

— O que você está fazendo? — ele pergunta.

— Nada.

Sua expressão endurece.

— Você acabou de enviar uma mensagem para o seu pai?

— Não.

252

Ele se lança contra mim e agarra o celular.

— Hannah?

— Não mandei.

Lutamos pelo celular e a sua toalha escorrega. Drummer me prende. Sua pele úmida e nua cobre a minha; seu cheiro limpo enche os meus pulmões. Congelo, e minha respiração fica cada vez mais alta.

Ele arranca o celular da minha mão e o desbloqueia porque, é claro, ele sabe a minha senha. Se eu sei a dele? Não.

Ele lê as mensagens e lentamente tira seu peso de cima de mim. Seus olhos azuis penetrantes encontram os meus.

— Quem diabos é Justin?

Fecho os lábios.

Ele rola a tela e lê.

— Esse é o cara com quem você transou? — Drummer interpreta o meu silêncio como uma afirmação e bufa. — *18 está o.k.*, o que cara-lhos isso significa? Esse cara é um pervertido, Han.

Percebo que estou tremendo.

— Não, ele é legal.

Drummer rosna, o rosto contraído.

— Ah, aposto que ele foi legal.

— Me dê isso.

Tento pegar o celular.

— Espera — fala.

Ele puxa a toalha sobre a cintura e tira uma foto de si mesmo, molhado e fumegante do chuveiro. Envia a imagem para Justin e escreve: **SOU O NAMORADO DE HANNAH. FIQUE LONGE DELA SEU IDIOTA.** E clica em Enviar.

— Drummer! — protesto, mas começo a rir.

Ele levanta um dedo e esperamos. Os pontos cinza mostram Justin lendo a mensagem, mas ele não responde.

— Viu? Ele é um pervertido. Você nunca mais ouvirá falar dele.

Ele me joga meu celular.

Enxugo os olhos.

— Mas ele não era. Ele realmente não era.

Drummer coloca as mãos na cintura, em modo maternal agora.

— Você quer continuar saindo com esse cara, Hannah?

Dou de ombros.

— Então eu te fiz um favor.

Ele relaxa e se acomoda perto de mim na cama, sua coxa quente contra a minha. Eu me inclino contra seu peito nu e respiro seu cheiro. Outro garoto poderia me beijar agora, mas não Drummer. Talvez ser melhores amigos *seja* melhor do que ser a namorada. Talvez isso seja o suficiente.

— Posso dormir na sua cama com você? — ele pergunta, mas seu sorriso não alcança seus olhos. Ele sabe que está com sérios problemas.

— Claro — concordo, minha voz rouca. — Mas meu pai estará em casa em cerca de uma hora.

Drummer acena com a cabeça.

— Está tudo bem, cansei de me esconder. Só quero dormir um pouco, com você. Deita aqui comigo.

Entrego a ele um par de moletons largos que cabem nele, já que temos a mesma altura, e meu coração dispara quando deslizamos juntos para debaixo das cobertas.

— Vira pra lá — ele pede.

Faço o que ele pede, e ele pressiona seu corpo contra o meu.

— Você é tão quente. Eu te amo, Hannah Banana.

Ele me abraça com força e adormece em segundos.

Percebo que ele está se despedindo e minha garganta se fecha, meus olhos ardem com lágrimas. Aperto seus braços em volta de mim, desejando que este momento durasse para sempre. Se eu e Drummer pudéssemos ir para a cadeia juntos, eu poderia confessar o que sei, contar tudo para o meu pai! Drummer e eu poderíamos ser companheiros de cela, trancados juntos na mesma jaula. Ele não seria capaz de sair, de se afastar de mim. Poderíamos dividir uma cama estreita.

Mas não é possível. Ele viveria em um bloco de celas cheio de homens — sem garotas bonitas por quilômetros. Sem Violet. Pelo menos eu sempre saberia onde ele estaria. Aliso o pelo bronzeado em seus braços.

— Eu te amo mais — sussurro.

Às dez e meia, meu pai chega em casa.

— Hannah! — ele berra.

Deslizo para fora da cama e corro para a sala de estar. O rosto do meu pai está com um tom de vermelho raivoso, e ele está segurando um par de tênis sujos.

— São de Drummer?

Minha boca se abre. Merda, Drummer deve ter tirado na cozinha quando comeu a carne de veado. Papai interpreta a minha expressão e se enrijece.

— Onde ele está, Hannah?

O jogo acabou. Não há nenhum Drummer escondido agora, então aponto para o meu quarto no andar de cima.

— Ele te machucou?

Não de propósito, penso.

— Pai, Drummer não faria mal a ninguém.

Ele puxa seu revólver de serviço e sobe as escadas. Eu o sigo e vejo meu pai acordar Drummer e arrastá-lo embora. E aqui estamos nós de novo, meu pai prendendo alguém que amo — é como uma experiência horrível repetida em um loop. De repente, mal posso esperar para sair desta casa.

35

18 de agosto
Dias desde que Violet desapareceu: 16
9H30

A prisão de Drummer atinge as notícias como uma explosão. Sua bela foto do último ano do ensino médio contrasta dramaticamente com sua foto policial todo machucado e maltratado, e sua história alimenta a tempestade da mídia em nossa cidade. As manchetes são mais uma vez inflamadas:

PRESO SUSPEITO EM CASO DE HERDEIRA DESAPARECIDA

DEPOIS DE TRÊS DIAS DE PROCURA, SUSPEITO DE GAP MOUNTAIN É PRESO

ADOLESCENTE INCENDIÁRIO E SUSPEITO DE ESTUPRO É PRESO

"MONSTRO" DE GAP MOUNTAIN CAPTURADO

Seu DNA é coletado e analisado, e bate com a amostra de sêmen. Para provar o motivo, especialistas forenses rastreiam o GPS do seu celular, e isso confirma que ele estava no *ponto de origem* quando o Incêndio Gap começou.

Enquanto isso, a saliva coletada do cachimbo de maconha corresponde ao DNA de Luke, e uma busca em sua casa revela um maço escondido de notas de cem dólares e o celular descartável. Os detetives enviam o dinheiro para o laboratório para testes de impressão digital, mas todos acreditam que seja de Violet. O celular descartável de Drummer também foi apreendido.

O mundo agora está certo de que pelo menos dois dos monstros atacaram Violet para que ela não os denunciasse. Não ajuda que Drummer tenha esquecido de deletar algumas malditas mensagens para Violet no celular descartável, e elas são divulgadas na imprensa: GOSTARIA QUE LUKE NUNCA TIVESSE LEVADO AQUELE MALDITO CACHIMBO PARA O GAP. O INCÊNDIO FODEU TODO O MEU VERÃO COM VOCÊ. E: ESTOU COM MEDO, V. NÃO QUERO IR PARA A CADEIA. E a pior, enviada para Violet na noite em que desapareceu: NÃO FALE COM A POLÍCIA! ESTOU CHEGANDO AÍ.

A mídia julgou Drummer e o considerou culpado. Repórteres acampam em seu gramado, e seu pai bem-educado se esconde enquanto sua mãe segue a deixa de Lulu Sandoval: ela condena a imprensa e proclama a inocência do filho.

O controle de tráfego se torna um problema em Gap Mountain pela primeira vez. Entre turistas, repórteres e as equipes de limpeza de incêndio, as ruas principais estão entupidas. O mercado do Sam está fazendo um grande negócio vendendo camisetas do lago Gap e lanches. O condado de Mono envia mais policiais para ajudar no trânsito e com as pessoas intrometidas, e a família de Violet tem seu próprio contato com a polícia, uma policial que fica na propriedade vitoriana e mantém os Sandoval informados sobre as buscas por Violet.

Os casos de incêndio criminoso contra Luke, Mo e agora Drummer são acelerados, e, de alguma forma, sou a única que está limpa em toda essa bagunça. Sim, eu estava sob suspeita por ter sido incluída na última mensagem da Violet — AMANHÃ VOU CONTAR TUDO PARA A POLÍCIA —, mas nenhum amigo me delatou e não há evidências que me liguem ao Incêndio Gap.

Posso adivinhar o que está acontecendo a portas fechadas. Cada monstro receberá uma oferta para um acordo sobre as acusações de incêndio criminoso a fim de transformarem em provas para o promotor. Quem aceitar o acordo primeiro provavelmente não irá para a prisão. Receberá horas de serviço comunitário e talvez uma multa.

A advogada de Luke é agressiva com a sua defesa, sugerindo que o pessoal da segurança pública é responsável pelas mortes e destruição causadas pelo Incêndio Gap. Ela afirma que o condado e a cidade não empregaram um plano de evacuação de emergência viável ou sistema de alerta de emergência, em particular no que diz respeito aos idosos e deficientes auditivos. Meu pai está furioso como um gato molhado com isso.

Espero e vagueio, sentindo-me solitária. Por mais lotada que Gap Mountain esteja, não tenho ninguém com quem conversar. Me assusto com qualquer barulho. Sinto falta da minha cachorra, não consigo me concentrar ou completar minhas frases, e meu pai está desconfiado. Ele não me pressiona, mas me pergunto o quanto ele suspeita. Quando contei a ele sobre a visita do FBI, ele ficou surpreso.

— Eles não me avisaram sobre isso.

Sei o que isso significa: eles acreditam que seu julgamento não está certo, pelo menos quando se trata de mim.

Marco outra consulta com a minha psicóloga.

Depois, vou para Gap Mountain e trabalho um turno de seis horas na Negócios de Filmes. Filhos e pais me perguntam como estou "aguentando", porque eles sabem que Drummer e eu éramos inseparáveis. Alguns perguntam se ele "fez isso". Eu digo a eles para "se foderem". Depois de duas horas, o sr. Henley encerra meu turno mais cedo com um aviso para "ser mais legal".

Não quero voltar para a minha casa vazia, então dirijo até o mercado em Reno para comprar suprimentos para o dormitório da faculdade. A tristeza coloriu todo o meu mundo de cinza. Minha cachorra está morta, meu carro se foi, meus amigos estão enfrentando acusações criminais, Violet provavelmente foi assassinada e acho que sou uma testemunha — e talvez também uma *cúmplice*. Pelo menos o Incêndio Gap foi extinto.

Não deveria estar fazendo compras, deveria estar procurando por Violet, mas todas as pistas diminuíram. Ontem à noite, o noticiário relatou que marcas dos pesados coturnos Gucci de Violet e vários de seus cabelos escuros foram descobertos perto de onde a echarpe foi encontrada no lago, indicando que seu corpo pode realmente ter sido jogado lá. Onde as pessoas colocam as coisas que querem que desapareçam? No Lago Gap.

Piso no acelerador e faço a longa viagem até Reno em silêncio. No mercado, tiro um carrinho de compras vermelho de uma fila e entro na loja empurrando-o. Pego um com uma roda quebrada, mas não tenho energia para devolvê-lo. Ao passar por um espelho na seção de roupas esportivas, tenho um vislumbre de mim mesma e paro. Com minhas botas de caubói com salto de cinco centímetros, fico mais alta que as prateleiras de roupas. Apesar de ser magra e bronzeada, não pareço saudável. Minhas melhores características, meus grandes olhos verdes, estão sombreados com olheiras e meu rosto parece comprido e contraído. As cicatrizes de cura criam violentos cortes rosados em minha pele. Sou uma girafa desajeitada, desengonçada e toda machucada empurrando um carrinho de compras.

Empurro, passo por cima de um cabide caído e conduzo o carrinho para o departamento de roupas de cama. Tinha planejado fazer essas compras com Violet e Mo. Íamos tomar café, dirigir até Reno, comprar nossos suprimentos e depois almoçar. Íamos terminar o dia com outro café e depois fofocar durante todo o caminho para casa: um dia perfeito.

Em vez disso, estou sozinha na seção de roupas de cama, olhando para edredons e lençóis em sacos bem embalados. Um nó aperta a minha garganta quando pego um conjunto cinza e rosa no tamanho de solteiro grande e o coloco no carrinho. Sigo em frente e seleciono toalhas, um espelho de maquiagem, um filtro de linha, uma luminária de mesa, um cesto de roupa suja dobrável e conjuntos de cabides e organizadores de armário.

Depois disso, vou até a seção de material escolar e pego fichários, papéis pautados, marcadores de texto, canetas, divisórias e cadernos espiral. Percebo que vou precisar do básico, como um grampeador e um furador de três furos para a minha mesa, e adiciono isso ao carrinho.

Na saída, passo pela seção de animais de estimação e paro para olhar as brilhantes tigelas de comida, as novas correias e coleiras, os brinquedos e os ossos. Nunca saí do mercado sem um presente para Matilda. Lágrimas inundam meus olhos enquanto fico ali fungando. Uma mulher mais velha para.

— Oh, querida, você está bem?

— Minha cachorra...

Ela não me conhece, mas dá um tapinha no meu braço.

— Eles nunca vivem o suficiente, não é? — ela murmura.

Balanço a minha cabeça, soluçando na frente desta estranha.

— Qual era o nome da sua cachorra?

— Ma... Matilda.

Quando termino de chorar, a senhora olha diretamente nos meus olhos.

— Matilda era amada. Isso é tudo que você pode fazer, querida: amá-los, cuidar deles e deixá-los ir.

Concordo com a cabeça e limpo as minhas bochechas com a bainha da minha blusa.

— Sim, o.k., obrigada.

— Ela está segura agora. Sem mais dor. Sem mais preocupações.

A mulher caminha em direção ao corredor dos gatos.

Em um borrão de lágrimas, faço o autoatendimento — para o aborrecimento dos outros, já que tenho muitas compras no meu carrinho. Pego o cartão de crédito do meu pai e coloco tudo na caminhonete. Pulo para o banco do motorista e começo a chorar de novo. Mas acho que não estou mais chorando por causa de Matilda; é por Violet. *Ela está segura agora. Sem mais dor. Sem mais preocupações.* Violet realmente se foi para sempre? Eu deveria ter contado ao meu pai sobre o colar e as manchas de sangue no meu carro antes de ele virar sucata. Não deveria ter queimado as roupas do Drummer ou as minhas. O que eu fiz? Quem estou protegendo?

Afundo a cabeça em minhas mãos.

— Lembre, Hannah! — grito. Minha cabeça lateja e eu bato o punho no painel. — Lembre!

Eu estava no meu estábulo quando a mensagem de Violet chegou: **AMANHÃ VOU CONTAR TUDO PARA A POLÍCIA.** Eu estava com raiva; lembro-me disso.

Cerro os dentes. Dizer a verdade deveria ter sido uma decisão do grupo. Quem Violet pensava que era para decidir isso sozinha? Por que ela enviaria a si mesma e os seus melhores amigos para a prisão?

Raiva e choque crescem dentro de mim, exatamente o que senti naquela noite. Sei o porquê: porque Violet não aguenta a pressão, ela não consegue viver com a culpa. Mas nós conseguimos! Nós temos que viver! Nascemos e crescemos em Gap Mountain. Confessar é perder *tudo*: a confiança da nossa cidade, dos nossos professores e amigos e dos cidadãos que conhecemos por toda a nossa vida. Não temos fundos fiduciários de seis milhões de dólares ou advogados de novecentos dólares a hora a que recorrer. Violet é uma intrusa em todos os sentidos. Ela não é um monstro, não mais!

Solto uma torrente de xingamentos e bato no volante. Uma família do outro lado do lote vê e se afasta rapidamente. Coloco a caminhonete em marcha a ré e saio do estacionamento da loja. Meu coração bate forte e minha raiva brilha vermelha. *Violet, sua pirralha mimada, você mesma causou isso!*

No fundo, meu cérebro sabe exatamente o que aconteceu naquela noite. O trauma do qual estou me escondendo não é o ataque do urso; é de tudo o que testemunhei naquele sótão.

36

18 DE AGOSTO
DIAS DESDE QUE VIOLET DESAPARECEU: 16
21H05

Furo um sinal vermelho e corro todo o caminho para casa, bem quando o sol está se pondo a oeste. Felizmente, minha raiva diminui quando chego, substituída por uma culpa que é tão sombria e fria quanto a minha raiva era vermelha e fervente.

Bato a porta da caminhonete e entro em casa no escuro. Preciso de um banho. Me sinto suja, triste e confusa. Tropeço em uma cadeira da cozinha e entro na sala de estar me sentindo perdida, arrasada, sozinha. Fico olhando para as cinzas de Matilda na lareira e imagino o colar Tiffany dentro, cercado pelos ossos queimados da minha cachorra. A caixa brilha e o rosto de Violet aparece em minha mente, exangue, os olhos brancos. Toco o recipiente de madeira.

— Por que você estragou tudo?

Decido não tomar banho — não quero me ver no espelho —, então descarrego minhas compras e me enrolo na poltrona com meu laptop. Ao fazer login em meu portal da faculdade, certifico-me de que não há nada na minha lista de tarefas pendentes.

Depois disso, procuro notícias sobre Violet. Ela novamente está nos *trendings* das redes sociais: #EncontreViolet #OndeEstáViolet #HerdeiraAdolescenteDesaparecida. Fotos dela saltando com seus cavalos de prova, esquiando na Suíça, passeando de barco nas Bahamas — todas apresentando seu sorriso com covinhas charmoso e seu corpo lindo — surgiram em todas as histórias sobre ela.

Um barulho estridente fora da casa me assusta, e eu me viro, um grito subindo na minha garganta. Há uma figura na janela dos fundos! Ele está olhando para mim. Meu Deus! Cambaleio para pegar o rifle carregado do meu pai, me empertigo e corro para fora, com o coração pulsando.

— Ei! — grito. — Quem está aí?

O som estridente vem de novo, e eu corro em direção a ele, o rifle levantado até o meu ombro. A noite é negra como a tinta, a lua um crescente escuro.

— Olá?

Sem resposta.

— Drummer? — chamo.

Poderia ser ele. Ele está solto sob fiança. Talvez esteja com medo de que eu me lembre de tudo o que fez e o denuncie. Ou talvez seja Luke, aqui para me calar — *quando você finalmente se lembrar do que viu, não diga porra nenhuma*. Ele fez alguma coisa com Violet naquela noite ou só estava com medo de falar porque pensou que o telefone estava grampeado? Gostaria que ele respondesse às minhas mensagens. Merda.

— Quem está aí? — chamo mais uma vez.

Lentamente, rastejo em direção ao barulho enquanto minha respiração para na garganta.

— Luke?

Algo se agita e eu atiro; ouço o barulho da bala atingindo o metal. Porra, acabei de atirar na nossa churrasqueira.

— Se acalme, Hannah — sussurro.

Agora, com mais cuidado, uso o cano comprido do rifle para cutucar os arbustos escuros, caso alguém esteja se escondendo. Ando em direção à frente da casa, onde sons de farfalhar chegam da calçada. É um urso. Tem que ser um urso.

Avançando, viro pelo lado da casa e três criaturas de olhos negros passam por mim: guaxinins.

— Puta merda! — Abaixo a arma, paro para respirar.

— Hannah?

Recuo e caio para trás, desabando na grama. É o Justin!

— O que você está fazendo aqui? — Agarro o cano da arma com mais força e o encaro.

Ele está vestido com uma jaqueta jeans, chapéu de caubói e botas. Abre as mãos, os olhos arregalados.

— Não atire. Vim conversar, só isso. Você não me ouviu bater, então dei a volta e olhei pela janela.

— Conversar sobre o quê?

Ele estreita os olhos.

— Você tem um *namorado*?

Pisco para ele. Do que diabos ele está falando?

Justin balança a cabeça.

— Ele me mandou uma mensagem com a foto dele pelo seu celular, lembra? Me chamou de idiota. Qual o seu jogo, Hannah?

Ai, meu Deus, ele está falando sobre Drummer. Dou uma risada.

— Não estou jogando. Ele não é meu namorado.

Justin me avalia, sua mandíbula movendo em círculos.

— Então o que ele é? Outro cara pra quem você dá falsas esperanças, como eu?

Eu me levanto.

— Eu... como eu te dei falsas esperanças? Eu transei com você!

— Uma vez — ele retruca, baixando o olhar como um menino de birra.

— Caramba — gaguejo. — Isso é... caramba. — Desde quando sexo no primeiro encontro não é bom o suficiente?

Ele muda de lugar, ajusta a fivela gigante de seu cinto de rodeio.

— Você quer me ver de novo ou não?

Ah, agora eu entendo: seus sentimentos estão feridos. Ele realmente gosta de mim ou quer mais sexo, e dirigiu até aqui para me sondar. Bem, eu também quero alguém que não posso ter. É uma merda. Ele vai superar isso.

— Desculpa — digo a ele.

Ele respira fundo entre dentes.

— Não vou perguntar de novo.

Meu Deus, espero que não.

— O.k. — respondo com pesar.

Ele se afasta, rígido, mas tentando parecer casual.

— Por que você está aqui com uma arma, afinal?

— Porque você me assustou!

Ele concorda com a cabeça.

— Pensei que talvez fosse por causa da garota desaparecida. Tenha cuidado. — Seu olhar muda e ele se ergue mais alto. Seus olhos vagueiam pelo meu corpo, me lembrando o que fizemos em seu carro. Eu me preparo, imaginando o que ele planeja fazer a seguir, mas o momento passa, ele abre a porta do carro e toca a ponta do chapéu de caubói. — Prazer em te conhecer, Hannah.

Enquanto ele abaixa a janela e liga o carro, eu me inclino, respirando fundo. Quando olho para cima, vejo a figura novamente, refletida na janela, e caio para trás. A figura também cai para trás.

— Ah — grito.

É apenas eu, não um assassino. Uma risada estridente flui da minha garganta enquanto eu me curvo, tonta de alívio.

Claro que não era Drummer ou Luke vindo me calar. Eu me encaro e começo a rir. Depois de começar, não consigo parar.

— Louca — Justin murmura enquanto desce pela minha garagem. Então ele se vai.

Quando paro de rir, viro a trava de segurança do rifle e volto para dentro de casa.

Depois que o meu pai chega em casa, jantamos tarde na cozinha.

— Aonde você foi hoje? — ele pergunta casualmente.

— Reno. Comprei os suprimentos para o dormitório.

Ele balança a cabeça.

— A faculdade está chegando rápido.

— Sim, vou na próxima semana.

— Ah, aqui — ele diz, me entregando um envelope. — Recebemos o cheque de pagamento do carro hoje.

— Obrigada. — Um alívio gelado escorre pela minha espinha. — Então ele se foi de verdade?

— Sim. — Ele se levanta e ajusta o cinto. — Tenho que te contar uma coisa, filhota. O promotor quer processar Drummer pelo assassinato de Violet. Ele não está cooperando, nem confessando, nem dando muita escolha para o promotor.

Olho boquiaberta para o meu pai, observando cada fio loiro-prateado em sua cabeça, cada pequeno folículo de barba por fazer em sua bochecha, cada veia em seus olhos, enquanto meu coração faz *tum-tum-tum*.

Ele continua com um estremecimento.

— O problema é que eu conheço Drummer, e ele é um péssimo mentiroso. Não acredito que ele seja inocente e não acredito que agiu sozinho. Acredito que Luke o ajudou.

— Como eles podem julgar Drummer sem um corpo? — deixo escapar.

Ele concorda.

— É uma hipótese remota e o FBI não a recomenda. Uma condenação seria difícil, mas a amostra de sêmen prova que ele estava com Violet quando ela desapareceu, e a pressão está grande. Há um precedente legal, acho. — Ele cutuca as unhas. — Se você sabe ou se lembra de alguma coisa, Hannah, tem que falar.

— Mas ninguém provou que Violet está morta — saliento. — E Drummer estava namorando ela, o que explica o sexo. Não significa que ele a estuprou ou a matou.

Meu pai balança a cabeça de maneira severa.

— Não há absolutamente nenhuma maneira de provar que o sexo não era consensual, então não há acusações de estupro. Mas Drummer, Luke e Mo são suspeitos de incêndio criminoso, e Violet ameaçou confessar à polícia algo que os envolvia. Isso dá a todos os três um forte motivo para assassinato. Apenas Mo tem um álibi.

Meu pai leva os pratos sujos para a pia e os deixa de molho na água, depois se senta ao meu lado.

— Hannah, esses são os seus melhores amigos. — Seus olhos azuis procuram os meus. — Agora, sei que você e Violet estavam cavalgando quando o incêndio começou, mas acredito que você sabe mais do que está dizendo. Vocês, jovens, conversam sobre tudo.

Fico encarando as minhas mãos para não ter que olhar para ele. Ele continua.

— Eu entendo, denunciar seu próprio grupo é uma merda. Tenho feito isso durante toda a minha carreira. Eu... eu tive que prender minha própria esposa.

Sua voz fica fraca e sinto um nó se formar na minha garganta.

— Por favor, não fale sobre a mamãe.

— Querida, a...

— A lei é a lei — termino por ele, então levanto a cabeça. — Prender a mamãe pode ter sido a coisa certa a fazer como policial, mas não como meu pai.

— Hannah — ele repreende.

Eu me levanto.

— Você arruinou a gente.

— *Ela* nos arruinou — ele murmura. Seu rosto fica vermelho.

— Não, foi sua culpa! — grito. — Você nunca deixou isso pra lá, você nunca me deu uma nova mãe, você nunca olhou para mim sem arrependimento. Farei *o que for* necessário para manter meus amigos fora da prisão.

Seus punhos tremem ao lado do corpo, seus olhos cor de pedra estreitos, cortantes, sobre mim.

— Até esconder um corpo?

Olho boquiaberta para ele.

— O carro de Drummer está limpo, Hannah, sem sangue. Os veículos dos Sandoval também estão limpos. Acreditamos que Violet está no lago Gap, mas não sabemos como Drummer a levou até lá. Me diga por que aquele urso atacou o seu carro. Ele sentiu cheiro de sangue?

Meu couro cabeludo formiga e meu corpo fica parado de uma maneira sobrenatural.

— Ele sentiu o cheiro de ensopado de carne.

A expressão inflexível do meu pai se quebra e seu rosto se transforma em uma careta de palhaço. Ele tenta segurar as minhas mãos, mas não deixo.

— Estou com medo por você, filhota — ele declara. — Acho que Drummer usou você e o seu carro para mover o corpo de Violet, e acho que quando você se lembrar ficará muito, muito triste.

Dou um passo para trás, balançando a cabeça.

— Gostaria que você adiasse a faculdade e ficasse aqui. Continue vendo sua terapeuta.

Uma risada amarga explode dos meus lábios.

— Não, de jeito nenhum. Vou para a faculdade. Você não pode me impedir.

— Não estou tentando te impedir, estou tentando te ajudar. Você não está bem. — Sua voz muda, torna-se calma, gentil. É como ele falava com mamãe quando ela estava bêbada.

Pisco, e lágrimas quentes escorrem pelo meu rosto. Ele está com medo, isso é tudo, e está projetando. Eu o desarmo correndo para a frente e o abraçando, o que o faz chorar. Sou mais forte do que ele, mais forte do que minha mãe era.

— Estou bem, pai. Não se preocupe.

Ele chora ainda mais, e não tenho certeza se é porque ele acredita em mim ou porque não acredita.

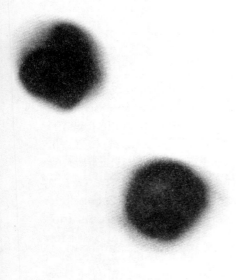

37

21 DE AGOSTO
DIAS DESDE QUE VIOLET DESAPARECEU: 19
11H15

Os três dias seguintes se passam em uma angústia tensa, enquanto advogados e promotores lutam em salas de conferência e de interrogatório por causa das acusações de incêndio criminoso. Mo foi a primeira a ceder, mas os meninos seguiram logo atrás dela. Cada um deles se confessou culpado de incêndio culposo, e os advogados discutiram sentenças muito diferentes com o juiz.

Mo recebeu horas de serviço comunitário e liberdade condicional porque confessou primeiro. Drummer foi condenado a dois anos, e Luke vai cumprir quatro, já que foi quem levou o cachimbo e os fósforos. Os dois garotos foram mandados para a Prisão Estadual de Wasco, onde Luke, que foi processado como adulto, continuará recebendo cuidados médicos para seu traumatismo craniano. Todos três alegaram dificuldades financeiras e receberam multas de dez mil dólares cada.

Os monstros permaneceram fiéis ao nosso pacto, e nenhum deles denunciou Violet ou eu.

O promotor público por fim decidiu não processar Drummer ou Luke pelo assassinato de Violet. Sem um corpo ou qualquer evidência de que a tiraram do sótão, um julgamento seria caro e provavelmente malsucedido. Deveria ter sido um momento feliz para Drummer e Luke, mas ninguém se sente bem com isso, porque Violet ainda está desaparecida.

O pessoal extra da polícia que veio ajudar meu pai enquanto ele procurava por Violet foi embora de Gap Mountain, e a força-tarefa especial foi dissolvida.

No momento, estou sentada na minha sala de estar, olhando para as cinzas de Matilda e o segredo enterrado dentro delas. O pesadelo do Incêndio Gap acabou, pelo menos para mim. E, tirando as suspeitas do meu pai, também não fui formalmente processada ou acusada no caso de Violet. Ouço a voz da senhora no mercado: *Ela está segura agora. Sem mais dor. Sem mais preocupações*. Preciso deixar Violet ir.

Meu celular vibra com uma mensagem. É Mo: **VAMOS NOS ENCONTRAR PARA ALMOÇAR?**

Solto um suspiro pesado. Ela continua me dizendo que precisamos conversar, mas a tenho evitado, porque, de repente, quero fugir não apenas de Gap Mountain, mas dos amigos que conheci durante a maior parte da minha vida. Mo estava certa: as coisas nunca mais serão as mesmas.

Mando uma mensagem de volta: **CLARO. QUANDO? AGORA? CAFÉ FLOR SILVESTRE?**

Antes de sair para encontrar Mo, abro a caixa de cedro sobre a lareira, desenrolo o saco plástico cheio de cinzas de Matilda, reviro-as e retiro o colar Tiffany, sacudindo o pó. Ele brilha, tão bonito à luz do sol, e parece inofensivo em meus dedos, apenas um pedaço caro de metal, e não a evidência de um crime ou dos últimos momentos de uma garota morta. Prendo-o em volta do pescoço e me olho no espelho da lareira.

Ficava tão bonito em Violet, brilhante contra sua pele bronzeada, balançando de maneira encantadora em seu decote. Não fica tão bonito em mim.

Enquanto poso, lembrando-me de Violet, a porta se abre.

— Quer almoçar? — É o meu pai.

Minha respiração fica presa e viro o pingente de prata depressa para esconder a letra *V* gravada nele.

— Oi, pai. — O suor pinica meu couro cabeludo. Não posso tirar o colar ou escondê-lo, ele está olhando diretamente para mim.

— O que você está fazendo?

Meu coração bate forte.

— Nada.

Ele atravessa a sala, seus olhos procurando meu rosto.

— Você está pensando em Matilda?

A caixa de cedro está aberta sobre a lareira, as cinzas expostas.

— Uh, sim, estou meio que me despedindo dela.

— Também sinto falta dela. — Ele me abraça com força, apertando o colar entre nós. Não me atrevo a respirar. — Então, que tal almoçar? — ele pergunta.

Papai quer passar todo tempo livre comigo antes de eu ir para a faculdade.

— Podemos jantar em vez disso? Mo acabou de me convidar para almoçar.

Seus músculos enrijecem à menção do nome de Mo, mas então ele suspira e me solta.

— Tudo bem, jantar então.

Ele sobe as escadas íngremes para o quarto enquanto minha respiração volta para o meu corpo. Abro o colar e o deixo deslizar entre os meus dedos para as cinzas.

— Adeus, Violet.

Fecho a tampa e olho para o meu reflexo no espelho, para as cicatrizes tingidas de rosa na minha bochecha, testa e braços. Há uma mecha de cabelo faltando no centro da minha sobrancelha, mas Mo estava certa, maquiagem pode corrigir isso. Meus olhos verdes estão claros e estou usando rímel hoje. Cortei meu cabelo em camadas mais curtas, um estilo atrevido que ajuda a esconder as cicatrizes e as pequenas áreas onde meu couro cabeludo foi raspado. Se sorrir bastante, também tenho uma covinha. Eu estou bonita. Pareço pronta para o resto da minha vida.

— Você é corajosa por me encontrar aqui — digo a Mo enquanto escolhemos uma mesa na lanchonete. Todos em Gap Mountain sabem quem Maureen Elizabeth Marie Russo é: uma das incendiárias do Incêndio Gap.

Mo dá de ombros.

— Sabe de uma coisa, Han? Confessei tudo e estou cumprindo a minha pena. As pessoas vão ter que se acostumar comigo. E você sabe o que mais? É bom pra caralho.

— O quê?

Ela levanta uma sobrancelha.

— Admitir o que fiz e pagar por isso. É libertador. Posso manter minha cabeça erguida de novo, e, além disso, nem todo mundo me odeia. Algumas pessoas entendem. Não é como se tivéssemos feito de propósito; estávamos apenas zoando, sendo estúpidos. A igreja está realizando um culto especial para os adolescentes de Gap Mountain, e eles me pediram para falar. Vou discursar sobre o perigo de colocar fogo na floresta e a importância de dizer a verdade. — Ela inclina a cabeça; seus olhos castanhos perfuram os meus.

Felizmente, Omar chega na hora para anotar o nosso pedido. Ele está distante, mas educado. Pedimos sanduíches de bacon, batatas fritas e milkshakes de chocolate.

Mudo de assunto.

— E a faculdade?

Ela brinca com a faca, girando em círculos.

— Estou admitida condicionalmente no próximo ano, presumindo que eu complete todas as minhas horas de serviço comunitário. Tive que escrever uma redação e tanto para convencer o reitor.

— Aposto que sim

Ela acena com a cabeça.

— Comparei a minha condenação por incêndio culposo a um ponto da trama em *O mundo segundo Garp*, de Irving.

Rio alto, arrancando caras feias dos outros clientes.

— Como diabos você fez isso?

Mo abre um sorriso que me lembra de dias mais felizes.

— Argumentei que estive "pré-desastrada", como a casa de Garp no livro. Lembra? Ele quer comprar uma casa e, em seguida, um avião a atinge, então ele acha que é segura para sempre. Quer dizer, quais são as chances de outro desastre, certo? Elas são astronômicas.

— Certo — concordo.

— Então eu disse a eles que já sofri um desastre e eles podem contar comigo para nunca mais cometer um erro terrível como aquele incêndio, e funcionou.

— Você é inteligente, Mo.

Nossa comida chega e ela mergulha uma batata frita em seu ketchup.

— Eu tento.

Atacamos a comida e ficamos em um silêncio amigável. Tenho saudades de sair e me divertir. É familiar e agradável e me dá esperança para o futuro em San Diego. Engulo em seco e pergunto em voz baixa a Mo o que quero saber:

— Por que é que vocês não me incluíram quando confessaram sobre o incêndio?

Ela engole e cutuca a comida.

— Isso é o que eu queria explicar, porque achei que você iria se perguntar. — Ela olha para cima, seus olhos um pouco mais frios do que eu esperava. — A verdade é que mentimos por Violet, não por você.

— É? — Minhas bochechas começam a queimar.

— É. Nossos advogados não sabem disso, mas nos consultamos em particular. Todos acreditam que você e Violet estavam cavalgando juntas quando isso aconteceu; você era o álibi dela. Se contássemos a verdade sobre você, isso a implicaria.

Fico encarando as minhas mãos.

Mo funga.

— Violet está morta, tem que estar, e nós queremos que ela descanse em paz. Não vamos manchar o nome dela. Na verdade, foi ideia de Drummer.

Lágrimas rolam pelo meu rosto e salpicam os meus dedos. Meus amigos não estavam me protegendo afinal — apenas a ela, a garota que tem tudo (bem, tinha tudo). Afasto meu prato.

— É, isso faz sentido.

— Você está com *raiva*? — Mo questiona.

Olho para cima e ela recua com o que vê no meu rosto.

— Não — respondo, me perguntando o que diabos há de errado comigo. — Estou grata. Estou mesmo.

— E deveria estar. — Mo se inclina para a frente agarrando a faca de manteiga. Ela a aponta para mim. — Você é tão culpada quanto nós. — Sua voz é tensa e controlada. — Na verdade, você é ainda mais culpada. Foi você quem agarrou o braço de Luke. Ele foi idiota, sim, mas você foi a imprudente.

A palavra paira entre nós: *imprudente*.

— Nós salvamos a sua raça — Mo acrescenta.

— Não, vocês salvaram a raça de Violet.

Ela se levanta e joga dez dólares na mesa.

— De nada, porra. — E sai da lanchonete sob os olhares chocados dos clientes.

Espero até que ela se vá, pago o resto da conta e vou embora. Não preciso desse drama. Acabou. Estou indo embora e nunca mais vou voltar.

De manhã, meu pai me leva de carro para o sul da Califórnia. Enquanto Gap Mountain desaparece no espelho retrovisor, solto um longo suspiro reprimido. Finalmente. Acabou.

38

30 DE AGOSTO
DIAS DESDE QUE VIOLET DESAPARECEU: 28
9H25

No final das contas, odeio a vida no dormitório. Não fiz um único amigo de verdade. O andar em que fico é barulhento e os jovens festejam até as três da manhã na maioria das noites. Não consigo estudar, não consigo pensar e ninguém aqui me compreende. Quando estou emburrada, ninguém entende como me provocar para melhorar o meu humor — eles nem percebem que é um mau humor! Eles me conhecem como a garota alta e quieta que sai de qualquer sala assim que fica lotada. Eles me deixam em paz, mas quero fazer amigos, quero de verdade.

Sinto falta dos monstros.

Nesse momento, minha colega de quarto está no final do corredor, vomitando no banheiro, ainda com ressaca da noite passada. Se fosse Mo ou Violet, eu estaria com ela, esfregando suas costas. Costumávamos compartilhar nossas misérias. Obviamente, isso mudou quando alguns de nós foram para a prisão e eu fui para a faculdade. O que esperava? Estou livre. Apenas nunca imaginei que estaria livre sozinha.

Estou estudando um livro sobre fatores socioeconômicos relacionados ao crime quando meu celular toca. Não reconheço o número, mas quero conversar com qualquer pessoa que não seja a minha colega de quarto.

— Alô?

— Você tem uma ligação a cobrar de Nathaniel Drummer, um presidiário da Penitenciária Estadual de Wasco. Você aceita a ligação?

O cômodo encolhe e o meu peito aperta. Não tenho certeza do que ela quer dizer com ligação a cobrar, mas não me importo: é Drummer.

— Sim, aceito! — Não nos falamos desde a sentença de incêndio culposo, embora eu tenha escrito muitas cartas, implorando para que ele me ligasse.

A chamada é realizada e a conexão é silenciosa, exceto pela respiração de Drummer. Quando ele fala, sua voz treme.

— Ei, Hannah.

— Oi! Como você está? — Eu me encolho. Que pergunta estúpida.

— Não estou bem — ele responde. Sua alegria se foi. Sua voz é profunda e surda. — Estou com saudades dela, Hannah.

Respiro fundo. Meu Deus, ele ligou para dizer isso?

— Também sinto falta dela.

Outro longo silêncio. Em seguida:

— A comida aqui é uma merda.

Solto uma risada, me sentindo estranha, e tento brincar.

— Aqui também! E meu quarto é *minúsculo*. Posso muito bem estar na prisão, quer dizer, exceto pelas festas e os deveres de casa.

Drummer respira fundo.

— Não é a mesma coisa, Han, de jeito nenhum.

— Certo, desculpa.

Eu o ouço ficar inquieto.

— É... eu queria te contar algo sobre a Violet.

Fecho os olhos e ele continua.

— Ela era uma boa pessoa, Han. Ela queria que todo mundo, você, os monstros e a avó dela, soubessem que estávamos namorando, que confessássemos tudo. Ela odiava segredos.

Claro que sim, penso.

Drummer chora baixinho do outro lado da linha.

— Recusei porque pensei que você ficaria muito chateada e saí furioso. Agora perdi vocês duas.

Suas palavras me estilhaçam.

— Você não me perdeu, Drummer.

Suas lágrimas se transformam em um riso amargo, e então sua voz fica mais aguda.

— Hannah, minha namorada está morta por causa do que fizemos.

Meu estômago aperta quando minha respiração deixa meu corpo.

— Eu... não diga isso.

— Eu só... não sei onde ela está, ou se a matei acidentalmente. Não sei se alguém encobriu isso para mim. — Seu tom é bruto, acusatório. — E não tenho certeza se quero saber.

Estou sem fôlego; não consigo falar.

Ele fica em silêncio por um minuto inteiro. Então solta um suspiro longo e pesado.

— Liguei para dizer que está tudo acabado, Hannah. Sinto muito. Eu realmente sinto, mas não somos bons juntos. Tenho um conselheiro e ele está me ajudando a estabelecer limites e a acreditar em mim mesmo. Nossa amizade acabou.

— Drummer...

— Hannah, é o melhor para nós dois. O.k.?

Eu me desfaço em um ataque de tosse e choro.

— O.k. Sinto muito.

Uma longa pausa e Drummer fala:

— Sou eu quem sente muito. É tudo minha culpa, Han.

Meu estômago embrulha.

— O que é?

— Você e eu... nós. Eu gostava de ter uma garota inteligente e bonita como você no anzol. Nunca quis perder isso, mas quando sair daqui quero um relacionamento de verdade. Não quero mais usar garotas ou correr quando as coisas ficarem difíceis. Tenho que cuidar de mim mesmo.

Engulo as minhas lágrimas. É bom ouvi-lo admitir que entende como éramos — juntos, mas não de verdade. Isso me faz sentir menos louca. Nosso relacionamento era real, mas muito ruim.

Ele limpa a garganta.

— Se cuide também, o.k.?

— Farei isso.

— Nem tudo é ruim aqui — ele fala. — Luke e eu estamos conversando novamente, e fazemos parte do esquadrão de combate a incêndios de presidiários. Vamos apagar incêndios florestais, Han. Apropriado, não é?

Ouço orgulho em sua voz e solto a respiração. O futuro dos meninos não está destruído; simplesmente não é o que qualquer um de nós imaginou.

— Isso é ótimo, Drummer.

— Divirta-se estudando — ele se despede, e nós dois rimos. — Adeus, Hannah.

— Adeus. — Depois que desligo, caio na cama e choro de soluçar.

39

**14 de setembro
dias desde que violet desapareceu: 43
14h30**

Acontece na minha aula de Introdução ao Direito Penal. Os dois agentes do FBI que me interrogaram em Gap Mountain entram pela porta da sala assim que a aula começa. Eles estão bem-arrumados, de terno, e meu coração afunda em meu estômago.

A professora para no meio da frase.

— Posso ajudar? — ela pergunta.

O principal agente se aproxima.

— Sou o agente especial Hatch, do FBI. — Ele mostra seu distintivo.

Agarro as laterais da minha mesa com um pensamento latejando na cabeça: *não acabou*.

Nossa professora esboça um meio-sorriso e olha para os alunos, parecendo confusa.

Risadinhas soam pelo auditório. É uma aula de direito penal, então isso parece uma piada. Os alunos se acomodam, esperando para ver o que acontece a seguir. Não acredito que nenhum deles ficaria surpreso se os agentes mostrassem um alto-falante sem fio e começassem a se despir.

Hatch abaixa a voz e sussurra para a professora. Seu rosto muda, ficando sério. Ela verifica sua lista de presença e acena com a cabeça.

— Sim, ela é minha aluna.

Meu peito aperta. A sala fica embaçada. Em um instante, eu me pergunto o quão rápido posso correr.

Hatch olha para o outro lado do corredor. Estamos muito distantes um do outro, e seus olhos saltam de aluno a aluno até pousarem em mim.

— Hannah Louise Warner, se apresente, por favor.

Uma risada baixa irrompe e os alunos se entreolham, inclinando-se e sussurrando enquanto procuram por Hannah Louise Warner.

Meus olhos se voltam para as saídas, e os agentes especiais percebem isso e começam a se mover. Meu corpo inteiro está contraído com força; meus pés estão enraizados no chão. Hatch marcha na minha direção, sua arma ligeiramente visível dentro do terno, e os alunos percebem que não se trata de uma brincadeira. Seus sorrisos mudam e todos fecham a cara. Aqueles mais próximos de mim se afastam. A estática enche o ar conforme os jovens percebem que a coisa pode ficar feia.

Estou prestes a fugir, mas me forço a enfrentar o que está por vir enquanto Hatch faz seu caminho através das fileiras e o agente especial Patel fica ao lado da saída principal. Os alunos se afastam de suas carteiras e se alinham nas paredes.

— Permaneçam calmos — Hatch avisa enquanto vários alunos correm para o corredor. Ele faz seu caminho até mim. — Olá, srta. Warner.

Meus olhos o engolem — seu terno, seu poder, sua certeza.

— Precisamos conversar com você. — Ele não é rude nem educado.

— Por quê? — resmungo, minha garganta apertada. — Estou sendo presa?

Ele solta um suspiro que diz: *Você quer mesmo fazer isso aqui?*

— Você não está presa, mas tenho um mandado de busca que exige que venha comigo agora. — Ele me mostra seus papéis.

— Ah — reajo sem fôlego. O mandado dá a ele o direito de revistar meu dormitório, meus pertences, meu celular e coletar meu DNA e impressões digitais. — Isso é sobre o quê?

Ele levanta uma sobrancelha grossa.

— Trata-se do suposto assassinato de Violet Sandoval. Temos algumas perguntas para você, srta. Warner.

Seu mandado treme em minhas mãos.

— Vamos acompanhá-la até o nosso veículo agora. Se você resistir ou lutar, vou algemá-la. Você entende?

— Sim. — Meu coração dispara e o sangue corre acelerado em minhas veias.

Hatch e Patel me conduzem para fora da classe sob os olhares chocados dos meus colegas. Assim que saio pela porta, a energia explode atrás de mim em exclamações empolgadas. A professora tenta acalmá-los. Alguém diz:

— Acho que já ouvi falar de Violet Sandoval. Não é a herdeira desaparecida?

Em seguida, silêncio absoluto. Imagino dedos tocando em celulares e laptops, pesquisando. Em um minuto, eles saberão.

O carro não identificado dos agentes está estacionado em uma zona de reboque em frente ao complexo das Ciências. Eles me conduzem até lá e me ajudam a entrar.

Os agentes me levam a um escritório de campo, onde minhas impressões digitais e meu DNA são coletados, e meu celular é confiscado. Em seguida, eles me levam a uma sala de interrogatório fria que contém uma mesa, várias cadeiras, uma caixa de lenços de papel e uma jarra d'água. Há um espelho bidirecional na parede atrás de mim.

— Espere aqui — Hatch pede.

Ele e Patel vão embora.

Tento pegar o braço de Hatch e paro antes de tocá-lo.

— Eu não sei de nada. Estou com amnésia.

Eu não me ressinto de seu sorriso malicioso.

— Se você realmente tem amnésia, srta. Warner, terá um grande choque. — Ele fecha a porta atrás de si.

Tremo e minhas entranhas se retorcem. Talvez eles tenham encontrado o corpo de Violet. Talvez tenham resgatado meu carro destruído. Fico olhando para o meu braço, onde as marcas de meia-lua estavam antes de cicatrizarem — *vozes furiosas, sangue no tapete branco, uma figura curvada na janela.*

Minha mente gira e de repente me sinto mal, porque a verdade é: sei exatamente o que aconteceu com Violet Sandoval. Sim, minha memória voltou na noite em que Justin me assustou e corri para fora com o rifle do meu pai. Aconteceu quando vi meu reflexo no vidro — tudo voltou rapidamente, e agora gostaria que não tivesse acontecido. Na verdade, pularia nas mandíbulas de outro maldito urso se isso me fizesse esquecer.

A questão é: esses agentes sabem o que eu sei?

40

14 DE SETEMBRO
DIAS DESDE QUE VIOLET DESAPARECEU: 43
16H14

Os agentes especiais voltam com uma pasta grossa de papel manilha e um gravador. Um terceiro agente entra e fica contra a parede.

Hatch se senta na minha frente e coloca a pasta bem no meio da mesa. Ele me analisa por um minuto inteiro, e eu o encaro de volta. O agente sabe que me lembro, posso ver em seus olhos, e ele espera me fazer tropeçar. Mas desde o dia em que começamos o incêndio florestal, meu objetivo tem sido sobreviver, e isso não mudou. Sabendo muito bem que estou caminhando para a batalha, engulo meu medo, encontro o centro plano e calmo da minha alma e surpreendo os agentes ao falar primeiro.

— Você disse que tinha algumas perguntas?

O sorriso infantil de Hatch vacila em seu rosto.

— Srta. Warner, uma vez você me pediu para chamá-la de Hannah. Essa ainda é a sua preferência?

— Claro, tudo bem. — É sempre bom cooperar com a autoridade, um pouco bom demais. Eu me mexo na cadeira e lembro que estamos em lados opostos. Ele é meu inimigo.

— Hannah, você não está presa, mas temos mais algumas perguntas sobre seu paradeiro na noite de dois de agosto, a noite em que sua amiga Violet Sandoval desapareceu. Devo adverti-la de que você tem o direito de permanecer calada, e tudo o que disser pode e será usado contra você em um tribunal. Você tem direito a um advogado e, se não puder pagar por um, um lhe será fornecido. Você entendeu o que eu disse?

Antes que eu possa lembrá-lo de meu diagnóstico de amnésia, Hatch levanta um dedo bem cuidado e acrescenta:

— Sei que você tem um problema de saúde, mas esta nova evidência pode ajudá-la a se lembrar. Isso pode nos ajudar a encontrar Violet.

Minhas pernas param de balançar. Então, eles não encontraram o corpo dela, o que significa que ainda não sabem o que aconteceu com ela, o que significa que ainda estão jogando verde.

Hatch aponta para um telefone fixado na parede.

— Você pode ligar para o seu pai se quiser, mas ele não poderá entrar na sala. Ele é um investigador neste caso e não pode estar presente durante o interrogatório de sua filha adulta. Você entende os seus direitos?

Cruzo os braços.

— Não pedi pelo meu pai.

Hatch me olha com mais atenção.

— Você gostaria de uma representação profissional, Hannah?

Ele mexe em um amontoado de fotos, e vejo imagens do meu quarto, da minha casa e até da minha cachorra.

Sento-me mais ereta, curiosa.

— Não, estou bem. Quero ajudar.

Ele e Patel trocam um olhar e Hatch se acomoda na cadeira. De seu lugar contra a parede, o terceiro agente muda de posição. Todos os três estão armados e a sala está silenciosa e estéril. Eu me sirvo de um copo d'água para interromper o silêncio.

Hatch finalmente abre sua pasta.

— Hannah, durante nossa última entrevista, no dia catorze de agosto, você não forneceu um álibi para a noite em que Violet desapareceu.

Ele tira a foto de um carro amassado. Faltam os pneus e algumas outras peças, mas reconheço a forma geral e a cor do meu jipe. Que diabos? Pensei que tinha desaparecido. Meu joelho balança e eu o forço a parar. *Não reaja, Hannah.*

Hatch continua.

— Após a entrevista, emitimos um mandado de busca e apreensão para o seu veículo. Demoramos algum tempo para rastrear o carro e muito mais tempo para analisar os fluidos e os cabelos lá dentro.

Ai, merda.

Patel empurra o mandado de busca na minha direção com um sorriso conciso. Olho para ele e aceno para indicar que concordo. Depois que meu carro foi destruído e rebocado, nunca pensei que o veria novamente.

Hatch me entrega uma folha de papel cheia de números e diagramas estranhos.

— Nossos especialistas forenses identificaram DNA pertencente a um *Ursus americanus...*

— Um o quê?

— Um urso-preto — ele explica. — DNA pertencente a um urso-preto. Eles também encontraram restos de ensopado de carne e sangue humano pertencente a Violet Sandoval.

Seus lábios se abrem em um sorriso, como se ele acreditasse que isso prove algo, e me pergunto se ele entende alguma coisa sobre viver na floresta.

— E?

Hatch inclina a cabeça.

Descruzo meus braços e me inclino para a frente.

— Meu sangue está lá também. Você sabe quantas vezes já me cortei pescando e caçando? E o de Luke, desde aquela vez que ele caiu da árvore e machucou a cabeça, e o de Mo; o nariz dela sangra todo inverno. Violet é provavelmente a mais cuidadosa, mas ela cortou o pé em uma pedra no ano passado e eu a levei para casa.

Estou mentindo, é claro — ninguém pode entrar no meu carro se estiver sangrando —, mas as palavras soam verdadeiras para Hatch.

Decepcionado com a minha resposta, ele segue em frente.

— Hannah, conseguimos extrair o rastreador GPS do seu automóvel. Na noite do dia dois de agosto, você dirigiu diretamente da sua casa para a casa da srta. Sandoval. Uma hora depois, você dirigiu até o local de estacionamento da trilha do lago Gap. Seu veículo permaneceu lá por aproximadamente setenta minutos e então você voltou para casa. Ao chegar em casa, o urso-preto a atacou. Seu pai a encontrou escondida no contêiner de lixo à prova de ursos à meia--noite e um.

Ele mostra um mapa para mim, que indica cada uma das minhas paradas e o tempo.

Minha cabeça começa a latejar. Esqueci do GPS. Pisco para os agentes, minha mente zumbindo.

— Como você sabe que eu estava no carro?

Os olhos de Patel se voltam para Hatch e ele engole em seco. Hatch o ignora.

— Não sabemos, Hannah. É por isso que estamos perguntando.

Faço que sim com a cabeça e reprimo um sorriso.

Hatch cruza os dedos, algo que percebi que ele faz quando está pensando.

— É possível que Drummer tenha pegado seu carro emprestado? — ele questiona.

— Eu te disse, não me lembro de nada. Não vejo como posso ajudar.

O agente especial Hatch balança levemente a cabeça. Ele não está tentando encontrar Violet; ele só quer prender alguém. Seu olhar varre meu rosto; seus olhos semicerrados tremem. Hatch tem mais para me mostrar, muito mais. Ele me entrega outro papel.

— Depois de encontrar o sangue de Violet em seu veículo, emitimos um mandado de busca de sua casa e dos registros de telefone celular.

Eu me inclino para trás enquanto minhas entranhas se enrolam e se agitam. O suor se acumula instantaneamente no meu couro cabeludo.

— Isso parece excessivo. Meu pai sabe disso?

— Ele foi informado — Hatch fala.

Ele então produz uma rodada de fotos — mais imagens do meu carro destruído, incluindo fotos de perto dos respingos de sangue, fotos do cadáver do urso, imagens do Incêndio Gap e fotos do lago Gap. Cada uma me atinge como um soco, e forço respirações profundas e lentas.

Hatch contorna a mesa carregando sua cadeira e se senta ao meu lado, inclinando-se perto, olho no olho.

— Estamos tentando te ajudar a se lembrar, Hannah.

Não, você não está, penso. *Você está tentando me fazer confessar.*

Em seguida, ele apresenta uma série de fotos em rápida sucessão, alinhando-as na minha frente. O calor sobe para as minhas bochechas enquanto observo imagens dos meus diários pessoais e centenas de fotos de Drummer.

— Você estava obcecada pelo namorado de Violet há anos, não é?

— Não. — Limpo meu rosto e tento me recompor. Drummer não é uma *obsessão*. Eu o amo.

— Você estava perseguindo Drummer naquela noite, Hannah?

— Não! — grito. — Eu não faria isso.

— Você não estava envolvida no Incêndio Gap, mas teve um motivo convincente para fazer Violet desaparecer, não é?

Meu corpo se prepara. Balanço a cabeça.

Hatch continua.

— Você estava com ciúmes, não estava, Hannah?

— N... Não — gaguejo.

— Você se inscreveu na Universidade de Stanford e foi rejeitada. Mas ela foi aceita, não foi?

Sinto minhas bochechas corarem. Não posso acreditar que entraram em contato com Stanford sobre a minha inscrição rejeitada.

O sorriso de Hatch se torna cruel.

— Violet poderia bancar uma faculdade particular enquanto você planejava vender seu carro para pagar por uma universidade pública.

Minha raiva aumenta.

— E daí?

Ele não vacila.

— Violet era linda e uma amazona talentosa. Ela era a oradora da turma e tinha a única coisa que você sempre quis: ela tinha Drummer.

Salto da minha cadeira, de repente furiosa por ele estar usando o apelido de Drummer, como se o conhecesse.

— E daí? Isso é um crime? Você acha que *eu* matei Violet?

Patel também respira mais rápido enquanto Hatch desliza seus olhos escuros para os meus, um sorriso torto brincando nos lábios. A sala fica mortalmente silenciosa quando ele mostra um saco transparente de evidências. Dentro há um colar Tiffany com um pingente circular com a letra *V* gravada.

— Olhe para isto, Hannah.

Meus olhos rolam em direção ao pingente, e o ar sai correndo dos meus pulmões. Como diabos ele descobriu isso? Estava nas cinzas da minha cachorra! Aperto as minhas mãos para esconder o tremor repentino.

— Você sabe quem é a dona deste colar? — ele pergunta.

— Parece o de Violet — respondo, meu coração pulando como um coelho. *O.k., Hatch, chega de jogos,* penso. *Apenas me prenda, porra; acabe com isso.*

— Aqui vai uma pergunta — Hatch ironiza. — Como o colar de Violet se misturou com as cinzas da sua cachorra?

Ele desliza uma foto de Matilda de olhos brilhantes na minha frente, e a raiva me atinge como uma bala. Como ele ousa usar a minha cachorra contra mim! Levanto a cabeça, encontro seu olhar triunfante e o encaro. Meu cabelo está solto, caindo sobre os olhos, e meu corpo está contraído como uma mola. Hatch se esquiva de mim. *Isso mesmo*, penso, *agora você me vê*. Decido que não tenho nada a perder dizendo a verdade. Respiro fundo e me sento.

— Encontrei no meu carro.

— Por que você escondeu isso das autoridades?

De novo, respondo com honestidade.

— Não sei.

— Você acredita que está envolvida no desaparecimento de Violet, Hannah?

Eu me inclino para trás na cadeira.

— Não. — Essa é a palavra outra vez, a melhor amiga dos mentirosos.

Ele junta os dedos e me estuda por um bom tempo. O relógio na parede bate, Patel respira silenciosamente, o agente contra a parede solta um pigarro e a verdade borbulha dentro de mim. Uma parte de mim quer deixá-la escapar, preencher o vazio, fazer todos felizes, resolver o caso, mas isso não trará Violet de volta, então eu a engulo.

Hatch parece cheio de arrogância quando se senta na mesa, inclinando-se para mim.

— Nossas fotos refrescaram a sua memória, Hannah?

Percebo que ele está sendo tático. Ele está sacudindo meu cérebro com informações e imagens daquela noite, tentando me forçar a lembrar, e não dá a mínima que um psicólogo possa considerar isso perigoso. Que filho da mãe. Se eu não tivesse lembrado por conta própria, estaria um lixo agora.

Patel joga outra foto na mesa.

— Você reconhece isto?

Faço que sim. É o unicórnio de vidro que dei a Violet em seu décimo aniversário.

Hatch se inclina, os olhos brilhando, os lábios apertados.

— Acreditamos que seja a arma do crime.

Ele me passa um relatório do laboratório forense. Minha garganta dá um nó. Eles estão chegando mais perto.

Patel me estuda.

— Nós reexaminamos as evidências do departamento do xerife coletadas no sótão e descobrimos um fragmento microscópico do couro cabeludo de Violet e sangue em um dos cascos.

Um arrepio genuíno desce pela minha espinha.

— Isso é horrível.

— Alguma coisa está te ajudando a lembrar?

Cruzo os braços e me recuso a responder.

Mais uma vez, Hatch quebra o silêncio primeiro.

— Hannah, você acredita que Violet Sandoval está morta?

Permito que lágrimas reais corram, porque sinto falta da minha amiga.

— Você disse *arma do crime*, então sim, acho que sim.

Uma careta curva os lábios de Hatch quando ele se vira para mim.

— Nossos principais suspeitos são Nathaniel Drummer e Lucas O'Malley. Você os caracterizaria como seus melhores amigos?

Não gosto de aonde isso está levando.

— Sim, eu os considero assim.

— Você tem uma relação romântica com algum dos meninos ou com os dois?

O calor inunda as minhas bochechas, mas me recuso a baixar os olhos.

— Não, não tenho.

— Mas você é leal a eles. — Concordo com a cabeça uma vez. — Leal o suficiente para ajudá-los a esconder um corpo?

Olho para ele, minha fúria crescendo.

Hatch muda e me ataca de um novo ângulo.

289

— Ou você está com medo? É possível que esteja encobrindo Drummer e Luke por medo de retaliação? Porque podemos protegê-la, se esse for o caso.

Medo de Drummer? Nunca. Medo de Luke — o Luke forte, poderoso e furioso? Às vezes. Eu me inclino para a frente, cansada dessas perguntas.

— Não me lembro de nada. Por que você está me interrogando?

Patel se senta mais ereto enquanto Hatch ajusta a gravata e continua pressionando.

— Porque precisamos da sua ajuda — ele admite, e, assim, o poder na sala volta para mim. — Não podemos acusar nenhum dos dois rapazes de homicídio. As evidências são circunstanciais e não temos um corpo. Provar em um tribunal que Drummer ou Luke mataram Violet terminaria em derrota. Precisamos de mais. Precisamos da confissão de uma testemunha ocular.

Aceno. Isso é o que eu pensei o tempo todo: eles estão jogando verde. Eles nem têm certeza de que Violet esteja morta. Minha pulsação trêmula desacelera para uma batida constante.

Hatch franze a testa.

— Sabemos que seu carro foi até o lago Gap, onde acreditamos que o corpo da vítima foi descartado, sabemos que ela sangrou no seu carro e que você escondeu o colar que ela foi vista usando pela última vez. O que não sabemos é quem estava dirigindo. Este caso não está encerrado, Hannah, e acredito que você é cúmplice. Se você testemunhar contra os meninos e nos disser onde encontrar o corpo de Violet, posso oferecer imunidade total.

Imunidade total. Meus lábios se fecham. Meu pulso bate forte. O que Hatch não entende, e o que Violet nunca entendeu, é que monstros não deduram monstros.

— Hannah, seu pai é um xerife, e ele me contou que você está estudando justiça criminal na faculdade e que talvez você mesma vá para a polícia. — Os olhos de Hatch endurecem como aço. — O que não entendo é por que uma mulher com a sua experiência e os seus objetivos de carreira esconderia evidências.

Minhas mãos se fecham em punhos. Minha *experiência* é que meu pai mandou minha própria mãe para a prisão, onde ela acabou morrendo.

Hatch espalha todas as fotos incriminatórias na minha frente, incluindo a foto que o jornalista tirou do lago Gap com a luz do sol vermelha derramando-se pelo centro.

— Se você quer resolver crimes, Hannah, por que não começar com este? Vou te perguntar uma última vez: quem assassinou Violet Sandoval, e onde está o corpo dela?

Os três agentes na sala ficam quietos. O desejo familiar de cooperar me puxa. Hatch se inclina para a frente e espera, as sobrancelhas grossas bem franzidas.

Não consigo mais ouvir as conversas murmuradas do lado de fora da porta ou o ar-condicionado soprando. Sei quem matou Violet, mas se os agentes pensam que vou lhes contar, estão loucos.

Eu encontro o seu olhar.

— Não sei.

O olho esquerdo de Hatch estremece.

— Essa é a sua declaração oficial?

— Sim.

Patel fecha a pasta de papel e pragueja baixinho. Hatch pega o paletó, vai até a porta e se vira para mim.

— Jamais fecharemos este caso, Hannah. Não vamos parar de investigar até processarmos a pessoa ou as pessoas responsáveis pelo desaparecimento de Violet com todo o rigor da lei.

Ele sai da sala.

Minha admiração o segue. Não esperaria nada menos do *Departamento de Investigação Federal*, agente especial Hatch. Nada menos, porra.

41

**14 De setembro
Dias Desde Que Violet Desapareceu: 43
18H**

Os agentes me deixam no campus e não consigo acreditar que ainda estou livre. De alguma forma, como um gato, eu caí de pé, mas não é apenas boa sorte. Mesmo antes de a minha memória retornar, meus instintos estavam em alta velocidade, protegendo os monstros e a mim mesma. Cometi alguns erros, mas não o suficiente para fazer qualquer um de nós ser preso por isso.

Ao passar pelo prédio do Diretório Estudantil, vejo meu reflexo na janela sombreada e paro. Eu me movo e dou um passo para trás para observar a minha imagem iluminada. *A figura curvada na janela era eu* — sempre foi. Depois de voltar do mercado, de ouvir os guaxinins farfalhando do lado de fora e de conversar com Justin, observei meu reflexo no vidro e me lembrei de tudo. Mas as memórias não trouxeram alívio como esperava — elas trouxeram medo.

Os agentes especiais entenderam tudo errado. Foi isto o que realmente aconteceu com Violet Sandoval.

SEIS SEMANAS ANTES

Às 20h25, Violet envia uma mensagem de texto em grupo para nossos celulares regulares: **AMANHÃ VOU CONTAR TUDO PARA A POLÍCIA.**

Largo a pá de estrume que estou segurando. Meu coração para.

Luke: **QUE PORRA É ESSA! VC NÃO PODE.**

Mo: **O QUE VOCÊ QUER DIZER COM TUDO?**

Nenhuma resposta de Violet. Sem pontos cinza, nada. Ligo para ela e a chamada cai direto na caixa postal. Ligo para Drummer, minhas mãos tremendo. Ele também não atende.

Abro o aplicativo de compartilhamento de localização. Merda. Ele já está lá, no sótão! Foi para a casa dela sem nós. Maldito Drummer. Ele não pode lidar com Violet sozinho, não sobre isso.

Saio correndo do estábulo para o meu carro e mando uma mensagem para Luke e Mo em nossos celulares descartáveis: **ME ENCONTREM NO SÓTÃO. AGORA.**

Luke: **ENTENDIDO.**

Mo: **VOU TENTAR.**

Entro no meu carro e sinto meu celular normal deslizar do meu bolso e se espatifar no chão. Merda! Não consigo pensar, não consigo respirar.

Coloco o carro em marcha e giro os pneus, jogando pedras nos arbustos enquanto viro para a rua principal. Meu jipe quadrado se inclina precariamente nas curvas, mas não me importo. Eu só dirijo.

Temos que consertar isso juntos; temos que fazê-la mudar de ideia. E se Violet está tão decidida a dizer a verdade, ela *e* Drummer podem começar confessando para *mim*, e não me refiro à porra do incêndio!

Essa era a última coisa de que me lembrava, mas quando o resto veio para mim, veio de uma vez, como a água de uma represa rompida...

Meus pneus esmagaram a calçada de pedra brita dos Sandoval. O Impala de Drummer já está aqui, estacionado fora da vista da casa. Olho para cima e vejo uma luz acesa no sótão. Devagar, coloco meu carro entre dois grandes pinheiros para que possa me esgueirar até Violet e Drummer.

Deslizo silenciosamente para fora do carro e corro pela escuridão em direção aos fundos da casa. É costume de Lulu esquecer de trancar a porta dos fundos, porque é ali que os poodles usam para entrar e sair o dia todo. Testo a maçaneta e ela gira. A porta range. Empurro com delicadeza e entro na casa.

Ouço uma televisão na sala de estar e roncos suaves emergem de um corpo no sofá. É Lulu Sandoval; ela desmaia todas as noites após suas taças de vinho. Deixo a porta entreaberta e me arrasto em direção à escada dos fundos, que é estreita e íngreme e leva ao terceiro andar.

Pisando com cuidado, chego a cada pequeno patamar, viro e subo mais. As escadas, antigas, são de madeira de cerejeira. Elas rangem e se inclinam sob meus pés, mas a casa é barulhenta assim, e os lamentos das escadas se fundem com vários outros suspiros e rangidos da velha construção. No topo, a porta do sótão está fechada, mas há um buraco enorme de fechadura antiga. Me ajoelho e olho através dela.

Recuo com o que vejo: Drummer e Violet se beijando no sofá vermelho. Meu coração bate forte. Eles estão totalmente vestidos, mas a blusa dela está levantada e os cílios estão molhados de lágrimas. Os dele também estão. Seus beijos são profundos e apaixonados, como se estivessem morrendo de fome um pelo outro, e seus rostos estão contraídos. Eles estão tentando ficar quietos, abafando os gemidos suaves.

Drummer ajusta a calça jeans, puxa a saia dela para cima e dá uma estocada. Ela o agarra, ofegante, e percebo que eles estão fazendo sexo. Meu Deus!

Eu me afasto do buraco da fechadura e cubro os ouvidos.

Quando acaba, me apresso de volta para observá-los. Drummer puxa a camisa para baixo. Eles estão corados, amarrotados e lindos. Mordo o meu lábio, ouvindo.

— Esta foi a última vez — Violet avisa a ele, recuperando o fôlego. — Até contarmos a verdade sobre o incêndio, isso acabou.

— Não parece que acabou — Drummer brinca, com os lábios molhados de tanto beijar.

Violet se senta mais ereta e ajusta a blusa, ajeita a echarpe com habilidade e alisa a saia curta de tweed.

— Não quero mais te ver se você não puder ser honesto, sobre o incêndio ou sobre mim. Não gosto de segredos. Nunca deveríamos ter mentido. *Eu* nunca deveria ter mentido para o xerife Warner — ela corrige.

Ele agarra os ombros dela e a faz olhar para ele.

— Por favor, não conte, V. Eu direi que comecei o incêndio se você quiser. Mas não dedure os outros.

Sua boca se abre e suas sobrancelhas escuras se unem.

— Não é justo. Nós fizemos isso, todos os cinco, e precisamos enfrentar as consequências. Essa é a questão. Precisamos limpar nossa consciência.

Ele nega com a cabeça.

Ela fecha a cara.

— Não é justo que apenas Mo e Luke estejam com problemas.

— Eu sei — ele concorda, ainda balançando a cabeça. — Mas, como Hannah diz, confessar não mudará nada. Isso vai apenas arruinar todas as nossas vidas.

— Elas já estão arruinadas — ela sussurra. — Isso é o que nenhum de vocês parece entender. Nós sabemos o que fizemos. *Nós* sabemos. E isso vai nos assombrar para sempre. Você não se sente péssimo?

Ele suga o lábio inferior.

— É, me sinto.

— Se confessarmos e pagarmos o que é justo, nos sentiremos melhor. Assim que decidi contar, me senti melhor.

Drummer segura a cabeça com as mãos.

— Todos em Gap Mountain vão nos odiar.

— Não me importo. Eu me odeio.

— Sim, mas nós crescemos aqui. — Ele suspira. — Não farei isso sem falar com os outros.

A expressão de Violet endurece.

— Você quer dizer sem falar com Hannah, não é? Essa é outra coisa, Drummer: você precisa contar a ela sobre nós.

Meu coração bate forte no peito.

— Vocês duas vão para a faculdade em breve. Por que contar a ela agora? — ele questiona.

Violet semicerra os olhos para ele.

— Porque é outro segredo.

Ele volta os olhos para ela, e eles estão tão cheios de angústia e amor que perco o fôlego.

— Isso vai acabar com ela, V. Somos seus melhores amigos. Não posso machucar a Hannah dessa maneira.

— Porque ela está apaixonada por você?

Ele dá de ombros.

O corpo de Violet fica rígido.

— Você gosta de fazer com que ela crie expectativas, não é? — ela acusa. — Você a provoca e a mantém sob controle. Você vai até ela com todos os seus problemas. Talvez você goste dela e simplesmente não consiga admitir.

Meu sangue bombeia mais rápido. A humilhação me prende no chão.

Drummer ri, como se uma atração por mim fosse ridícula.

— Não gosto dela desse jeito. Não se preocupe.

— A Hannah é bonita — Violet argumenta.

Ele dá de ombros outra vez.

Minhas mãos se fecham em punhos e as unhas cravam nas palmas.

— Se você não contar a ela sobre nós, eu conto. — O tom de Violet fica cada vez mais exigente e Drummer recusa.

— Não — ele retruca, com um tom petulante.

Vejo que Violet está ficando territorial, e suas demandas sobre Drummer só vão aumentar. O relacionamento deles está condenado, e eu sorrio.

Violet cruza os braços.

— Como assim, "não"? Não vou mais esconder isso. Cansei de todas as mentiras.

Ele se levanta.

— Não me diga o que fazer. Hannah é minha amiga.

— Não, ela não é. — Sua voz se eleva para um grito sussurrado; seus lábios se contraem e se estreitam. — Ela é a garota que você deixa em banho-maria, sempre pronta quando precisa dela. Você já dormiu com ela?

— Meu Deus, não. Ela é como uma irmã.

Violet levanta o queixo.

— Isso é uma mentira. Se ela fosse como uma irmã, você não esconderia nosso relacionamento dela.

Eu os observo pelo buraco da fechadura, meus olhos voando de um para o outro enquanto eles brigam por minha causa, minha raiva fervendo.

Drummer encara Violet.

— Você está me escondendo da Vovó.

Sua voz fica trêmula.

— Isso é diferente.

— Não é. Você não quer que ela saiba que você está transando com um garoto daqui, e não quero que Hannah saiba que estou transando com uma das suas melhores amigas. Você é tão hipócrita, V.

Violet abaixa a voz.

— Saia daqui, vá embora.

Drummer se afasta e calça os sapatos, enfiando os pés e estrangulando-os com os cadarços.

— Eu não *uso* a Hannah.

— Então conte a ela sobre nós, acabe com o sofrimento dela. Ela te ama, você sabe disso.

Ele puxa as chaves do carro do bolso e olha para ela fixamente.

— Por que você quer brigar? Por que você não pode deixar tudo isso pra lá?

— Porque você é um covarde e Hannah é a sua marionete. É doentio. Vocês dois são doentes!

Minha fúria arde quando Drummer agarra os pulsos de Violet e a puxa do sofá, levando-a até o nível dos olhos.

— Retire o que disse.

Violet crava as unhas nos braços dele.

— Ou o quê?

Ele dá uma sacudida no corpo dela.

— Retire o que disse.

— Não acredito que você está defendendo a Hannah!

Violet se debate como um peixe fisgado, deixando longos vergões vermelhos nos braços de Drummer. Ela libera uma das mãos e bate no queixo dele. Ele xinga, torce o pulso dela e a joga de lado. As costas de Violet batem na escrivaninha, e ela cai embaixo dela, com o rosto para cima. Observo, sem fôlego, o sólido unicórnio de vidro que dei a ela quando tinha dez anos, oscilando de um lado para o outro e depois caindo, atingindo sua têmpora com um baque nauseante.

Violet grita e embala a cabeça, os olhos arregalados e se enchendo de lágrimas. O sangue jorra e escorre por seu rosto em uma longa faixa. Gotas vermelhas caindo no tapete branco.

— Você me machucou! — ela chora.

297

— Porra, me desculpa! — Drummer corre para o lado dela, mas ela o empurra.

Ela fica boquiaberta com o sangue e seu pulso ferido e avermelhado.

— Sai, vai embora daqui.

O pânico cintila em sua expressão.

— Não, deixe que eu te ajude. — Ele pega o unicórnio, limpa-o na camisa e o coloca de volta. Endireita a mesa. Tenta verificar o ferimento dela.

Violet se levanta e fica de frente para ele, sua voz séria e gélida.

— Saia agora ou vou gritar, porra.

Os lábios de Drummer tremem, mas ele se vira e sai do cômodo emburrado, descendo as escadas principais até o carro. À distância, ouço o motor do seu veículo ligar e ir embora.

Violet solta um rosnado baixo e frustrado e cambaleia contra a parede. Ela desliza para baixo e se senta, recostando-se, segurando a cabeça. O sangue goteja entre seus dedos e as gotas espirram no chão. Ela afasta a mão e observa o líquido vermelho deslizar pelo braço.

— Ai... Ai, não — ela geme. Violet não aguenta ver sangue, nunca aguentou. Ela pisca rapidamente e cai, inconsciente.

Meus sentimentos saem de dentro de mim enquanto me levanto no patamar. Merda! Isso é muito ruim! Começo a abrir a pequena porta do sótão, mas ouço um barulho do outro lado da casa, um som que conheço bem. Quando éramos mais novos, com catorze e quinze anos, costumávamos entrar e sair furtivamente deste sótão pela janela. Subíamos e descíamos usando a treliça que fica encostada na casa.

Neste instante, alguém está subindo.

42

2 DE AGOSTO
DIAS DESDE QUE VIOLET DESAPARECEU: 0
21H10

Meu Deus, se alguém vir Violet assim, vão culpar Drummer. Corro para a sala, levanto seu corpo leve e a carrego para o pequeno patamar dos fundos. Depois de apoiá-la contra a parede, corro de volta e jogo um travesseiro sobre o sangue manchado no tapete branco.

Saio sorrateiramente, fecho a porta e espio pelo buraco da fechadura, prendendo a respiração.

Mãos masculinas fortes aparecem na janela e a forçam a abrir. Então Luke se arrasta, pega o celular descartável e começa a enviar mensagens de texto. Merda! Ele pode estar mandando mensagem para Violet. Logo depois, o celular dela toca de sua bolsa na escrivaninha. Com um suspiro pesado, Luke pega o celular dela e o coloca de volta, murmurando:

— Porra, onde você está?

Ele espera um momento, estalando os nós dos dedos, então xinga de novo e puxa a carteira dela. Chocada, vejo quando ele retira todo o dinheiro dela e o enfia no bolso, criando uma protuberância espessa. Então ele se vira e sai por onde veio.

Solto minha respiração e me viro para Violet, mas a visão dela me deixa sem palavras. Quando a coloquei no chão, ela girou para a frente e caiu de lado, como uma boneca quebrada. Sua pele está pálida e seus lábios estão sem cor. Ela parece morta.

— Drummer, seu idiota — sussurro.

Ele fez uma bagunça e fugiu, como sempre faz. Mas Violet não está morta, ela apenas desmaiou. Os sopros lentos e constantes da sua respiração me dizem isso. Ainda assim, se eu não a acalmar quando ela acordar, quem sabe o que ela vai fazer — acusá-lo de agressão e, em seguida, nos dedurar sobre o incêndio? Todo mundo vai acabar na prisão por causa de Drummer. *Vou morrer se eles me colocarem em uma jaula* — suas palavras me estimulam. Tenho que consertar isso.

Violet geme e se mexe. Isso é bom. Vou levá-la para o hospital.

Deslizo de volta para dentro do quarto, pego o celular regular e o descartável de sua bolsa, coloco-os em meus bolsos e, em seguida, volto para puxar seu braço.

— Vamos, V, levante.

Ela faz uma careta e tenta se levantar, mas, como um potro recém-nascido, suas pernas escorregam debaixo dela. *Ela realmente não entendeu o objetivo dos seus coturnos,* penso enquanto a ajudo a se levantar. *Se ela tivesse chutado Drummer com eles em vez de se afastar, não estaria machucada agora.*

Apoiar Violet com um braço é fácil para mim, porque sou muito mais alta. Ela começa a reanimar enquanto eu a ajudo de maneira desajeitada a descer a escada de volta para o primeiro andar.

Quando passamos pela sala de estar, Lulu vira, mas sua respiração permanece profunda e constante, seu ronco tranquilo. Passamos por ela e saímos pela porta dos fundos, contornando a lateral da casa. Uma luz de sensor de movimento se acende e me assusto quando uma pessoa aparece. Não, não é uma pessoa, sou *eu*. Minha figura iluminada por trás reflete na janela, e no escuro, com meu cabelo desgrenhado, minha postura curvada e uma garota semiconsciente em meus braços, pareço desajeitada e monstruosa. Desvio o olhar.

Chegamos ao meu carro estacionado nas sombras, e a cabeça de Violet repousa no meu peito. Não acho que ela consegue se sentar, então a coloco no banco de trás com as sobras de ensopado e, em seguida, subo para a frente, ligo o motor e piso no acelerador.

Enquanto saímos da casa, alcanço Luke, que está saindo de bicicleta. Ele para e acena para mim. *Merda.* Abro uma fresta da janela, esperando que V não acorde.

— Você viu Violet? — ele pergunta.

Engulo em seco.

— Não, e você?

Ele franze a testa.

— Não. Drummer deve ter chegado aqui primeiro. Talvez eles tenham ido a algum lugar. — Ele esfrega a cabeça. — Olha, depois da mensagem dela sobre a polícia, ela ligou e falou para eu vir e pegar algum dinheiro e não deixar a Vovó me ver, mas ela não destrancou a maldita janela do sótão. Se você a vir, avise a ela que eu peguei o dinheiro.

— O.k., mas por que ela está te dando dinheiro?

Estou surpresa porque, por mais generosa que seja, não pedimos dinheiro emprestado a Violet. Orgulho de monstro, acho.

Ele enrubesce.

— É apenas para me ajudar até que eu possa voltar para casa. Ela insistiu.

Engolindo em seco, falo:

— Eu aviso a ela.

Então fecho a minha janela e passo por ele antes que ele peça uma carona ou perceba que Violet está deitada no meu banco de trás.

Quando chegamos à estrada principal do condado, a cor retorna ao rosto de Violet.

— Hannah? — Suas pálpebras tremem quando ela se senta direito e tenta se concentrar em mim.

Solto um grande suspiro.

— Você me assustou por um instante. Você bateu com a cabeça.

— Drummer...?

— Shhh, ele foi embora. Apenas deite e vou te levar ao médico.

— Meu Deus, que cheiro é esse? — ela pergunta.

Eu solto uma risada.

— Sobras do ensopado de carne da sua avó.

Quando chego a uma bifurcação na estrada municipal, dirijo até parar. Bem em frente está o hospital. Violet esfrega a testa e vê onde estamos.

— Estou bem, Han, sério. Não preciso de um médico.

— Você tem certeza?

— Sim. Onde está o meu celular?

Enquanto ela tateia o banco de trás em busca dele, giro o volante e acelero. Estou feliz que ela esteja bem, porque precisamos conversar sobre o interrogatório com a polícia amanhã em algum lugar privado.

— Para onde estamos indo? — ela pergunta.

Eu sorrio.

— Para o Gap, para onde mais?

43

2 de agosto
Dias desde que Violet desapareceu: 0
21h50

Dirijo pelas ruas secundárias para o lago Gap, porque não quero ser parada por um dos policiais do meu pai, não com uma menina sangrando e ligeiramente confusa no meu banco de trás. Enquanto passamos por árvores que parecem antigas sentinelas ao lado da estrada, Violet pula para o banco da frente. Seu rosto e a echarpe estão manchados de sangue.

— Por que estamos indo para o lago?

— Para conversar.

— Sério? — Ela esfrega o pulso machucado, distraída. — Drummer me empurrou, acredita nisso?

Se bem me lembro, ela estava *me* insultando quando ele ficou bravo, mas balanço a cabeça.

No início da trilha, paro no estacionamento coberto e olho pelo para-brisa. É uma linda noite. A lua envolve as agulhas dos pinheiros em uma luz prateada, como se tivesse acabado de nevar, e o brilho das estrelas salpica o céu noturno. A fumaça do incêndio desapareceu. Saio do carro, inalo o almíscar quente da floresta e me pergunto como será o cheiro de San Diego. Será que vou sentir falta da floresta?

Violet geme.

— Hannah, não me sinto bem.

— Você precisa de ar fresco. — Eu me inclino e a puxo para fora, notando gotas de sangue no meu banco traseiro, mas ela parece muito melhor. Eu a coloco de pé. — Te peguei.

Ela inclina a cabeça e o luar ilumina seu rosto. O corte na testa está aberto, mas os ferimentos na cabeça sempre parecem piores do que são, certo?

— Onde está Drummer? — ela pergunta, parecendo atordoada.

— Eu te disse, ele foi embora. Ele te machucou e foi embora. — Talvez ela comece a entender que ele é um covarde e ela é boa demais para ele. — Venha, V, vamos para a água para te limpar.

Violet concorda com a cabeça e recupera o controle dos pés. Caminhamos até a margem oeste do Gap e paramos em um planalto de pedra com vista para o lago. Um penhasco íngreme desliza direto da borda e encontra a água cerca de um metro e meio abaixo. Os adolescentes gostam de mergulhar desta rocha plana, porque não há nada para machucar você, nenhuma rocha submersa ou costa, apenas seiscentos metros de água fria. Também não há praia aqui, não há como escalar sem ajuda.

O lago se estende além de nós, escuro, exceto pela superfície iluminada pela lua, e mais profundo do que quaisquer segredos que Violet e eu tenhamos entre nós.

— Me dê a sua echarpe, o.k.?

Obediente, ela desenrola a seda cara do pescoço e a entrega para mim. Seu rímel está manchado por causa do sexo e das lágrimas, e aposto que sentiria o cheiro de Drummer nela se me aproximasse mais. Este é um pensamento sensato, e olho para longe, em direção à floresta onde Luke acendeu o cachimbo. Tenho que ficar focada no porquê estou aqui: fazer Violet mudar de ideia. Mergulho o tecido na água e limpo seu ferimento com suavidade.

Ela oferece um sorriso fraco, e suas covinhas formam dois pontos escuros em seu rosto em formato de coração. Tudo em Violet é agradável, desde o timbre rouco da voz até as mãos habilidosas e os lábios expressivos — percebo que a estou encarando.

Mas, assim como Drummer, ela floresce sob a atenção e me encara de volta, piscando seus olhos de cílios longos. Então ela tenta pegar o seu pingente e se assusta.

— Ah, não, onde está o meu colar? — Ela começa a rastejar em torno do planalto rochoso, apalpando as fendas.

Eu me curvo e a ajudo; nós procuramos em todos os lugares.

— Provavelmente está na sua casa.

— Tomara que eu não tenha perdido ele — ela diz.

Depois de um minuto, Violet faz uma pausa para descansar, e seus olhos varrem o lago plano e espelhado e a floresta além. Ela cantarola alguns compassos de uma música e se move em direção ao Gap.

— As estrelas estão no lago e o lago está no céu. Tudo se inverteu. Você vê?

— Só vejo a água.

Ela ri.

— Não, é o mundo reverso, onde tudo é oposto. Onde não começamos o incêndio.

Estou feliz que ela trouxe isso à tona.

— Não vejo assim, V, vejo este mundo, onde *começamos* o incêndio. Precisamos conversar sobre isso. Você não pode contar à polícia o que aconteceu.

Seus dedos se enrolam como garras.

— Foi um acidente, Han. — Seu queixo pontudo se projeta na minha direção.

— Meu Deus, você ainda não entendeu. — Balanço a cabeça. — É um crime, pessoas morreram. Iremos para a prisão, não para a faculdade. Você quer que a sua avó saiba que você mentiu? E quanto aos seus pais? Você quer que eles saibam que você ajudou a iniciar um incêndio que matou dez pessoas e depois mentiu para o xerife sobre isso?

Ela fecha a cara.

— Hannah, pare. Ser pego ou não ser pego não muda nada. Nós sabemos o que fizemos.

— Isso muda tudo!

— Já me decidi.

Lágrimas quentes brotam dos meus olhos.

— Como você pode se mandar e mandar Drummer e todos nós para a prisão? É capaz de a advogada do Luke conseguir até mesmo retirar as acusações contra ele.

— Essa não é a questão. É melhor contar do que ser pego. Por favor, me leve para casa. Já te falei que não estou me sentindo bem.

Ela limpa a poeira da saia, balançando na rocha que dá para a água.

— Todos nós temos que concordar — murmuro.

— Você quer dizer que todos nós temos que concordar com *você*. Isso é uma merda, Hannah. Mo ligou hoje à noite e gritou comigo, Luke me implorou para ficar quieta e Drummer se ofereceu para levar a culpa por todos, mas nenhum de vocês se importa com o que *eu* quero.

Eu fico ao lado dela.

— Pensei que você queria ir para Stanford. Se você contar para a polícia, eles vão nos acusar de incêndio culposo e provavelmente assassinato. Seu dinheiro pode comprar um bom advogado, mas você não vai se livrar de uma acusação de homicídio, V. Como você é a única que não entende isso? E pode apostar que Stanford vai cancelar sua inscrição.

Violet arqueia uma sobrancelha.

— Você se esquece do quanto eu sou rica, Hannah. Eu não *preciso* da faculdade.

— Mas eu preciso — grito, minha respiração ficando mais rápida. — Não seja uma babaca, V.

— Por que você está estudando justiça criminal se não se preocupa com a lei? Você percebe o quanto é hipócrita? — Seu corpo fica rígido e seu rosto se transforma em uma imitação do meu. Ela fala roboticamente: — Eu sou a Hannah. Eu quero lutar contra o crime como meu pai e não me importo com quantas leis eu tenho que quebrar para fazer isso. — Ela ri tanto que começa a soluçar.

Meu rosto se transforma em pedra. Meus punhos se apertam. Minha voz se transforma e se torna profunda.

— Tudo o que fiz foi para nos proteger.

Violet zomba, sua paciência se foi.

— Não, você está se protegendo. — Ela vê que estou chateada e vai mais fundo. — Talvez vocês, monstros, consigam viver com a polícia respirando em seus pescoços e dez assassinatos em suas cabeças, mas eu não consigo.

— Você não é melhor do que nós — rebato.

Ela se aproxima furtivamente, seus sentimentos reprimidos enfim se libertando.

— Eu não vou voltar depois que toda essa merda legal acabar. Vou passar o próximo verão na Europa. Cansei de vocês e de Gap Mountain.

Cansou de Gap Mountain? Pisco para ela, sinto o calor borbulhando em minhas entranhas. Os pinheiros ficam borrados.

— E quanto a Drummer? Sei que vocês dois estão juntos.

Ela dá um passo para trás, assustada.

— Ele te contou?

— Não, ele não me contou porra nenhuma, é óbvio. Além disso, ouvi sua briga no sótão. Não sou a garo̶t̶ ˝ ̶ ̶-maria" dele.

Ela inspira profundamente.

— Você estava nos *espionando*?

Eu ignoro isso.

— Se você o amasse, não o denunciaria.

Seus olhos castanhos perfuram os meus enquanto circulamos no planalto. Suas palavras uivam como uma tempestade:

— Eu o amo de verdade e sei o que é melhor para ele. Ele precisa confessar, e depois precisa ficar bem longe de *você*.

Não consigo falar. Meu corpo fica rígido. Lágrimas escorrem dos meus olhos.

— Você está obcecada, Hannah.

— Não! — grito, me aproximando dela. — Drummer me ama. Ele já está ficando cansado de você.

Não tenho certeza de que isso é verdade, mas sua expressão furiosa vale a pena. Não consigo pensar, não consigo ver nada, exceto o rosto de boneca de Violet: cílios longos perfeitos, maçãs do rosto salientes, covinhas escuras e lábios carnudos. Ela de repente parece... surreal.

— Você me trouxe aqui para gritar comigo? — ela pergunta.

Eu me aproximo, minhas mãos cerradas.

— Prometa que não vai contar e te levo para casa.

— Não é assim que funciona — ela retruca, cruzando os braços. — De qualquer forma, tomei a minha decisão.

Agarro seu braço.

— Pense em alguém além de você.

Ela arqueja.

— Eu estou pensando! Estou pensando naquela bombeira que matamos. Ela tinha *filhos*, Han!

Eu a puxo para mais perto, impondo a minha altura sobre ela, meus músculos tremendo. Ela arregala os olhos e começa a encolher. Meu tom é rápido; minhas palavras são inflexíveis.

— Você contou a primeira mentira, Violet. Você começou isso.

Ela me encara, suas pupilas ficando mais arredondadas e escuras.

— Porque eu estava chapada e idiota, e porque ninguém tinha morrido ainda. Agora a polícia está em cima de nós, Luke voou de um penhasco e Mo não pode pagar uma faculdade. — Ela fica na ponta dos pés e seus lábios se retorcem em um sorriso cruel. — O que você não entende, Hannah, é que eu posso fazer a porra que quiser! — Ela inspira. — E eu quero confessar.

Eu arfo. Nunca a vi tão má, tão sem coração.

Ela mostra suas covinhas com fúria triunfante.

— E você não pode me impedir.

Acontece em um instante. Eu levanto as minhas mãos e a empurro com tanta força que ela voa para trás.

Seus olhos se arregalam.

— Hannah!

Seus braços cortam o ar da noite, girando em um arco perfeito. Ela cai da rocha plana no lago Gap com um barulho alto e ecoante.

2 de agosto
Dias desde que Violet desapareceu: 0
22h40

Minha respiração fica presa quando me inclino sobre a borda e vejo Violet se debater e cuspir água. Ela levanta a mão em minha direção.

— Me tira daqui!

Agacho sobre os meus calcanhares.

— Não.

— Hannah! — ela berra. — Está frio.

Ela nada com força e agarra a parede de rocha que margeia o poço insondável que chamamos de lago. Suas unhas pintadas de azul se lascam contra a pedra. Ela volta a nadar, lutando contra suas botas pesadas e roupas encharcadas.

Cruzo os braços.

— Prometa que não vai contar.

Seu rosto empalidece e seus dentes começam a bater.

— Isso não é justo. Me ajuda. — Ela levanta uma das mãos mais uma vez, afunda instantaneamente e luta para voltar à superfície. — Hannah, por favor. Isso não é engraçado.

— Você está certa, não é engraçado, é a nossa merda de vida! — grito, pensando nos monstros. — Você nos ameaçou, V. Você tem que desistir. — Suas pernas chutam; sua respiração fica difícil. Imagino aqueles coturnos Gucci caros se enchendo de água, tornando-se âncoras. Violet vai ceder. Ela precisa ou vai se afogar. — Me prometa — repito.

Ela me lança um olhar de puro ódio e olha para a praia a uns duzentos metros de distância.

— Foda-se. — Ela nada naquela direção.

Solto um suspiro. Meu Deus, ela é teimosa.

Violet nada, talvez seis metros, antes de afundar novamente. Ela luta para voltar à superfície e suas mãos batem na água. Ela está lutando, mas está quieta.

— Violet? — chamo.

Ela abre a boca, mas antes que possa falar, afunda de novo. Seu cabelo preto ondula como algas marinhas.

Observo, esperando que ela volte. Violet é tão dramática.

Um minuto se passa, ou talvez sejam apenas segundos, não tenho certeza.

— Violet? — Eu me inclino mais sobre a borda. — Ei, Violet!

Porra! Tiro meus sapatos e mergulho. A água atinge meu peito em uma explosão fria. Nado fundo, olhos abertos, procurando por ela. Não há plantas, nem declives suaves, apenas uma escuridão completamente negra.

Chuto mais fundo na água negra, procurando, caçando, até meus pulmões queimarem. Merda, merda, merda! Busco a superfície, respiro profundamente e mergulho de volta. O frio se infiltra na minha pele, e meu coração bate nas minhas costelas com tanta força que dói. Nado até meus ouvidos obstruírem e uma dor aguda atravessar meu crânio.

Então eu a vejo nas profundezas, estendendo a mão para mim, seus braços como tentáculos.

Mergulho com mais força até que os nossos dedos se tocam e as nossas mãos se prendem. Tento nadar, puxá-la para cima, mas as botas e as roupas de Violet a deixam pesada e somos levadas para baixo juntas, afundando, caindo, meus pulmões latejando.

Sua boca se abre em um grito silencioso. Ela me agarra como se estivesse tentando subir no meu braço. Suas unhas cravam na minha pele. O pânico me inunda. Nós duas vamos nos afogar.

Não! Não posso!

Pego seus dedos e os arranco do meu braço. Bolhas sobem de seus lábios enquanto mergulhamos em direção ao fundo do lago Gap. Um chute forte e eu me liberto de seu aperto.

Sinto muito, penso enquanto nado loucamente em direção à superfície. Um vislumbre de volta me mostra o cabelo preto ondulando, os lábios contorcidos e os olhos aterrorizados, e então a escuridão a engole.

Nado cachorrinho até a superfície, tossindo e cuspindo. O penhasco que ela não conseguiu escalar zomba de mim, porque também não consigo escalá-lo. Estou presa, mas, ao contrário de Violet, não estou usando coturnos ou esperando que alguém me resgate. Nado por muito tempo até a praia e caio pesadamente na costa rochosa.

Deito de lado, meu estômago pesando, minha respiração saindo em rajadas irregulares. Ela se foi — a linda, engraçada e brilhante Violet. Meu Deus, ela tem mais seiscentos metros até chegar ao fundo.

Eu me viro e olho para a lua, e compreendo que ela nunca vai voltar. Um som agudo irrompe da minha garganta e se transforma em um lamento. Uma coruja pia e coiotes uivam ao longe: um discurso fúnebre atemporal.

Fico deitada, imóvel, por um longo tempo, minha mente em branco, meu cabelo e roupas secando ao vento. Após um tempo, eu me levanto, pego os dois celulares dela e os jogo no lago. Depois disso, encontro meus sapatos e dirijo para casa atordoada, pegando as ruas secundárias.

Em casa, estaciono na garagem e sento no carro, tremendo e chorando. Assim que decido entrar, o urso que está farejando minha propriedade sai correndo da floresta e galopa na minha direção, sua saliva pingando — farejando ensopado de carne e sangue.

Eu corro — a pior coisa a se fazer. Ele me alcança e me acerta com uma pata gigantesca, me jogando contra a cerca lateral. Eu me enrolo em uma bola enquanto seus dentes furam o meu crânio. Grito e grito por ajuda. Então ouço o latido feroz de Matilda. Essa é a última coisa de que realmente me lembro.

45

**14 DE SETEMBRO
DIAS DESDE QUE VIOLET DESAPARECEU: 43
18H23**

A luz do sol pisca em minhas pálpebras enquanto me lembro de onde estou — na faculdade, olhando para o meu reflexo na janela da biblioteca. Olho em volta e percebo alguns jovens me observando, curiosos. Há quanto tempo estou parada aqui? Abaixo o queixo e caminho pela grama como se tivesse um lugar para ir.

Há algum alívio em entender o que tudo isso significa — as vozes zangadas, o sangue no tapete branco, a figura curvada na janela —, mas não há alívio em entender que a culpa é minha. Os meninos não mataram Violet, eu a matei. E também matei a minha cachorra.

Vejo Violet na minha mente — seu cabelo molhado colado na cabeça, seus olhos redondos assustados e com raiva, sua voz — *Hannah, por favor. Isso não é engraçado* —, e me pergunto se esperei muito tempo para salvá-la *de propósito*. Sou uma assassina, *assim como minha mãe*? Um arrepio percorre o meu couro cabeludo. Não, eu não queria, não iria, mas estava com tanta raiva, tão *magoada*. Violet disse que ela estava farta de Gap Mountain, o que significa que ela estava farta de *mim*.

Minha garganta aperta e as lágrimas embaçam a minha visão. Talvez pudesse perdoá-la por confessar sobre o incêndio, e talvez pudesse perdoá-la por amar o mesmo garoto que eu, mas não tenho certeza se poderia perdoá-la por me abandonar. Sinto falta dela, sinto de verdade, mas Violet estava errada. Ela nunca vai estar livre de Gap Mountain.

Cravando minhas unhas nas palmas, penso em como tudo começou. Como nós cinco nos tornamos melhores amigos porque ninguém queria interpretar o humano em uma peça de verão. Talvez essa impetuosidade — nossa atração e relação com monstros — seja a mesma impetuosidade que nos separou.

A única coisa que sei com certeza é que, quando sair a notícia de que escondi o colar de Violet, meus amigos vão me odiar. Drummer a machucou, é verdade, mas não a matou. Luke pegou o dinheiro dela, sim — e entendo por que ele temia que a polícia descobrisse isso —, mas acredito na história dele, de que Violet o deu a ele. E nenhum dos monstros dedurou Violet sobre o incêndio. Eles a amavam tanto quanto eu. Eles tentaram protegê-la. O que eles farão comigo se descobrirem a verdade? Meu Deus.

Não sei para onde estou indo, então apenas caminho. Ao passar pelo centro estudantil, pensando muito sobre tudo, lembro que tenho um trabalho de ética para amanhã. Ética, merda — de que lado da lei estou de verdade?

Pego meu celular, lembro que os agentes do FBI o confiscaram e descubro um pedaço de papel guardado no meu bolso de trás.

Ele cai no concreto e me curvo para pegá-lo. É o cartão de visita do agente especial Hatch. Analiso os dois lados. Não é tarde demais. Poderia ligar para ele, confessar...

Mas trabalhei muito para isso — para ficar fora da prisão e começar a faculdade, para sobreviver —, e estou viva, ainda livre. Quando olho para o cartão de Hatch, percebo que, se contar a verdade sobre Violet, ninguém vai acreditar que não foi um assassinato. Entre as manchas de sangue no meu carro, seu fragmento de couro cabeludo no unicórnio que dei a ela, o paradeiro do meu carro naquela noite e o fato de que escondi seu colar nas cinzas da minha cachorra morta — não posso provar que a morte de Violet foi um acidente. Além disso, a verdade teria que incluir seu envolvimento no incêndio florestal, e isso mancharia sua imagem. Ninguém quer isso.

Um sentimento surreal me invade. Os pássaros cantam, o vento roça as folhas e os alunos passam como cardumes de peixes, se separando e se formando outra vez ao meu redor. Está um lindo dia na ensolarada San Diego, e finalmente estou aqui, na faculdade, estudando justiça criminal, do jeito que queria.

Sinto falta dos monstros e dos nossos dias preguiçosos de verão no lago. As coisas estavam prestes a mudar entre nós, é claro, mas isso ainda não havia acontecido. As horas eram douradas e quentes, salpicadas de risos e cheias de esperança. E então nós cinco cometemos a porra de um grande erro.

Não ouço mais as bicicletas e os skates passando em alta velocidade, os murmúrios de conversas e as risadas dos meus colegas. Minha frequência cardíaca dispara e meus joelhos tremem. Meu futuro se estende diante de mim, lindo e uma incógnita. Inspiro e solto a respiração.

Percebo que sou como o lago Gap, engolidor de segredos. Fiz o meu melhor para proteger os monstros, assim como prometi. Tentei proteger Violet também. Eu a avisei para não contar a verdade, que faria mais mal do que bem, mas ela não quis ouvir. Não somos criminosos porque fizemos algo ruim; fizemos algo ruim porque éramos imprudentes. Não é a mesma coisa.

Amasso o cartão de visita de Hatch e o jogo fora. Eu acredito na lei, de verdade, e é função dela me pegar. Isso é problema de Hatch, não meu; sou apenas uma estudante. Juro neste momento que, se algum dia entrar no FBI, serei uma agente muito melhor do que ele. Coloco a mochila no ombro e sigo para o refeitório.

No final, Violet ergueu a mão. Ela decidiu ser a humana. Caminhando pelo campus, penso no seu cabelo ondulado, suas mãos graciosas se estendendo, e espero que ela tenha afundado todo o caminho através do Gap e emergido no mundo espelhado que imaginou do outro lado, um mundo onde vivemos vidas opostas — onde dizemos a verdade, onde o fogo não pode queimar e onde os monstros não existem.

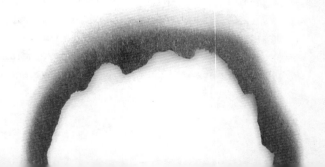

NOTA DA AUTORA

Obrigada por ler este livro. Embora eu tenha escrito esta história para entreter os leitores, ela é inspirada em minhas experiências pessoais com incêndios florestais. A história se passa na cidade fictícia de Gap Mountain, próxima do Parque Nacional de Yosemite, mas os eventos da vida real ocorreram a mais de três mil quilômetros de distância no condado de Sonoma, Califórnia.

Minha primeira experiência com um incêndio florestal ocorreu em 8 de outubro de 2017. Uma pequena fagulha em uma propriedade privada se transformou no Incêndio Tubbs, que rugiu nas encostas em direção à minha comunidade, engolindo tudo em seu caminho. Ele destruiu mais de 5,5 mil estruturas, muitas delas residências particulares, e queimou mais de 17 mil hectares. Alimentado por arbustos secos e ventos que atingiam 96 km/h, o combate ao Incêndio Tubbs custou 100 milhões de dólares, e o fogo causou 1,2 bilhão de dólares em danos, queimou por 23 dias, tirou 22 vidas e foi, na época, o incêndio florestal mais destrutivo da história da Califórnia (o Incêndio Camp o superou no ano seguinte). Esse incêndio tornou-se bastante pessoal para mim devido aos muitos amigos íntimos que perderam suas casas.

A ideia para este livro nasceu em 2019, enquanto caminhava por um parque municipal perto da minha casa. Parei em um lago, pensando que seria divertido escrever um *thriller*, porque adoro lê-los. Imaginei cinco adolescentes desfrutando de um dia quente de verão à beira do lago e depois fazendo algo muito, muito ruim — por acidente, é claro. Instantaneamente, soube que eles iriam iniciar um incêndio. Existem poucas coisas mais aterrorizantes, fora de controle ou destrutivas do que um incêndio florestal. Além disso, é crime começar um, mesmo que de maneira acidental.

Quando voltei da caminhada, comecei a escrever, e todo o horror que a minha comunidade e eu tínhamos experimentado com o Incêndio Tubbs ganhou vida nas páginas, mas percebi que precisava de informações mais detalhadas. Entrei em contato com Matt Gustafson, o chefe do distrito de bombeiros do condado de Sonoma. Nós nos encontramos em uma cafeteria, onde o entrevistei sobre incêndios florestais, incêndios criminosos, adolescentes criminosos, investigação de incêndios, leis sobre incêndios, contenção de incêndios e suas experiências pessoais com incêndios florestais. Sou muito grata ao sr. Gustafson por seu tempo e experiência! Adicionei o que aprendi à história.

Mas eu não havia terminado. Como você sabe, este livro é mais do que um incêndio florestal. Depois que Violet desapareceu, sabia que precisava aprender sobre os procedimentos e investigações da polícia. Entrei em contato com Lessa Vivian, investigadora do gabinete do promotor público de São Francisco. Ela também foi incrivelmente generosa com seu tempo e experiência e respondeu de maneira minuciosa a todas as minhas perguntas. Também adicionei essas informações ao romance.

Sempre que descrevi algo errado em relação ao incêndio florestal ou à investigação da polícia/FBI, foi porque tomei liberdades criativas ou simplesmente não entendi direito. Todos os erros são meus.

Assim que a história foi concluída, enviei um rascunho por e-mail para minha agente literária, Elizabeth Bewley, da Sterling Lord Literistic. Pouco depois de clicar em Enviar, os alertas começaram a apitar no meu celular quando outro grande incêndio começou no dia 23 de outubro de 2019: o Incêndio Kincade. Dessa vez, minha casa estava em seu caminho direto.

Enquanto minha agente lia, carreguei meus cavalos, animais de estimação e família em reboques e carros e fiz a evacuação. A análise de computador do *Cal Fire* previu que a minha casa e cidade seriam destruídas, e o nosso prefeito foi instruído a se preparar para perder a comunidade. Quase 200 mil pessoas em várias cidades foram impelidas a fugir, e 90 mil estruturas estavam em perigo. Rajadas de vento atingiram 150 km/h, e o fogo queimou por treze dias. Foi o maior incêndio florestal de todos os tempos a atingir o condado de Sonoma e queimou mais de 37 mil hectares.

Graças a uma incrível demonstração de solidariedade, trezentos corpos de bombeiros, áreas operacionais e distritos de proteção de todo o país se uniram e acabaram com o Incêndio Kincade, e nenhuma vida foi perdida. Contra todas as probabilidades, eles salvaram a minha cidade e a minha casa da destruição. Assim que o parque do condado foi reaberto, voltei ao lago onde imaginei a minha história pela primeira vez. A área inteira estava um preto chamuscado; tudo ao seu redor havia queimado.

Embora este livro não inclua os socorristas, eles são os verdadeiros heróis na luta contra o incêndio florestal, e isso inclui os esquadrões de combate a incêndios internos que também arriscam a vida. Serei eternamente grata por seus esforços! Os detalhes emocionais, físicos e financeiros do romance são extraídos das experiências dos residentes, e quero agradecer às pessoas do condado de Sonoma que compartilharam comigo ou com a mídia suas histórias pessoais sobre os incêndios florestais. O lema da nossa comunidade tornou-se: *O amor no ar é mais denso do que a fumaça. #SonomaStrong*

Mesmo que inspirado por eventos da vida real, por favor, entenda que este livro é uma obra de ficção. O objetivo deste romance é entreter, mas espero que também ensine sobre os perigos e as consequências traumáticas dos incêndios florestais. Obrigada por lê-lo!

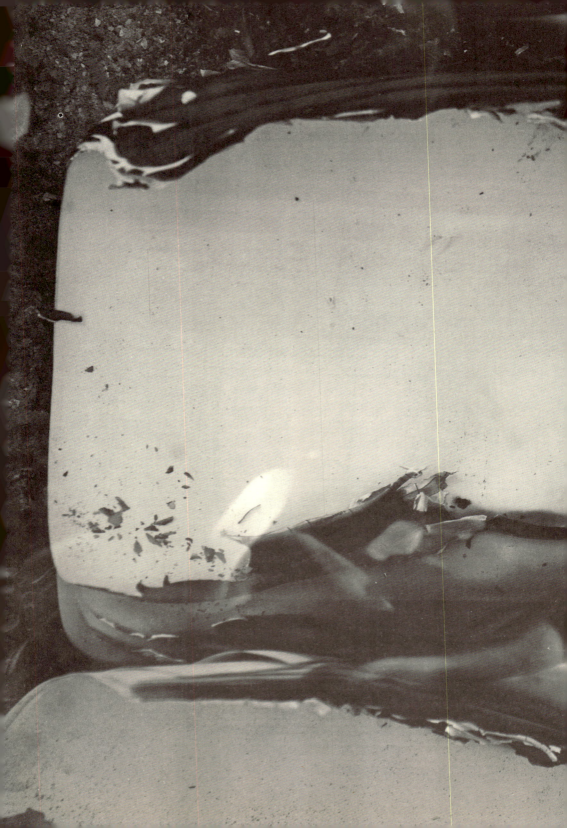